Algoritmen

Per-Martin Hedström

Algoritmen

Tidigare utgivna böcker:

En norrlänning i Hong Kong 2015
Vykortstavlan 2017

© *2019 Per-Martin Hedström*
Omslag: Björn och Olle Hedström
Förlag: BoD – Books on Demand, Stockholm, Sverige
Tryck: BoD – Books on Demand, Norderstedt, Tyskland
ISBN: 978-91-7851-070-2

Författarens kommentarer och tack

När jag gav ut min andra roman fick jag från en god vän höra att det är först när man givit ut tre böcker som man kan räkna sig som författare. Det här är min tredje bok, men jag måste erkänna att jag trots det inte känner mig som en riktig författare. Att skriva är fortsatt en hobby, en hobby som jag trivs med och tycker mycket om.

Precis som med min förra roman blandar jag verkliga samhällen och adresser med påhittade orter, byggnader och miljöer.

Polisens arbete är inte på något sätt verifierat utan är en blandning av egen fantasi och "fakta" som jag läst mig till i andra romaner.

Beskrivningen av arbetet inom de företag som finns med i boken är till stor del hämtade från egna och återberättade erfarenheter. Givetvis något förbättrade för att skapa den underhållning som jag hoppas ni ska uppleva boken som.

Jag vill tacka min älskade Mia för hennes arbete som lektör vilket gjort denna bok så mycket bättre.

Björn och Olles arbete med omslaget har gjort boken till en riktig familjeangelägenhet.

Stort tack till alla ni som kommit med återkoppling på min första deckare. Era kommentarer tillsammans med stödet från min familj, har varit en inspirationskälla till denna roman.

Jag önskar dig en trevlig läsestund.

1

Utanför Öretorp
Söndag

Arne vaknade som vanligt strax för sex. Med åren hade det blivit allt svårare att sova länge på mornarna. Varför förstod han inte men han kom ihåg att hans pappa berättat samma sak vid ett tillfälle. Då hade han varit ung och hade inga problem med att sova framemot elva på morgonen om inget krävde att han skulle gå upp. Helt obegripligt hade han tänkt om faderns morgonpigghet och nu var han likadan.

Solen sken in bakom rullgardinen och det såg ut att bli en härlig dag. Det hade helt plötsligt blivit vår med härlig värme och ett löfte om sommar. Tyvärr fanns det inga garantier för att sommaren skulle bli bra, men alla såg ändå fram emot den och hoppades.

Arne bodde kvar i det lilla huset längst upp på åsen även sedan hans Greta gått bort i cancer för två år sedan. Döttrarna ville att han skulle sälja och flytta in till en lägenhet någonstans centralt men det hade han ingen lust med, i alla fall inte för tillfället. Huset var en gammal liten bondgård som han köpt tillsammans med Greta några år innan han gick i pension. Här skulle de få åldras tillsammans hade tanken varit. Men så blev det nu inte. Vissa saker kunde man inte rå på. Cancern hade inte gått att behandla och nu satt han här ensam. Nej rättade han sig, han var inte ensam, han var själv. Ett uttryck han hört någon säga för många år sedan som han tyckte var bra. Ensam var ett känslotillstånd, att vara själv var något man valt. Sedan var han ju inte heller ensam. Han hade sin Urax, Västgötaspetsen som de köpt som valp i samma veva som Greta fick sitt besked om cancern. Han var en trogen vän. Det var ytterligare ett skäl till att han inte ville flytta till en lägenhet. Gården passade bättre för hunden intalade han sig.

Huset hade en liten grusväg som gick upp från stora vägen till gårdsplanen och därefter vidare förbi huset ner mot en liten sjö längre ner i skogen. Där fanns ett antal sommarstugor och med åren hade Arne lärt sig känna igen sommarstugegästernas bilar enbart på ljudet. I början hade han hört bilen komma, gissat vem det var, och därefter gått ut på baksidan av huset och tittat längs vägen ner mot ladan på ängen för att kontrollera om han gissat rätt. En löjlig liten hobby egentligen men han tyckte det var roligt och hade blivit väldigt duktig och gjorde numera bara fel när någon bytte fordon.

Han kom ihåg att han tyckt sig höra bildäck som knastrade mot gruset på vägen strax före han skulle somna men han hade inte hört något motorljud varpå han vänt sig om och konstaterat att han måste ha hört fel. Dessutom fanns det ju ingen som skulle åka ner till sjön vid den tiden på dygnet.

Han tog sin frukost tillsammans med tidningen på läsplattan han fått av döttrarna i present. Först hade han inte förstått vad han skulle ha för nytta av den men nu var han fast och använde den hela tiden. Dessutom slapp han gå ner till stora vägen och hämta tidningen. Vilket var skönt speciellt när det var kallt och dåligt väder.

Idag skulle han sätta sig i solen på baksidan av huset och fortsätta tälja på de bokstöd han hade tänkt sig som en present till Linda nu när hon fyllde trettio om någon månad. Det skulle bli en gädda med huvudet ut från ena bokstödet och stjärtfenan från det andra. Bakdelen var klar och han skulle börja med huvudet nu på morgonen.

Han släppte ut Urax som sprang fritt inne på gården. I början hade han haft lite problem med att få pli på hunden som gärna gett sig iväg långt utanför närområdet men det hade han slutat med. Han skulle göra sina morgonbestyr och sedan komma och lägga sig vid sin husses fötter där han satt och snidade.

Favoritplatsen var en liten bänk intill husväggen, vindskyddad och ett riktigt solfång. Han hade satt dit en liten verktygslåda med favoritknivar och annat han behövde för hobbyn. Han hade letat upp en bra bild på fisken i en gammal bok som han skulle ha som förebild.

Urax var klar med sin morgonrunda och kom springande fram mot Arne. När han tittade upp mot hunden såg han en solreflex nerifrån ladan på ängen. Konstigt, där fanns inget annat än gamla bräder och rostiga gamla redskap. Han måste ha sett fel. Men så kom ytterligare en vindpust över ängen och då såg han hur det glimmade till igen.

Arne sprang in och hämtade sin kikare, nu hade han blivit rejält nyfiken. Han lät kikaren kontrollera hela området runt ladan men kunde inte se något. Men så kom ytterligare en liten vindil och då glimmade det till bakom buskarna framför ladan.

"Vi får ta en promenad ner till ladan efter kaffet du och jag Urax", sa han till hunden som genast lystrade till och förväntansfullt viftade till på sin svans.

Efter en stor kopp kaffe tog Arne på sig sina vandrarkängor och Fjällrävenbyxor. Det fanns en hel del buskar runt ladan och dessutom var det lite blött i marken på ena sidan så han ville vara bra klädd för att gå ut på ängen. Han beslöt sig även, till Urax stora förtret, att koppla hunden. Ofta gick det bra att ha honom lös men intuitivt kände han att kopplet kanske behövdes idag.

Tillsammans gick de grusvägen ner mot ladan. Urax sprang runt och nosade i varje buske. Nästan så att Arne blev otålig. Men om det nu fanns något nere vid ladan så skulle det inte försvinna så hunden fick springa runt som han ville, i alla fall så långt som löpkopplet tillät. Han tittade ner på grusvägen och konstaterade att det kunde ha kört en bil där nyligen, men det kunde ju lika gärna ha varit från förra helgen. Det hade varit torrt väder och inget regn som skulle ha förstört några hjulspår. När

9

han stod där och tittade i gruset och spekulerade såg han en liten svart bricka med en nyckelring nedtrampad i gruset. Han plockade upp den och konstaterade att det var en id-bricka från Swedbank som man kan ha kring nyckelknippan för att förhoppningsvis få tillbaka sina nycklar om de tappades bort. Han plockade den på sig och undrade hur länge den kunde ha legat där. Han hade aldrig sett den om han inte varit så nyfiken och spanat efter hjulspår. Jag får väl skicka in den även om det inte känns prioriterat tänkte han, det satt ju inga nycklar på brickan.

När de kom fram till avtagsvägen ut på åkern såg han tydligt att det fanns svaga hjulspår ut på ängen. Vad kunde detta vara, hade någon kört ut på ängen ut mot ladan, i vilket syfte då tänkte han. Han kom ihåg att han gått förbi här för två dagar sedan och han borde noterat spåren om de funnits där redan då. Men nu var han nyfiken på vad som glimmat vid ladan så han tittade efter spår som kunde bekräfta det han sett, vilket han inte gjort dagarna innan.

Det började kännas spännande när han gick fram emot ladans dörr. Kunde det finnas något därinne. Hunden var inte orolig så det fanns inga personer i närheten, det skulle han ha markerat för. Men det kändes ändå lite nervöst.

Han gick fram till dörren och öppnade den. Inne i ladan stod en bil. En ny bil i en grå nyans som är så populär på alla moderna bilar idag. Den såg mycket exklusiv ut och Arne kände inte igen bilmärket. En annan märklig detalj var att inga registreringsskyltar satt på bilen, i alla fall inte bak.

Vem åker och lämnar en bil som den här i en lada ute på landsbygden? undrade han. Känns inte normalt alls. Urax var otålig så han gav honom lite mer lina.

Bilens logotyp såg ut som en Tors hammare eller ett T med en spets neråt. Den var inget vanligt bilmärke, det skulle Arne känt igen men ändå verkade den bekant. Så slog det honom, var det inte en Tesla, den där elbilen som blivit så populär bland de som hade råd. Det skulle också förklara varför han hört bildäck mot gruset i går kväll med inget motorljud.

10

Men det gjorde ju situationen om möjligt ännu märkligare. En Tesla kostade en bra bit över en halv miljon. Vissa modeller gick till och med för över miljonen det hade hans kompis Markus berättat när de träffades för några veckor sedan. Han var en riktig motorentusiast och visste allt om bilar.

Han hade redan när han gick in i ladan noterat att inga personer satt i bilen, dessutom skulle Urax ha skällt som besatt om så var fallet. Han gick sakta runt bilen till höger och kunde notera att registreringsskyltarna var borttagna fram också. Urax hade gått fram till förardörren och stod där och gnydde och såg allmänt olycklig ut. Arne gick fram och lyste med ficklampan han tagit med och ryggade instinktivt tillbaka. Tog tag i Urax och gick ut från ladan, slet fram telefonen och ringde 112.

2

Fredbergsgatan
Söndag

Bror vaknade till och vände sig mot vänster sida av sängen, som till hans stora besvikelse var tom, vilket förvånade honom. Så hörde han slammer från köket och förstod att Eva höll på att fixa frukost. Normalt sett var det alltid han som steg upp först men idag skulle han bli serverad frukost.

Bror och Eva hade träffats i samband med ett försvinnande på företaget Medella. Han mindes fortfarande första gången han träffade henne. Hon kom till kontoret för att påbörja en undersökning av den försvunne och Bror hade blivit nästan förstummad av hennes uppenbarelse. En ung snygg polis, fanns det sådana kom han ihåg att han tänkt. Lite otypiskt för Bror, hade han försökt bjuda ut henne nästan på en gång men hon hade avvisat honom då han var en del i den utredning som hon var ansvarig för. Efter upplösningen på dramat hade så Eva nästan fått truga honom till att ta ett nytt initiativ till en liten träff.

De trivdes ihop och när Evas blev utslängd från sitt tredjehandskontrakt var det helt naturligt att hon flyttade in hos Bror.

Så nu var de ett par sedan ett antal månader tillbaka. Han arbetade vidare med sina konsultuppdrag och Eva var kvar som inspektör hos polisen.

Bror hade inte stött på några nya konstigheter på sina uppdrag och Eva arbetade numera alltid med en kommissarie som hette

Linus. Bror kände att han var en aning svartsjuk då Eva trivdes bra med sin nya parhäst som dessutom var singel och såg bra ut. Eva hade bara skrattat åt Bror när hon upptäckt hur svartsjuk han var.

Men inte heller Eva hade fått någon utredning som varit lika intrikat och spännande som det uppdrag hon haft när de träffats tidigare. Nu var det rutinärenden där förövaren var identifierad nästan med automatik och arbetet med att samla in fakta blev rutin.

Lägenheten var en liten två och på sikt skulle man behöva lite större. Dock fanns möjlighet att köpa loss ett vindsutrymme ovanför lägenheten och på så sätt utöka ytan med ytterligare 25 kvadratmeter. Eva och Bror hade beslutat sig för att gå vidare med det alternativet men insåg att det skulle krävas en hel del jobb förutom investeringen.

Evas pappa som nyligen gått i pension blev dock eld och lågor och lovade komma ner och hjälpa till med ombyggnaden nästan omgående. Även om hjälpen behövdes så var det inte helt självklart, risken fanns ju att han skulle ta över hela projektet och de ville inte hamna på parkett och bara titta på.

Det var enklare med Brors pappa, han hjälpte gärna till men bara om de uttryckligen bad om hjälp. Så där var problemet nästan åt andra hållet så att de riskerade att få dåligt samvete varje gång de bad om hjälp. Gemensamt för bägge alternativen var dock att när grovjobbet var klart skulle de inte kunna hålla sina mödrar borta från finputsen, det insåg de bägge två.

Man hade skickat in ansökan om bygglov och hade börjat förhandla med banken. Sedan skulle man lägga upp en plan som fungerade både för Bror och Eva samt säkerställde hjälp från föräldrarna på rätt nivå utan att någon blev besviken. Bror insåg att projektplaneringen för det här projektet var minst lika komplicerad som de projekt han arbetade med ute hos kunderna.

Man hade blivit ett trevligt kompisgäng som bestod av Brors syster Myran och hennes Erik, Brors bästa kompis Olle och hans

13

nya flickvän Jovana samt Evas barndomsvän Katrin och hennes sambo Malin. De umgicks ofta hela gänget och trivdes bra ihop. Idag skulle man träffas i Slottsskogen och grilla mitt på dagen och spela krocket. På kvällen skulle Bror och Eva hem till hans föräldrar på middag givetvis tillsammans med Myran och Erik.

Krocketturneringen blev en stor succé. Överlägsna vinnare blev Katrin och Malin som fick alla andra att se ut som amatörer. Man grillade fläskkarré och majskolvar, till det drack man ett antal goda öl som Olle tagit med sig.

Man var ofta nyfikna på om Eva hade något smaskigt att berätta från polisen och hon hade lika svårt varje gång att förklara att hon inte fick berätta. Men efter lite trugande så lyckades man ofta få henne att berätta några avpersonifierade allmänna episoder som de alla satt och gottade sig åt. Men Bror hade insett att Eva inte tyckte att detta var roligt, det var likadant varje gång man träffades. Han hade tänkt ta upp detta med kompisarna vid något tillfälle, annars kunde detta orsaka en spricka i gänget, men det hade han inte fått tillfälle att göra.

Denna dag var Bror nöjd, då gänget lät bli att tvinga ur Eva några nya polisdetaljer. Man hade nog själva insett att hon inte uppskattade det vilket gladde Bror. Nu slapp han ta upp det som han gruvat sig för en aning. Det var ju aldrig lätt att framföra det som skulle uppfattas som kritik till sina kompisar.

Erik visste att Bror precis slutat ett uppdrag så han vände sig nyfiket till Bror.

"Ska inte du börja på något nytt uppdrag, är det något du kan berätta om?" frågade Erik när man precis ätit upp.

Bror berättade att han imorgon skulle börja som tillförordnad vd på ett företag som hette AI-Systems och hade sitt kontor ute på Lindholmen.

Ingen verkade känna till företaget inte ens Erik och Bror kunde inte låta bli att kommentera.

"Menar du att du inte känner till företaget, du som brukar veta allt om alla" sa han och vände sig lite retfullt mot Erik.

"Faktiskt inte, det verkar som jag tacklat av" sa Erik med ett skratt "kan du berätta lite?"

"Tyvärr inte, jag har faktiskt inte läst på så det får vi ta någon gång nästa vecka", sa Bror och kände själv att han borde satt sig in lite bättre. Det var ju middag ikväll så det skulle inte ges mycket tid till att hinna ikapp. Men det borde han verkligen göra. Det var inte professionellt att åka dit helt oförberedd.

Man bröt upp och vandrade hemåt för ombyte inför middagen hemma hos Brors föräldrar.

"Har du pratat med gänget om att jag inte gillar att prata om mitt polisarbete?" frågade Eva.

"Faktiskt inte, det verkar ha fattat detta själva. Har inte du jouren idag, det är trevligt att ingen ringt", sa Bror och kramade om Evas axlar.

Då ringde telefonen och Eva tittade förebrående mot Bror och sa "du skulle inte sagt något."

Han förstod på hennes samtal att det var jobb på gång. Han skulle få åka ensam hem till sina föräldrar. Det hade inte hänt så ofta men det var heller inte första gången. Framförallt Brors mamma skulle bli besviken, hon var väldigt förtjust i Eva.

"Vad är det som har hänt?"

"Vi ska ut och titta på en övergiven bil utanför Lerum. Du hörde säkert att jag frågade Linus om han skämtade men så är det. Tydligen finns det omständigheter kring den bilen som kräver att vi åker bägge två. Linus hämtar mig om en halvtimme", sa Eva med både ett frågande och lätt irriterat tonfall.

Linus hämtade upp Eva och Bror följde med och blev avsläppt utanför sina föräldrars hus. Lite uppståndelse hade det varit att Bror kom hem i polisbil men när man hälsat som snabbast på Eva och hennes kollega lugnade mor och far ner sig och beklagade att Eva inte kunde vara med på middagen.

"Det var en stilig karl hon har som kollega", kommenterade hans mamma med ett retfullt tonfall.

"Måste ju betyda att jag är ännu stiligare", svarade Bror och markerade tydligt att ämnet var slutdiskuterat.

Myran och Erik dök upp en halvtimme senare och givetvis hade Erik på kort tid lyckats luska ut lite information om AI-systems trots allt.

Företaget var en avknoppning från ett forskningsprojekt på Chalmers och bestod av ett gäng matematiker som tagit fram någon matematisk modell kring AI, eller Artificiell Intelligens som det egentligen hette. Men mycket mer än så hade inte Erik fått fram. Han sa att det var sparsamt med information på internet.

"Du måste berätta mer när du börjat", var hans uppmaning till Bror.

3

Utanför Öretorp
Söndag

Arne väntade på poliserna när de körde in på gården utanför Öretorp. Eva hade varit rejält irriterade och undrat om det verkligen krävdes att de skulle åka ut bägge två för en övergiven bil. Det var väl inget som egentligen borde hamnat på deras bord överhuvudtaget.

Linus berättade att det fanns misstankar om ett grövre brott, hon skulle få veta mer när de kom fram. Dessutom skulle han åka iväg på en kurs i tre veckor med kort varsel, redan nu på måndag. Så om det nu var något som skulle utredas skulle Eva få hantera det själv och då var det ju bra om hon var med redan från början.

Eva kände hur det pirrade till av förväntan. Visserligen trivdes hon bra med Linus men att få hålla i en utredning helt själv var det hon helst av allt önskade. Det var så hon hade fått jobba när hon träffade Bror kring försvinnandet ute hos Medella. Samtidigt kunde hon ju inte riktigt förstå hur en övergiven bil kunde leda till en utredning på kriminalavdelningen. Men Linus vägrade berätta mer trots att hon frågande flera gånger. Han ville att hon skulle bilda sig en egen uppfattning, det var i alla fall det han sa.

Arne var rejält tagen det var uppenbart. Han tog emot blek och märkbart nervös ute på gården medan hunden glatt sprang fram och hälsade på Linus och Eva.

De satte sig ner och Arne fick berätta om hur han trott sig höra något på grusvägen när han somnade kvällen innan fram till att han upptäckte att det glimmade nere vid ladan och han tagit med sig hunden och gått dit. Eva kände att hon blev otålig, det här gick alldeles för sakta för henne, nu ville hon se bilen. Så bestämde man sig äntligen för att gå ner till ladan.

Linus och Eva kom in i ladan och konstaterade bägge två att det kändes märkligt att en lyxbil av den här kalibern var lämnad i en lada ute på ängen. Dessutom var det konstigt att skyltarna var bortplockade. Men å andra sidan, det är inte olagligt att parkera en bil i en lada och ta bort registreringsskyltarna.

Arne tog täten och gick runt bilen fram till förardörren och pekade in på förarsätet. Den ljusa skinnklädseln var helt täckt i rött, förmodligen blod. Både Linus och Eva ryggade tillbaka på samma sätt som Arne gjort och flyttade sig en bit ut mot dörren.

Det här var en knepig situation. Eftersom bilen saknade registreringsskyltar kunde man inte kontrollera vem som ägde den. Ingen stöld var rapporterad och inget annat pekande på något brott.

"Borde vi inte ta hit brottsplatstekniker?" frågade Eva.

"Egentligen, men kan vi det, vi vet ju inte ens om det är ett brott. Det kan vara djurblod och att lämna en bil i en lada är inte olagligt", sa Linus uppgivet.

"Vem äger ladan?" frågade Eva.

Efter att Arne pekat ut bonden som ägde ladan hade man åkt dit och han hade bekräftat att han inte hade något med bilen att göra och att han ville han den borttagen från sin lada. Nu hade man tillräckligt på fötterna för att kalla in teknikerna för en genomgång och att få ta med bilen in till polishuset.

Tillsammans med teknikerbilen kom även pressen. Det var inte första gången den senaste tiden så det var uppenbart att någon inne på station läckte till den tredje statsmakten. Deras chef hade haft detta uppe ett antal gånger och var mycket irriterad. Vem det var som läckte hade man ingen aning om. En övergiven lyxbil i en lada utan skyltar skulle bli stora rubriker. Skulle det störa eller hjälpa utredningen? Just nu kändes det mera som en störning.

Eva och Linus blev rejält ansatta av pressen under tiden som teknikerna sökte igenom området runt ladan. En bärgare körde fram och lastade på bilen för vidare transport in till polishuset och en ordentlig undersökning. När bilen lyftes upp på bärgaren gick det inte hålla borta pressfotograferna utan man fick de bilder som skulle pryda löpen och nyheterna under kvällen.

Göran Sivert, brottsplatsutredare, kom fram till Linus och Eva och rapporterade av undersökningen av området. Man hade även gjort en snabb kontroll av det röda och konstaterat att det var människoblod. Det fanns få blodspår utanför bilen. Göran sa att det var mer eller mindre omöjligt att en nedblodad person hade tagits ur bilen utan att man hittat mer blodspår. Han trodde att enda möjligheten var att någon hade hällt blod på förarsätet efter att man lämnat bilen. Alternativt att blodet kommit dit innan den kördes ner till ladan, men den som körde måste ha blivit blodig och borde lämnat spår efter sig när han lämnade bilen. Eller så hade blodet torkat in så mycket att inga blodfläckar följde med när föraren lämnade bilen. Men han skulle veta mer när man undersökt den.

I övrigt hade man inte hittat speciellt mycket i området. Lite tygfibrer hade man säkrat och man skulle jämföra dessa med Arnes, Linus och Evas kläder så snart som man kom in till kontoret. De enda bilspår man hittade utanför ladan och på grusvägen var av den upphittade bilen. Den som lämnat den hade troligtvis lämnad området till fots.

Efter att ha pratat med Arne konstaterade man att personen som lämnat bilen måste ha blivit upphämtad av någon eller att han gått ner till Lerums centrum vilket skulle vara en promenad på ca åtta kilometer. Här hade man ett spår som behövde följas upp. Hade någon noterat någon bil eller gående person ner mot Lerum under natten innan. Bilen måste ha lämnats efter elva och personen var troligtvis inte kvar när Arne vaknade vid sextiden på morgonen. Inte självklart att det skulle ge något men försökte man inte så skulle man definitivt inte få fram någon information. Som tur var hade inte pressen fått nys om blodet inne i bilen utan de hade bara noterat att en lyxbil utan registreringsskyltar lastats upp på en bärgare och förts in till station. Eva och Linus sa i mun på varandra att man initialt hoppades att den informationen inte skulle läcka ut.

Det fanns inte mycket mer att göra ute hos Arne. Man dubbelkontrollerade att han inte kommit på något annat och skrev ner hans berättelse som han undertecknade. Något mer skulle man inte kunna få fram nu på söndagen utan man fick vänta in teknikernas undersökning. På måndagen skulle man via chassinumret kunna identifiera ägaren till bilen, sedan fick man arbeta vidare därifrån.

När man körde hemåt kände Eva instinktivt att detta skulle bli en riktig utredning. Visserligen kunde detta var något helt annat, något opassande skämt, men det trodde hon inte på. Det här skulle nog blir en liten gåta att lösa trots allt. Linus höll med och Eva kunde känna att han nästan ångrade sin kurs som han skulle åka till nästa dag. Eva hoppades dock att han skulle åka, att få leda en egen utredning igen såg hon fram emot.

Eva och Bror kom hem nästan samtidigt. Bror berättade att Erik sin vana trogen hittat lite information om hans nya uppdragsgivare och att han tydligen skulle arbeta med matematiknördar den närmaste tiden.

Eva skrattade och sa att hon inte riktigt kunde se den situationen framför sig. Bror hade alltid varit mer intresserad av de stora penseldragen och hållit sig ifrån tekniska detaljer så mycket som möjligt.

"Det ska nog gå bra, jag ska hålla ihop företaget på en övergripande nivå, nördarna får väl fortsätta med sin matematik", sa Bror och hoppades att det skulle bli så. Att vara tvungen att engagera sig i detaljer på den nivån såg han inte fram emot.

"Hur gick det för dig då?"

"Om vi slår på TV4-nyheterna så får du nog en

sammanfattning", sa hon både skamset och lite stolt.

Mycket riktigt, nyhetsuppläsaren berättade att polisen beslagtagit en Tesla utanför Lerum under söndagen.

"Jaha, sedan när började kriminalavdelningen hantera borttappade bilar?"

"Bilens säte var nedblodat, så det luktar skumt. Som tur är har inte pressen fått reda på det än".

"Wow, ett riktigt mysterium", sa Bror och gav henne en varm och kärleksfull kram.

4

Lindholmen
Måndag

Så var det åter dags för ett nytt uppdrag. Det här var första gången som Bror skulle axla en vd-roll om än bara temporärt. Erik hade hittat en aning om bolaget igår men det var mycket sparsamt. Bror hade själv försökt hitta mer information strax innan han skulle lägga sig men precis som Erik nämnt var det ovanligt lite som kom fram via nätet.

Bolaget hade nyligen köpts upp av ett riskkapitalbolag och idag skulle han träffa de nya ägarna. Det var många frågor han ville ha svar på. Först imorgon skulle han besöka sitt nya företag.

Båda företagen hade sina kontor ute på Lindholmen i Göteborg. Här satt många av de bolag som bildats som avknoppningar från forskningsuppdrag kopplade till Chalmers högskola. Många nya kontorshus tävlade om de företag som ville etablera sig i denna mycket populära teknikpark.

Inför dagen hade Bror klätt upp sig i kostym och slips. Inget han normalt valde men hans chef hade påpekat att det var bättre att klä upp sig än tvärt om. Satt resten av gänget i jeans och kavaj kunde han alltid ta av sig slipsen och anpassa klädseln. Var de däremot kostymnissar var det knepigare om man själv kom väldigt ledigt klädd. Men helt bekväm kände han sig inte i sin utstyrsel.

Anders Frisk från Kronan Invest, som de nya ägarna hette,

mötte upp Bror i receptionen och tog med honom upp till ett konferensrum efter en sväng förbi kaffemaskinen. Han var ledigt klädd i jeans och kavaj, ingen slips så Bror tog av sin och stoppade den i fickan.

När man väl satt sig ner med kaffe öppnade Anders med en högst oväntad fråga.

"Hur bra känner du till Isaac Asimov och stiftelsetrilogin?"

"Ja pappa uppmanade mig att läsa den flera gånger men jag har inte gjort det ännu, varför frågar du?" sa Bror uppriktigt förvånad över öppningen på samtalet.

"Den måste du bara läsa, för AI-System bygger faktiskt på grundkomponenterna i den boken. Jag älskar böckerna och har nu köpt in mig i ett bolag som arbetar med det som Asimov beskrev i sin romantrilogi."

"Jaha, du får nog berätta lite mer", sa Bror frågande men samtidigt uppmanande då han blivit mycket intresserad.

Anders berättade att i Asimovs böcker finns en stiftelse av matematiker som kan förutse stora gruppers handlingar med hjälp av matematiska beräkningar byggda på beteendemönster. Genom att sedan ändra vissa förhållande i gruppens omgivning kunde man styra den i önskad riktning. AI-system var ett företag som baserades på en grupp som tagit fram teorier för bedömning av stora människogruppers beteenden, precis som i romanerna.

"Mitt problem är jag köpt in mig i bolaget mer baserat på min pojkdröm än på en realistisk investerarbedömning", sa Anders nästan lite skamset.

"Men är ni inte en grupp av personer som tar den här typen av investerarbeslut. Kronan Invest är ju ett stort bolag?"

"Ja så är det oftast men det här gången är jag ensamt ansvarig för beslutet, så det blir inga fler som kommer till mötet. Den här investeringen är min personliga baby och den har försatt mig i ett litet dilemma som vi ska återkomma till. Men som sagt, det är mer av en pojkdröm än något annat för mig."

"Det är väl spännande att få följa sin dröm, men jag undrar hur påverkar det här mitt uppdrag", frågade Bror oroligt.

"Som du säkert vet har vi anställt en vd som kommer att börja sitt uppdrag om tre månader. Vi behöver dock få bättre kontroll över bolaget omgående så jag behöver din hjälp med att genomlysa bolaget ordentligt. Det räcker alltså inte att bara gå in och sköta löpande förvaltning. Jag är med andra ord rädd att jag inte kan vänta", sa han med uppenbar oro och ängslan i rösten.

"Men jag trodde att den tidigare vd:n skulle vara kvar under en överlämningsperiod. Han måste väl ha koll på företaget."

"Jo han kommer att vara kvar i ett år har vi avtalat. Men hans engagemang är inte längre på topp vilket gör mig orolig. Det känns inte bra", sa Anders med fortsatt oro i rösten.

"Men ni har väl inte slutfört köpet, han måste rimligen vara intresserad av en bra överlämning för att få sin slutbetalning?"

"Jo men första betalningen stod för nittio procent av köpeskillingen, så det finns en risk att han inte bryr sig om de sista tio procenten", svarade Anders nästan skamset.

"Berätta lite mer om uppköpet?"

Anders berättade att bolaget hade gått ut via ett antal företagsmäklare och aviserat att bolaget var ute till försäljning. Intresset hade varit stort och många företag hade visat ett seriöst intresse. Det stora intresset hade gjort Anders oförsiktig och han hade inte gjort den bakgrundskontroll som han brukade utan som han tidigare sagt låtit sin dröm och det stora intresset för bolaget fördunkla hans omdöme.

Bolaget hade varit privatägt av en Filip Östensson och hade varit verksamt i åtta år. Verksamheten hade efter ett antal förlustår gjort nollresultat de senaste åren, det fanns ett stort intresse för deras teknik från ett antal företag, främst inom offentlig förvaltning. MSB (Myndigheten för Samhällsskydd och beredskap), totalförsvaret och landets räddningstjänster. Man hade redan ett antal försöksverksamheter igång och det fanns en stor tillväxtpotential inom denna kundgrupp. Lyckades man i Sverige fanns även en närmast obegränsad marknad utanför landet.

Filip Östensson hade förklarat att han själv tappat gnistan och ville att någon skulle ta över och förvalta det som han och hans grupp byggt upp. Företaget var i en brytpunkt där allt pekande på att verksamheten skulle lyfta. Men för att det skulle vara möjligt krävdes både kapital och ett engagerat ledarskap, vilket Filip inte kände att han kunde erbjuda längre. Han skulle dock arbeta kvar i företaget och stötta den nya ledningen under en avtalad period om ett år, och om intresse fanns kunde han även tänka sig att fortsätta därefter också.

Förutom tre stora riskkapitalbolag hade två bolag med likande verksamhet varit med i budgivningen, IMA och MIRL. I Slutänden hade budgivningen koncentrerats till riskkapitalbolagen och det stora intresset hade resulterat i att man gått med på en ovanligt stor förstabetalning. Normalt sett skulle man delat upp betalningen över en länge tid för att säkerställa att säljaren stannade kvar och gjorde en bra överlämning.

"Men så blev inte fallet?"

"Jo. Vi gjorde upp affären med Filip och betalade ut del ett av köpesumman. Filip hade gjort klart att han skulle ta semester i två veckor när affären blev klar vilket vi accepterade. Han kommer tillbaka på måndag om en vecka, men även en vecka känns väldigt långt fram just nu. När jag pratar med de anställda blir jag orolig. Det verkar som om allt kretsar kring Filip. Han styr utveckling och han har ensam alla kontakter med potentiella kunder. Så jag känner mig väldigt orolig och sju dagar fram känns som en evighet just nu."

"Känner du att det är en intern genomlysning som har första prioritet eller är det relationen till de potentiella kunderna som är viktigast?"

"Jag vet inte om du tidigare arbetat inom offentlig förvaltning eller inte, men det är en speciell marknad som inte fullt ut fungerar som det privata näringslivet. Så där finns en alldeles egen utmaning. Men jag är mer orolig för de anställda inom företaget. Jag får inga bra vibbar när jag pratar med dem. Men kanske du har lättare att skapa en bra relation. Du är jämnårig med de flesta och har samma utbildningsbakgrund. Jag är ju ekonom och betydligt äldre vilket försvårar, vad vet jag?"

"Vi besöker företaget tillsammans imorgon så presenterar jag dig. Här har du årsredovisningar och dokumentation om vissa uppdrag som det är bra om du läser på inför morgondagen, vi träffs här vid nio imorgon så går vi över till AI-Systems tillsammans", sa Anders och markerade att mötet var avslutat.

5

Polishuset
Måndag

Eva kom in full av förväntan till kontoret på måndag morgon. Pressen hade ringt ett antal gånger både under söndag kväll och nu på morgonen, men man hade inget nytt att berätta. Nyheten att en lyxbil hittats utan skyltar och fraktats till polishuset hade inte varit så populärt som man fruktat. Som tur var hade ingen journalist fått reda på blodet inuti bilen. Hade man det hade bevakningen varit av en helt annan dignitet. Det var alla överens om.

I entrén till polishuset stötte hon ihop med Linus som stod och pratade med en rödhårig tjej som Eva inte kände igen. När han upptäckte Eva hade han generat avslutat diskussionen och tjejen hade lämnat polishuset, märkbart irriterad. Uppenbarligen ingen som han ville presentera för Eva, i alla fall inte nu. Samtidigt verkade tjejen bekant men Eva kunde inte placera henne.

"Vem var det, ska du inte presentera mig?" undrade Eva och knuffade till Linus retfullt i sidan.

"Nej det var ingen som jag känner direkt", sa Linus men det var en uppenbar lögn och Eva log lite retligt tillbaka.

"Tjata inte om det nu. Jag är precis på väg till min inplanerade kurs så om det nu blir någon utredning kring vårt lilla bilfynd så blir det din egen utredning. Lycka till", sa han och sprang vidare ut mot parkeringen.

27

Så nu satt Eva som temporärt ansvarig för detta udda ärende, i alla fall udda för kriminalavdelningen. Hon slog sig ner vid fikabordet tillsammans med Jörgen och gick igenom det man skulle fokusera på för stunden. Jörgen var inspektör, precis som Eva, och arbetade ofta ihop med Linus och Eva i olika utredningar.

Skyltarna var bortmonterade men man skulle få fram ägaren till bilen via chassinumret.

Teknikerna ringde tillbaka och berättade att bilen ägdes av ett företag IMA AB, Intelligent Market Analysis. Blodet var människoblod av blodgrupp A, vilket är den vanligaste blodgruppen. Det verkade som om blodet torkat in i sätet och kunde varit där före bilen lämnades i ladan, men det gick inte säga med säkerhet. I övrigt var bilen helt rentorkad, inga fingeravtryck eller andra fynd som kunde hjälpa till med att identifiera vem som suttit i bilen.

Efter kontakt med företaget berättade man att bilen kördes av företagets vd Morgan Fredén. Han var dock bortrest, troligtvis på en fiskesemester, och telefonen visade sig vara avstängd. På hans hemadress var det ingen som svarade, vilket inte var förvånande då han enligt företaget bodde ensam. Han hade nyligen separerat från sin fru.

Eva och Jörgen delade efter en kort diskussion upp sig. Jörgen skulle identifiera och söka upp alla sommarstugeägare som vägen till ladan ledde till. De var överens om att det måste var någon som kände till ladan som valt den som ett gömställe för bilen. Troligtvis någon som hade någon form av anknytning till sommarstugorna, direkt eller indirekt.

Eva skulle åka ut till företaget för att intervjua personalen.

Intelligent Market Analysis hade sitt kontor ute vid den nya företagsparken i Mölnlycke. Intill motorvägen hade det under de senaste åren vuxit upp ett stort antal företag. Alla låg på den norra sidan om riksväg 40. Från de företag som gränsade mot riksvägen hade man en fin utsikt ner mot Rådasjön. Trots närhet till flygplatsen och smidig access till riksvägen och vidare ner till E6 vid Göteborg hade området inte riktigt tagit den fart som många hoppats på. Företagsparken vid Lindholmen var betydligt populärare, framförallt för teknikföretag, de flesta företagen här i Mölnlycke var inom logistik, distribution och tillverkning. Det var få andra företag med den profil som IMA hade.

Eva blev väl mottagen av företagets receptionist. Hon blev ombedd att vänta så skulle någon strax kom ut och ta emot henne. Bakom receptionen såg hon ett stort luftigt kontorslandskap och hon kunde känna en inbjudande och positiv atmosfär komma emot henne. Märkligt att man kunde känna något sådant bara genom att tas emot och vänta i receptionen. Men å andra sidan kunde hon ha fel, men det verkade utan tvekan trevligt.

Hon frågade receptionisten vad hon tyckte om att arbeta här ute i Mölnlycke. Mycket riktigt var övriga företag i parken av en annan profil än IMA med företaget hade valt närheten till flygplatsen istället för samvaron ute på Lindholmens teknikpark berättade hon. Många var på resande fot och de flesta av deras kunder fanns uppe i Stockholm så det var smidigt att både resa och ta emot besök så här nära flygplatsen.

Efter några få minuter kom en kvinna ut och hälsade på Eva och undrade vad hon kunde hjälpa till med. Hon presenterade sig som Magdalena Blomgren, företagets marknadschef, och bjöd in Eva in på sitt kontor. Vid första anblick uppfattade Eva henne som en kvinna någonstans upp emot 40 år. Strikt affärsdress och en tydlig pondus bidrog till det intrycket. Men när de satt sig ner insåg Eva att hon troligtvis var tio år yngre och bara några få år äldre än Eva själv. Det är fascinerande hur klädsel och framtoning påverkar det första intryck man ger.

"Har det hänt Morgan något? Jag såg nyhetsnotisen om bilen igår på nyhetsflödet, är det Morgans bil ni hittat?" undrade Magdalena oroligt så fort som man satt sig ner.

"Vi har inga uppgifter om Morgan, men ja det är hans bil vi hittat."

"Men varför togs den till polishuset, ni bryr er väl inte om övergivna bilar? Jag är givetvis tacksam för att ni hittat och tagit hand om vår bil men det känns lite konstigt."

"Nej egentligen inte, men det finns fakta som eventuellt tyder på någon form av brott. Har ni haft någon kontakt med Morgan nyligen?"

"Nej, han åkte i mitten av förra veckan till Dalsland och det var allmänt känt att han skulle bli svår att kontakta där uppe. Han ringde ett kort samtal på torsdag kväll hem till mig och berättade att han var på väg."

"Bilen som vi hittade, den är Morgans bil, har jag uppfattat det rätt?"

"Egentligen inte, den är företagets men oftast är det Morgan som använder bilen. Men alla kan låna den om inte Morgan behöver den. Vi har en reservnyckel till bilen hängande här på kontoret. Det är en fräck bil och den har en häftig imponeringsfaktor på kunder som man inte ska underskatta. Så den används som representationsbil kan man säga vid luncher och dylikt. Men kan du inte berätta varför ni tagit bilen till polishuset?"

"Tyvärr inte. Vi hittade ingen nyckel i närheten av bilen så jag skulle vara intresserad av att få låna er reservnyckel. Kan du ordna det?"

Magdalena gick iväg för att hämta nyckeln men kom strax tillbaka och berättade att nyckeln inte fanns på plats och att inga bokningar av bilen fanns registrerat.

"Vem kan ha tagit nyckeln?"

"Vem som helst, den hänger tillgänglig för alla. Man bokar bilen i bokningskalendern och hämtar nyckel när man behöver den. Vi litar fullt ut på alla som arbetar här. Känns jättekonstigt att någon skulle ha tagit den", sa Magdalena och skakade på huvudet.

Eva bokade in ett möte på tisdagen då hon skulle intervjua alla anställde. Sedan bad hon om att få Morgans mobilnummer samt kontaktnummer till hans fru och lämnade sedan företaget.

Eva och Jörgen träffades strax efter lunch. Jörgen hade kommit i kontakt med alla sommarstugeägare utom en. Han hade inte kommit fram till något nytt men alla skulle sammanställa listor på bekanta som besökt stugan så på sikt skulle det bli en diger samling av personer som skulle förhöras.

Jörgen berättade även att man intervjuat husägare på väg ner mot Lerum men ingen hade noterat någon ensam vandrare sent på lördag kväll.

Morgans fru hade Eva fått tag på strax efter lunch. Eva förvånades över hennes bristande intresse kring varför Eva frågade efter Morgan och konstaterade att relationen mellan makarna verkade vara rejält ansträngt. Eva fick nästan intrycket av att hon struntade i om han var försvunnen, skadad eller död. Man kom överens om att träffas ute vid hennes bostad vid fem då hon kom hem från sitt arbete.

Sökningen på mobiltelefonen visade en avslagen telefon, senaste position var vid Morgons lägenhet i Göteborg för drygt en vecka sedan.

Eva ringde tillbaka till Magdalena på företaget för att på nytt kontrollera samtalet hon fått förra veckan. Samtalet hade kommit in på hennes hemmanummer och hon hade ingen nummerpresentatör så hon visste inte vem samtalet kom ifrån. Eva fick tillstånd att ta fram nummer på de samtal som ringts in till hennes hemtelefon under torsdagen.

På klockslaget fem stod Eva utanför Ylva Fredéns hus i Örgryte. Ett stort vitt funkishus i två våningar med en stor rundad altan uppe på våning två. Hur kan hon ha råd med det här huset ensam? undrade Eva. Ylva öppnade dörren direkt efter ringsignalen.

"Välkommen till mitt vackra hus. Aningen stort för en ensam kvinna kanske", sa hon med ett tydligt stänk av ironi i rösten. "Men huset är mitt efter ett arv så Morgan har ingen del i huset även om vi skiljer oss, vilket väl är troligt", la hon så till och snyftade till.

Precis som Eva uppfattat i telefon var Ylva ganska bitter på sin man som lämnat henne så sent som för fjorton dagar sedan. Separationen hade kommit som en blixt från klar himmel. Ylva hade själv upplevt att de hade ett bra förhållande och hade i sin vildaste fantasi inte kunnat förstå vad som hänt. Han hade kommit hem en kväll, gått upp till övervåningen, kommit ner med en packad resväska och meddelat att han lämnade henne. Hon var fortfarande chockad över det som hänt. Det hade känts som en dålig film på tv berättade hon.

"Har han lämnat dig för någon annan?"

"Jag vet inte, han bara gick och sedan dess har jag inte pratat med honom", sa hon och suckade resignerad.

"Du får ursäkta men jag upplevde det som om du inte brydde dig om vad som eventuellt hänt honom när du ringde", sa Eva försiktigt.

"Men det har ju inte hänt något sa du ju, eller hur?"

"Nej inget som vi känner till jag bara undrade. Anledningen att vi frågar är att vi hittat företagets Tesla övergiven ute i en lada. Det finns några omständigheter kring bilen som är lite märkliga och därför behöver vi få tag i Morgan."

"Jag det förstår jag att ni undrar över, den bilen var hans stolthet. Ni vet män och deras leksaker. Givetvis hoppas jag att inget hänt, samtidigt är jag så förbannad att jag skulle kunna döda honom om han vågande visa sig. Nej inte döda honom men du förstår vad jag menar, eller hur?" sa hon och började gråta. Det var uppenbart att hennes initialt kaxiga jag-bryr-mig-inte attityd bara var en fasad. Eva insåg att hon var betydligt mer påverkad av hans svek än hon ville ge sken av.

Eva berättade att Magdalena på kontoret haft kontakt med Morgan på torsdagen och att han enligt henne mådde bra.

"Förresten, vet du vad han har för blodgrupp?" frågade Eva när hon skulle gå.

"Han har en väldigt ovanlig blodgrupp AB-, varför frågar du?" sa hon märkbart oroad över frågan.

"Vi hittade blodspår i bilen, och de var inte AB-, så du behöver inte oro dig", svarade Eva och lämnade huset.

32

6

Avenyn
Måndag kväll

Bror var drygt tjugo minuter för tidig till träffen med Eva, Olle och Jovana på Hard Rock kafé. Han satte sig ner vid bordet de bokat och beställde in en öl.

Strax före sex kom så Olle och Jovana hand i hand och tio minuter senare kom Eva springande med andan i halsen.

Bror var lite förväntansfull, det var Olle som legat på och ville ha en gemensam middag. Olle hade länge levt singellivet men när han nu träffat Jovana så hade det snart blivit en tajt relation som bara verkade bli starkare för varje dag. Baserat på att Olle insisterat på att de skulle träffas alla fyra så misstänkte Bror att det var något de ville berätta om. Han var mycket nyfiken på vad det kunde vara.

"Varför ser du så där illmarig ut, som min mormor brukade säga?" undrade Eva och knuffade till Bror med armbågen.

"Ja varför det, det kanske du vill berätta?" sa han och lämnade över bollen till Olle.

"Okej då, jag har minsann sett hur du suttit där och undrat. Vi ska flytta ihop, vi har hittat en radhuslägenhet ute i Björkekärr som vi flyttar till om en vecka", sa Olle stolt och tog Jovana i handen.

"Grattis, va roligt, hur kunde ni få tag i den så snabbt. Men det är ju utanför stan", sa Eva.

"Utanför är väl att ta i, det tar inte många minuter in till centrum, men visst nu blir vi ju fotograferade varje gång vi åker in till stan med bil, om det är det du menar. Trängselskatten måste betalas", sa Olle och skrattade.

"Ja är det inte spännande att Borlängebon har blivit en inbiten göteborgare. Eva kan nog aldrig tänka sig att lämna innerstaden, eller hur?" sa Bror och buffade till henne kärleksfullt i sidan.

"Det vet man aldrig, nu är nu, vad som händer i framtiden är något annat. Berätta mer om lägenheten?" sa Eva och bjöd in Jovana i diskussionen samtidigt som hon gav Bror en lite road blick när hon såg hans förvåning.

Bror blev verkligen överraskad av hennes kommentar. Han hade fått intrycket av att hon blivit en riktig stadsbo och aldrig skulle flytta ut från centrum av staden. Men så var det tydligen inte.

Det blev en trevlig kväll. Jovana berättade med stor iver om den nya lägenheten. Den var mer som ett litet radhus med liten uteplats och två våningar. Men det hade gått fort och man skulle flytta in redan till helgen, så man var i akut behov av flytthjälp. Bror och Eva ställde upp utan att tveka och alla trodde att även Myran, Erik, Malin och Katrin skulle komma med. Man hoppades att man skulle få hela gänget med på flyttkalaset. De hade blivit riktigt tajta så det skulle bli jätteroligt.

Bror berättade om sitt nya uppdrag och Eva nämnde stolt att hon fått en egen utredning nu när Linus var på kurs. En egen utredning som dock gick lite på nåder. Det var inget uppdrag för kriminalavdelningen egentligen så det fanns stort risk att den kunde läggas ner.

"Det handlar inte om den där övergivna lyxbilen som det var en notis om i tidningen?" undrade Olle.

"Jo det gör det, men sprid det inte vidare. Som ni förstår är inte en övergiven lyxbil ett ärende för kriminalavdelningen", sa Eva när hon insåg att hon inte skulle kunna undvika att bekräfta Olles fråga.

"Men då är det väl något mer som inte står i tidningen, eller hur?" sa Olle men Eva viftade bort det med att hon inte kunde berätta något mera.

Varför kunde hon inte hålla tyst. Men samtidigt visste hon varför. Hon var så stolt över att få en egen utredning att hon varit tvungen att skryta lite. Nu gjorde det inget, Olle och Jovana skulle inte sprida det vidare, det visste hon.

Efter några öl vandrade så Bror och Eva hemåt mot Fredbergsgatan. De gick västerut på Nya Allén, svängde sedan in till Haga och strosade vidare på Haga Nygata. Stannade till och tittade in i skyltfönstren på de många kuriosaaffärer som låg vägg i vägg i denna mysiga del av Göteborg. Det hade blivit en lång dag och det blev inget ytterligare stopp på någon av restaurangerna. Inte heller hade de någon ork att diskutera sina nya uppdrag, det fick bli imorgon.

Men som så ofta var det något under kvällen som var viktigt tyckte Eva, något som hade med hennes uppdrag att göra, men hon kom inte på vad det var.

7

AI-Systems, Lindholmen
Tisdag

Bror mötte upp Anders utanför Kronan Invests kontor för att gemensamt besöka AI-systems. Man hade kommit överens om att klä sig ledigt vilket enligt Anders var den klädkod som gällde på företaget. Bägge hade jeans, skjorta och en udda kavaj.

Anders hade aviserat att man skulle komma, så personalen var alla samlade i konferensrummet när Bror och Anders kom in. Man hade passerat ett bageri och köpt med sig fikabröd. Stämningen kändes ansträngd. Bror blev mött med avmätta handslag, definitivt inget hjärtligt välkomnande. Han hoppades av stämningen skulle bli bättre, var det här normalt läge så var det ingen rolig arbetsplats.

Kaffe var upphällt i termos och alla försåg sig av kaffet och fikabrödet. Det kom inga spontana frågor utan alla väntade på att Anders och Bror skulle hålla i mötet. Bror tog till orda och berättade lite om sig själv och bad sedan alla runt bordet att presentera sig och vad man arbetade med.

Det gick väldigt fort och alla nämnde bara sitt namn och vad man arbetade med. Ingen broderade ut mer än nödvändigt. Det var lika många tjejer som killar, vilket förvånade Bror. På Chalmers var det en stor övervikt av killar. De flesta angav att de var matematiker och vissa benämnde sig själva programmerare. En av tjejerna, Linda, var administratör. Men det kändes som att man var tvungen att dra ut varje uns av information. Det var ingen som öppnade upp och brodera ut sitt berättande, ingen som ställde frågor. Mycket konstig stämning, han förstod att Anders kände sig orolig. Anders insåg att man inte skulle komma vidare så han informerade att han skulle avvika och lämnade till Bror för de fortsatta diskussionerna. De flesta verkade mycket introverta, de tittade ner i bordet och mötte inte hans blick. Två undantag, Linda administratören som mötte hans blick helt kort men verkade mycket blyg samt Linn som närmast stirrade på honom med en oblyg, fräck och utmanande attityd. Han visste inte om han var mer störd över gänget som tittade ner i bordet eller Linns stirrande.

Bror berättade att han ville hålla enskilda samtal med alla men undrade först om det fanns några allmänna frågor.

"När ska vi få vår nya utvecklingsserver och när får vi de nya licenserna för SQL databasen", frågade Linn både aggressivt och irriterat. Hon verkade ha tagit på sig någon form av ledarroll bland de anställda.

"Som du förstår har jag i dagsläget ingen aning, men det får vi reda ut tillsammans" svarade Bror.

"Mer fördröjningar och förhalningar alltså", kommenterade hon och reste sig upp och gick ut ur konferensrummet.

Bror avbröt mötet och påpekade att han så snart som möjligt skulle kunna börja sina enskilda samtal och hoppades att man skulle trivas bra ihop. Återigen ingen respons, ingen som sa javisst eller något annat utan alla bara reste sig upp och gick till sina arbetsplatser. Att vända det här gänget skulle inte bli lätt, men det var bara att bita ihop och sakta jobba sig in i gemenskapen tänkte Bror.

Linda kom fram och tog med Bror till ett kontorsrum som han skulle kunna använda. Dator fanns på plats och man hade tagit fram inloggningsuppgifter till datanätet, e-postadress och visitkort. Så någon hade ändå ansträngt sig om att välkomna Bror en aning. Han undrade om det är Anders som drivit på eller om Linda tagit initiativet. Oavsett så var det trevligt, framförallt efter ett minst sagt kylslaget inledningsmöte.

I övrigt så bestod kontoret av ett litet pentry, två

konferensrum, två enskilda kontor och ett stort kontorslandskap. Det största kontoret var Filips och Bror hade fått det något mindre kontoret. Han undrade stilla vems kontor han tagit, han hade svårt att tro att det stått tomt.

Han satte sig ner och organiserade upp sin dator och lyssnade in stämningen i kontorslandskapet utanför. Det var spökligt tyst, rimligtvis borde stämningen ha lättat upp en aning, men alla satt helt tysta och arbetade fokuserat på sina datorer. Bror hade informerat om att han skulle sätta sig in i datasystemen och lite dokumentation under förmiddagen och väntade sakta på att den konstiga stämningen skulle upphöra och att ett normalt sorl skulle infinna sig. Men det gjorde det aldrig. Den onormala tystnaden höll i sig hela vägen fram till lunch. Vilken märklig arbetsplats tänkte Bror och gruvande sig nästan för hur man skulle hantera lunchen. Hade man med sig matlådor eller gick man på gemensam lunch undrade han stilla.

"Ska du följa med på lunch?" undrade Linda som tittade in på hans kontor vid halv tolv.

"Javisst gärna", svarade Bror och kände sig lättad.

"Alla brukar äta lunch tillsammans så vi går om en tio minuter skulle jag tro."

Va skönt tänkte Bror, man pratade inte med varandra på kontoret men man åt lunch ihop. Så någon samvaro fanns det. Skulle bli intressant att följa med på lunchen och se vad man diskuterade då.

Men lunchen blev lika märklig som förmiddagen. Visserligen gick man allihopa tillsammans men man pratade inte med varandra. Brors försök att prata sport, politik, väder blev helt resultatlöst. Lunchen åts under tystnad varefter man gick tillbaka till kontoret. Det märkliga var att gruppen ändå kändes tajt, man hade en gemenskap, en tyst gemenskap. Bror undrade stilla om han skulle acceptera hur det var eller om han skulle arbeta för en förändring.

Väl tillbaka på kontoret gjorde Bror upp ett schema för eftermiddagen. Han hade tänkt igenom ett antal frågor som han skulle ställa och planerade in tjugo minuter per anställd. Givetvis skulle han behöva följa upp med längre samtal men just nu var det viktigt att få en överblick.

Samtalen gick bra även om det kändes som han var tvungen att dra ut vartenda ord ur personalen. Han bjöd på sig själv och kände att fick han några dagar till så skulle han nog kunna arbeta upp ett trivsamt normalt sorl i kontorslandskapet. Han trodde inte att den stämning som rådde på sikt skulle vara bra.

När han satte sig ner sent efter alla samtal hade han en ganska bra bild över de anställda. Alla var inåtvända specialister, förutom Linda och Linn faktiskt. De flesta var ensamstående superstudenter från Chalmers eller Göteborgs Universitet som levde för sina studier och den forskning de bedrev. Många beskrev det de sysslade med som forskning och inte att man utvecklade produkter vilket i sig kunde vara ett problem. Ett företag kunde inte leva på forskning om det inte resulterade i produkter som gick att sälja. Under samtalen kunde han inte låta bli att tänka på tv-serien Big Bang Teori som han tittat på med stor behållning. De anställda på det här företaget och den asociala huvudpersonen Sheldon i tv-serien hade stora likheter.

Linda tinade upp ganska fort och det visade sig att hon var ganska ny på sitt arbete. Man hade haft stor omsättning på den administrativa posten vilket Bror inte tyckte var konstigt med tanke på atmosfären i företaget. Linda hade medvetet varit väldigt försiktig då hon inte ville göra sig omöjlig. Men det var uppenbart att hon inte skulle vara kvar speciellt länge hon heller om inte klimatet på arbetsplatsen förändrades.

Linn var precis som många av sina kollegor en matematiker men hon hade ett affärsdriv som de andra saknade. Hon såg sig inte som en forskare utan som en produktutvecklare och ville verkligen ta fram produkter som skulle bli framgångsrika. Hennes frustration vid det inledande mötet kom sig av att det saknades ett antal beslut som hon såg som absolut nödvändiga för att företaget skulle nå framgång. Bror kände att Linn nog skulle kunna bli hans bästa kollega om han bara kunde hjälpa henne vidare i det hon önskade sig. Men hon var fortsatt väldigt rak och nästan påträngande. På något konstigt sätt kände han sig attraherad av henne.

Ytterligare en sak framkom med stor tydlighet. Filip hade styrt företaget med järnhand. Han tog alla beslut både när det gällde inriktning och investeringar. Det var dessutom bara han som hanterat kontakter med potentiella kunder.

En lärare på Chalmers hade berättat för Bror att man inte fick fokusera på problem utan se allt som utmaningar och möjligheter. Sammanfattningsvis fanns det stora utmaningar på den här arbetsplatsen tänkte Bror.

Nu hade han skaffat sig en första uppfattning om personalen. Imorgon skulle han sätta sig in i de projekt de arbetade med.

8

Polishuset
Tisdag

På tisdag morgon hade Eva insett att Olles kommentar om kameror från trängselskatten var det hon reagerat på vid deras gemensamma middag. Gick det att hitta information från Teslans registreringsskyltar? Det fick bli första uppdraget när hon kom tillbaka till kontoret.

Tillsammans med Jörgen la man upp en liten arbetsplan för dagen. Fortfarande var detta bara en upphittad bil, men omständigheterna var så skumma så både Eva och Jörgen fick jobba vidare med ärendet på heltid.

Man hade tre trådar att följa upp. Jörgen skulle kontrollera telefonsamtalet till Magdalena på torsdag kväll samt kamerorna från in och utfarterna i Göteborg. Eva skulle åka ut till IMA och förhöra personalen. På eftermiddagen skulle man sammanfatta läget och besluta om ytterligare åtgärder. Ingen information om blodet i bilen hade läckt ut till pressen så på den fronten var det lugnt tills vidare.

Eva var i första hand intresserad av att kunna kartlägga vilka som hade haft möjlighet att komma över bilens nycklar. Tyvärr visade det sig att ingen på kontoret kunde uteslutas. Nycklarna var lätt tillgängliga direkt innanför receptionen och det gick inte ens utesluta att en besökare kunnat komma över dessa vid ett besök. Det krävde dock att personen i fråga visste var nycklarna fanns.

Magdalena berättade att de flesta familjemedlemmar till anställda i företaget kände till nycklarna. Bilen hade, speciellt när den var nyinköpt, flitigt använts och provkörts. Entrédörren stod olåst under förmiddag och eftermiddag och det var inte alltid bemannat i receptionen.

Eva hade kontrollerat bolagets ekonomi och konstaterat att bolaget visade svag lönsamhet de senaste åren. Magdalena berättade att man varit väldigt framgångsrika med sin analysmodell men de senaste åren hade det visat sig att modellen fungerade bra på kort sikt, dvs ett till två år, men betydligt sämre på längre sikt. De matematiska modeller som användes måste vidareutvecklas och det skulle kräva stora investeringar, framförallt måste man anställa ytterligare ett antal duktiga forskare om man skulle lösa problemet.

"Vad används analyserna till?"

"Våra kunder är alla stora börsmäklare, analyserna skapar modeller för marknadsutveckling av börskurser baserat på stora gruppers beteenden."

"Låter avancerat, men kan man inte bara anställa matematiker från Chalmers eller Göteborgs universitet?" undrade Eva.

"Tyvärr, det är väldigt få som examineras med tillräcklig spetskompetens. Vi försökte faktiskt köpa ett företag med motsvarande kompetens bara för någon månad sedan. Men vi lyckades inte."

Eva tackade för sig efter att ha kontrollerat att inte Morgan hört av sig och åkte tillbaka till polishuset. Det hade varit en fördel att haft med Bror på det här besöket, han hade kanske kunnat ställa lite mer detaljerade frågor om verksamheten, tänkte hon. Arbetade man inte med matematik på hans nya uppdrag också, det måste hon komma ihåg att kolla upp när hon kom hem.

Eva svängde in vid Gustafs källa och tog en hamburgare på Burger King innan hon åkte ner till polishuset. Jörgen kom in en halvtimme senare och de satte sig ner för att sammanfatta förmiddagen.

"Jag trodde inte vi skulle kunna få fram uppgifter om passager på helgen. Man debiteras ju ingen trängselskatt då, men tydligen så registreras alla ändå. Vi måste kontrollera med Arne om bilen verkligen lämnades vid midnatt. Vi har fått träff på bilens registreringsnummer vid två samma natt på E20 infarten till Göteborg" förklarade Jörgen.

"Hur är det med passager ut från Göteborg då?" undrade Eva.

"Det finns en passage vid elva på kvällen ut från Göteborg. I övrigt finns inga passager alls registrerade de senaste tre dagarna."

"Ett alternativ är att skyltarna vid två på natten satt på en annan bil. Skyltarna från Teslan var ju borttagna. Det känns mer rimligt. Bilen körs ut från Göteborg vid elva på kvällen. Den lämnas ute i Öretorp vid midnatt, vår okände person går därifrån ner till Lerum eller däromkring sätter på de borttagna skyltarna på en annan bil och kör in till Göteborg. Det man undrar är givetvis varför. Kan vi få fram bilder från passagerna så vi kan kontrollera vilken bil det är?" frågade Eva. Jörgen tog på sig uppdraget med att visa en tumme upp och sprang iväg för att ringa sin kontakt.

Väl tillbaka visade han upp två bilder. En bild på en Tesla som lämnar Göteborg via elvatiden på kvällen och sedan en bild på en ljusgrå Volvo V70 med Teslan skyltar som åker in till Göteborg vid tvåtiden på natten. Så Evas teori stämde, Volvon måste ha lämnats ute vid Lerum tidigare på dagen för att sedan användas när Teslan lämnats av för att åka in till Göteborg. Men varför allt detta besvär, det blev man inte klokare på och kunde inte ens tänka ihop ens en enda sannolik historia bakom. Dessutom fanns det ju hur många ljusgrå Volvo V70 som helst så det skulle inte bli till någon hjälp.

Telefonsamtalet till Magdalena kom från en telefon på Statoil i Stenungssund. Jörgen hade pratat med personal på bensinstationen som gav ett signalement som mycket väl kunde stämma överens med Morgan Fredén. Han hade glömt sin telefon och ville ringa ett samtal, berättade personalen.

Eva sammanfattade sitt möte ute på IMA och därefter satt man bägge tysta en stund. Jörgen reste sig upp och sammanfattade vid tavlan.

1. Nyckeln till bilen kunde tagits av vem som helst på kontoret och i princip vem som helst av deras familjer och kompisar.
2. Teslan hade körts ut till Öretorp under lördagen.
3. Magdalena hade tagit emot ett samtal från Statoilmacken i Stenungssund på torsdag kväll. Troligtvis från Morgan Fredén.

Man blev överens om att man borde kontrollera bensinstationens kameror för att bekräfta om det var Morgan som ringt eller inte. Även om det var Morgan som ringt var det inget bevis på att han hade åkt till Dalsland. Han kunde ha ringt från Stenungssund, för att ge sken av att var på väg norrut, och sedan återvänt till Göteborg.

Varför någon monterat Teslans nummerplåtar på en Volvo och passerat en trängselskattstation var oförklarligt, men kändes ändå viktigt, även om man inte visste varför. Att man inte fått några fler träffar kunde bero på att bilen inte kört ut från Göteborg eller att skyltarna monterats bort efter att den upphittade bilen visats i tidningarna på måndag morgon.

Jörgen ringde Statoilmacken och Eva skulle kontrollera om den utökade dörrknackning i området kring Öretorp gett något resultat.

Bilderna från macken kom ganska omgående och man hade en positiv identifiering av Morgan efter ett mejl och ett samtal med Magdalena. Men som man konstaterat tidigare så betydde den informationen inte speciellt mycket.

Operation dörrknackning hade gett ett resultat. En person hade identifierats komma gående från Öretorp ner mot Lerums centrum strax efter tolv på lördag kväll. Men tyvärr inget signalement som gick att använda. Jeans, mörk huvtröja bar på en axelväska. En bag som skulle kunnat innehålla nummerplåtarna till Teslan. Kunde vara både en kille eller en tjej. Det fanns inga noteringar om någon likande person nere vid pendeltågsstationen i Lerum eller vid någon av parkeringarna.

Eva och Jörgen tittade på varandra, konstaterade att man stod och stampade. Dags att gå hem och komma tillbaka utvilad nästa dag.

9

Fredbergsgatan
Tisdag kväll

Bror kände sig helt slutkörd efter första dagen på AI. Den konstiga stämningen på företaget hade närmast dränerat honom på energi. Han sjönk ner i soffan och zappade runt helt planlöst på tv:n när Eva kom hem. "Hej, va munter du ser ut", sa Eva. "har du fixat någon middag?"

"Hej, nej jag är helt slut kan vi inte gå ut och äta, jag behöver se vanliga människor omkring mig ikväll", sa Bror aningen uppgivet.

"Jaha och jag är inte vanlig menar du", sa Eva med ett skratt.

"Jovisst men företaget jag varit på är inte det, kan jag inte få berätta mer på en trevlig krog med en hel massa normala människor omkring mig."

Efter ett snabbt klädombyte gick de ner tillsammans till en liten kvarterskrog i närheten av lägenheten. Bror beställda in en stor stark och Eva tog in ett glas vin, trots att det bara var tisdag och mitt i veckan.

Bror berättade om sin första dag på arbetet och den konstiga arbetsplatsen där ingen pratade med varandra men ändå gick ut och åt tillsammans. Eva höll med om att det lät skumt, men kommenterade att Chalmerister är väl nördar allihop, du är undantaget som bekräftar regeln, sa hon och log.

Bror skrattade med men tyckte att hennes kategoriska inställning till Chalmerister inte stämde. De flesta var jättetrevliga men han fick erkänna att vissa av studenterna på teknisk fysik hade en del övrigt att önska när det gällde sociala talanger.

"Jaha, bara där alltså" sa Eva och skrattade gott.

Eva berättade om sin dag och fick konstatera att hon hamnat i en riktig gåta. Bror lyste upp och kommenterade att det började låta som deras gemensamma försvinnande när de arbetade med Medella.

"Företaget som äger den här bilen vi hittat arbetar tydligen med analyser och behövde anställa matematiker. Har du några känningar inom det området?" undrade Eva.

"Skulle var på företaget där jag är idag i så fall, det är en blandning av programmerare och matematiker. Jag själv kommer knappt ihåg något från de kurser jag med nöd och näppe klarade tentorna på."

"Jo det verkar som om både din nya arbetsgivare och företaget som äger min försvunna bil har matematiker anställda. Jag tror aldrig jag tidigare stött på ett företag som har den yrkeskategorin alls. Är det inte märkligt att vi bägge stöter på det samtidigt."

"Är gänget där lika asocialt som hos mitt företag?" undrade Bror.

"Nej inte alls, de är trevliga allihopa. Lite reserverade eftersom jag är polis men i övrigt inga problem. Verkar vara en bra stämning. Men företaget gick inte jättebra förstod jag."

"Vi får be vår egen lilla kunskapskälla, Erik, om mer insiderinformation nästa gång vi träffas. När skulle vi hjälpa till med flytten förresten?"

"Det blir nu på söndag, oömma kläder och gott humör krävs. Olle skickade info på Messenger idag. Har du inte läst det? De har hyrt en liten skåpbil som ska hämtas upp redan vid åtta på morgonen så det får bli en relativt nykter och tidig kväll på lördag. Förresten så är Katrin matematiker på Göteborgs universitet. Hon kanske kan berätta mer om våra matematiska problem."

Det var mycket trevligt att komma ut och äta gott, sitta och prata och bara njuta av vimlet runtomkring, sammanfattade han kvällen för sig själv. Imorgon skulle han börja arbeta på att förändra atmosfären ute på AI. Skulle han inte ta tag i det, skulle han inte stå ut, ens i tre månader.

Dessutom var det något Eva sagt under middagen som pockade på men han fick inte tag i det.

10

AI-Systems, Lindholmen
Onsdag

Det var inte helt utan oro som Bror åkte ut för andra dagen till företaget. Stämningen igår var minst sagt märklig och från och till undrade han om han kunde ändra på den överhuvudtaget. Men han fick inte ge upp utan nu var det att bita ihop och arbeta upp en bra atmosfär på företaget.

Han hade två olika problem framför sig. Hur skulle han få de inåtvända kollegorna att tina upp, vilket var det största problemet. Det andra var hur han skulle hantera Linn. Här kända han en kluven inställning till hennes rakt-på-sak attityd men kände även ett visst obehag av det faktum att han fann henne attraktiv. Det blir aldrig bra om man rör till det. Dessutom hade han ju sin Eva så varför skulle det vara ett problem, tänkte han. Men trots det, lite pirrigt kändes det.

Under gårdagen hade han fått en uppfattning om personerna på företaget. Även om många varit mycket försiktiga så hade han trots det lyckats få en hyfsad bild över allas olika personligheter. Idag skulle han fokusera på arbetsuppgifterna och potentiella kunder.

Han valde avsiktligt att prata med Linn sista av alla. För sig själv intalade han sig att hon hade störst intresse av affärer och att det var skälet till att han la henne sist i samtalsserien, men innerst inne insåg han att han gruvade sig en aning för mötet med henne och att det kanske var den verkliga anledningen.

När han så kom fram till lunch hade han haft en genomgång med alla förutom Linda och Linn. Han hade fått en viss inblick i vad de sysslade med. Filip hade startat projektet och hade med sig ett patent på en matematisk algoritm som var grunden till företaget. Metoden kunde förutsäga stora gruppers beteenden baserat på ett antal omgivningsparametrar precis som Anders berättat när han introducerade Bror till företaget.

Den matematiska analysen var dock inte fullt utvecklad utan behövde både förfinas och framförallt anpassas så att det blev en produkt.

Företaget hade specialiserat sig på krisledningsfunktioner och utvecklade modeller för analys av olika typer av katastrofscenarios. Målgruppen var offentlig sektor och de företag som arbetade med krishantering och räddningsuppdrag. Myndigheten för samhällsskydd och beredskap, MSB, var en viktig samarbetspartner men de potentiella kunderna var primärt räddningstjänster och kommunernas säkerhetssamordnare.

Man hade en analysmodell som kördes i provdrift hos ett fåtal räddningstjänster. MSB var delaktig och hade skjutit till pengar i försöksverksamheten.

Han fick även klart för sig att man hade två större tekniska utmaningar. Analysmodellen var tydligen inte fullt utvecklad. Den fungerade bra för analyser på kort sikt men hade brister på längre sikt vilket var ett allvarligt problem. Den andra utmaningen var att verktyget var svårt att använda. En situation som inte var ovanlig, en produkt utvecklad av tekniker blev inte alltid användarvänlig och av profilen på de han pratat med fanns det ingen som var intresserad av att arbeta med enkelhet för användaren.

Bror fokuserade på att bjuda av sig själv under samtalen och berättade både om sina föräldrar, Eva och kompisarna och kände att även om han fick lite tillbaka så var det vägen framåt för att skapa ett öppnare klimat. Han lyckades till och med få med sig lite skvaller innan lunch.

Linn var både omtyckt och inte. Många tyckte om hennes raka attityd och att hon försökte driva igenom ett antal beslut men många tyckte också att hon var lite jobbig. Tydligen så var det inte helt friktionsfritt mellan henne och Filip, vilket Bror inte hade svårt att förstå.

Hon hade anställts när deras vassaste forskare hastigt hade gått bort för två år sedan. Det hade varit ett stort avbräck för företaget då, Ulrika, som hon hette hade varit drivande i förfining av analysmetoderna.

Linn hade en annan profil och inte fyllt upp den plats som Ulrika lämnat.

När Bror hade frågat vad som hänt med Ulrika hade han fått undvikande svar och insett att det var ett känsligt ämne, av någon anledning. Får återkomma till det senare hade han tänkt.

Han hade även frågat om man inte försökt ta in någon annan som skulle axla Ulrikas kompetens och då fått reda på att man köpt upp ett konsultföretag för några år sedan med en duktig analytiker men att samarbetet sedan skurit sig och de resurserna inte längre fanns kvar. Även här anade Bror att det fanns detaljer att återkomma till.

Så var man framme vid den gemensamma lunchen. Bror konstaterade att han fått med sig mycket matnyttigt under förmiddagen och kände sig betydligt bättre till mods än när han kom till firman på morgonen.

Lunchen blev som under gårdagen i huvudsak en tyst gemenskap men Bror kände ändå att samtalsklimatet tinade upp en aning och att det gick åt rätt håll. Han konstaterade att gruppen trots att man var relativt tysta hade en stark gemenskap, en känsla som han känt även igår.

Tillbaka efter lunch satte han sig ner med Linda och efter lite rundsnack gick han rakt på sak.

"Vet du vad som hände Ulrika som arbetade här tidigare?"

"Hon begick självmord och tydligen så håller familjen Filip ansvarig för det, så både hennes far och bror har varit här ett antal gånger och ställt Filip mot väggen. Riktigt jobbigt faktiskt, jag tror att Filip polisanmälde för ett tag sedan", berättade hon

51

tyst framåtlutad över bordet.

"Varför anklagar man Filip för det?"

"Jag var inte anställd när Ulrika arbetade här, men jag överhörde en gång när hennes pappa var här och skällde ut Filip. Han tyckte att Filip drivit henne för hårt och ställt orimliga krav och att han borde insett att han drev henne till självmord. Jättetragiskt och jätteobehagligt, han lät som om han skulle kunna bli våldsam."

"Vad tråkigt att höra. Jag fick berättat en sak till som du kanske vet något om. Man köpte upp ett konsultföretag där sedan samarbete upphörde, vet du något om det?"

"Jo det är också en tråkig historia. Man köpte upp ett företag som hade en kompletterande algoritm men sedan kom man inte överens och petade ut killen som tagit fram den. Analysmodellen har vi kvar. Även han har varit här ett antal gånger och skällt ut Filip för att han lurat till sig hans arbete. Han har varit obehagligt aggressiv när han varit här."

"Det var både tråkigt och spännande att lyssna på. Det låter ju nästan som om Filip är lite av en tyrann, tycker du att det stämmer?"

"Nu vill jag inte prata illa om Filip men jag kan nog hålla med om att jag inte skulle vilja ha honom som ovän. Han är mycket trevlig men jag inser också att kommer man sig på kant med honom kan han vara riktigt tuff."

Linda och Bror gick sedan igenom hennes arbetsuppgifter och hon visade Bror de administrativa system som man arbetade med. Hon arbetade även med viss bokföring men det kom in en konsult var fjortonde dag som hade huvudansvaret för det ekonomiska.

Så var det då dags för dagens sista möte, det som Bror gruvat sig för en aning.

Linn närmast stormade in i Bror rum. Hon utstrålade samma kaxighet som hon visat dagen innan. Hon bar en helt svart klädsel som gick bra ihop med hennes punkiga stil. I håret hade hon en målarpensel instucken som höll upp det svarta håret i en knut. De isblå ögonen var kraftigt inramade i svart kajal och läpparna lyset klart röda som en kontrast till allt det svarta. Bror kände nästan hur luften gick ur honom en aning.

"Jaha ska vi börja jobba då?" sa hon och lämnade över initiativet till Bror.

"Du kan börja med att berätta vad du gör på företaget så ska jag dela med mig av vad jag kommit fram till under förmiddagen", sa Bror och lämnade tillbaka ordet till Linn.

Linn berättade att även om hon var matematiker så var hon betydligt mer intresserad av produkter än forskning, vilket han redan insett. Hon berättade att hon försökt ta på sig en roll som projektledare men att Filip haft svårt att släppa över ansvaret. Hon hoppades att Bror skulle vilja arbeta på ett annorlunda sätt, om inte trodde hon inte att hon skulle bli särskilt långvarig på företaget.

Bror insåg att han hade svårt att lyssna, han kom sig själv med att nästan stirra på Linn på samma sätt som hon stirrat på honom under gårdagen.

"Hallå, är du med mig?" frågande hon uppfordrande.

"Javisst, fortsätt du", sa han och skämdes för både sitt stirrande och oprofessionella uppträdande. Det här liknade situationen när han träffade Eva för fösta gången. Även då hade han betett sig som en hormonstinn tonåring.

Linn berättade att hon ändå trots Filips avoga attityd tagit på sig ett inofficiellt projektledaransvar och parallellt med Filip sett till att ha täta kontakter med de kunder som hade provsystem. Hon berättade att det fanns ett visst missnöje hos kunderna som man måste råda bot på. Enligt henne så körde Filip på och gav sken av att produkten var helt färdig och att det inte fanns några problem vilket blev lite pinsamt då så uppenbart inte var fallet. Linn upplevde att hon nästan agerat städgumma bakom Filip för att fortsatt kunna ha kunderna nöjda.

Bror berättade om det han kommit fram till under förmiddagen, undvek däremot skvallret om Ulrika och bolaget som köpts upp.

Linn höll med och sa att analysen måste fungera på längre

sikt, samt att verktyget måste bli mer användarvänlig. Löste man inte det skulle man tappa sina potentiella kunder.

"Sedan vill jag att du kan utse mig till projektledare. Jag tror jag skulle göra ett bra jobb."

"Javisst jag ska fundera några dagar så återkommer jag."

"Ska du hänga med ut och ta en öl efter jobbet?" frågade så Linn med ett leende.

"Nej tyvärr jag ska hem till min Eva ikväll."

"Jaha du var upptagen redan, tråkigt", sa hon och lämnade kontoret.

11

Polishuset
Onsdag

"Vi står och stampar", sa Eva när hon satte sig ner med Jörgen på eftermiddagen. Man hade fortfarande inte fått kontakt med Morgan. Listan på bekanta till sommarstugeägarna hade man betat av till stor del utan några resultat. Uppföljning av personen som setts gå från Öretorp ner mot Lerum på lördagsnatten hade inte gett något alls.

Eva hade haft förnyad kontakt med IMA men ingen hade några nyheter som kunde ge en indikering på vem som kommit över nyckeln till bilen.

"Det enda vi har är en övergiven lyxbil med blod på förarsätet. Vi har en företagsledare som är på semester som vi inte fått tag i. eller som håller sig undan av någon annan anledning. Det här är väl inget för kriminalavdelningen längre, eller vad tycker du?" undrade Jörgen.

"Nej, du har nog rätt. Även om det finns många konstiga detaljer så är det nog inget utredningsärende just nu. Björn, avdelningschefen, var förbi i förmiddags och ville att vi skulle lägga den vilande om vi inte har något nytt att följa upp. Har vi det?" frågade Eva som ett sista försök att få utredningen att leva vidare.

"Vi har inte fått kontakt med alla kontakter till sommarstugeägarna ännu, men det är väl tveksamt om vi ska lägga tid på det."

Tyvärr hittade man ingen anledning att fortsätta utredningen, även om man båda två kände att det trots allt var något, men frågan var vad?

"Då meddelar vi tekniska att de kan lämna tillbaka bilen och så lägger vi detta åt sidan så länge", sa Eva med en uppgiven suck.

12

AI-Systems, Lindholmen
Torsdag

Bror och Eva hade inte träffats på onsdag kväll som han berättat för Linn, det hade bara varit en ursäkt för att komma ifrån hennes förslag till träff. Bror hade träffat Olle och spelat badminton och Eva hade haft en träff med en gammal studiekompis på stan. De hade tagit en gemensam kopp te sent på kvällen och sedan gått till sängs. Bror hade berättat om onsdagen och Eva hade modstulet berättat att utredningen var lagd åt sidan tills vidare.

Idag skulle ekonomikonsulten komma in och man skulle gå igenom företagets ekonomiska status.

Linns förslag att utse henne till projektledare var nog ingen dum idé. Man måste också titta på att anställa en utvecklare som kunde arbeta med ett bra användargränssnitt för analysverktyget. Men Bror tänkte att han skulle vänta in Filip som skulle vara tillbaka på måndag innan han tog några beslut i frågan. Dessutom måste han ju veta om det fanns ekonomiskt utrymme för åtgärderna och det hoppades han få veta idag.

Strax före nio kom Linda in med en rekommenderad försändelse från Lichtenstein.

"Har vi några samarbeten där?"

"Inte vad jag vet, jag har aldrig hanterat någon kommunikation med utlandet alls hittills."

Avsändaren var en advokatbyrå såg Bror innan han sprättade

upp kuvertet. Innehållet var ett kravbrev på omedelbar återbetalning av ett lån på tre miljoner kronor. Viken tur att ekonomikonsulten kommer hit idag, jag har ingen aning om hur företagets ekonomiska situation ser ut, tänkte han. Men lite underligt är det, jag känner inte igen detta från årsredovisningen jag fick av Anders på Kronan Invest. Undrar om han känner till detta, tänkte Bror.

Under gårdagen hade Bror föreslagit att man skulle samlas för gemensam fika varje förmiddag. Idag var det premiär och han hade köpt med sig fikabröd.

Fikat var trevande men det blev ändå en diskussion kring en artikel från Stanford om någon ny forskning kring Artificiell Intelligens. Även om det bara blev jobbsnack så var Bror ändå nöjd. Bättre lite dialog än ständig tystnad.

Bror berättade att han börjat få grepp om verksamheten och att de skulle ha en ny avstämning tillsammans i nästa vecka efter att Filip var tillbaka.

Vid halv tio kom Bertil, ekonomikonsulten, och Bror tog med sig honom in till kontoret.

Bertil var en äldre distingerad man med bister uppsyn. Klädd i kostym med skjorta och slips. Han måste vara nära pension tänkte Bror när de satte sig ner.

Bror undvek att ta upp kravbrevet utan bad Bertil gå igenom företagets finanser efter eget huvud.

Ekonomin hade varit minst sagt ansträngd fram till försäljningen till Kronan Invest. Intäkterna från MSB och provdriften hos räddningstjänsterna täckte inte riktigt upp de kostnader man hade. Betalningsförmågan hade inte varit dålig men skulle snabbt blivit det om man inte fick till försäljningen eller lyckats knyta till sig fler betalande kunder.

Bolaget hade vid försäljningen inga skulder utan alla tillgångar var enligt Bertil företagets resultat samt pengar som Filip hade satt in. De första åren hade man via ett antal konsultuppdrag samlat på sig ett bra kapital som man sedan använde för att utveckla analysprodukter. Åren därefter hade företaget sakta men säkert knaprat på sina besparingar, man hade aldrig visat vinst men heller inga stora förluster. Man hade varit duktiga på att få betalt för sin provverksamhet trots att man inte hade en färdig produkt, vilket Bror tyckte var imponerande. Men av vad han förstod efter gårdagens samtal så insåg han att man måste skynda på mot en färdig produkt samt hitta riktiga betalande kunder så snart som möjligt.

I övrigt fanns inget anmärkningsvärt. Man hade en rimlig checkräkningskredit och inga leverantörsfakturor eller kundfakturor som låg efter i betalning. Man hade investerat i ett antal kraftfulla datorer som användes för forskningsarbetet som man fortfarande skrev av.

"Jag fick ett litet märkligt rekommenderat brev idag. Kan du titta på det?" sa Bror och överlämnande kravbrevet från Lichtenstein.

"Det här känner jag inte till, det måste vara en bluff. Jag tar hand om detta och bestrider den" sa Bertil bestämt.

"Va bra, det är inget jag behöver ta upp med ägarna tycker du?"

"Nej egentligen inte, du kan ju informera om du vill."

Efter en ny lunch som trots allt inte varit helt tyst bad Bror Linn komma in och diskutera igenom de provkunder man hade samt eventuella behov av investeringar.

I dagsläget hade man tre provkunder, ett utvecklingsbidrag från MSB samt ett mindre EU-bidrag. De tre kunderna var enligt Linn ganska missnöjda och det var inte säkert att de skulle förlänga sina provkontrakt när de gick ut om två månader. EU-bidraget och bidraget från MSB skulle upphöra om sex månader.

Det fanns behov av inköp av nya datorer och programlicenser för utvecklingsmiljöerna ganska omgående. Dessutom kände sig Linn osäker på om man hade tillräcklig kompetens för att lösa problemet med analysmotorns förmåga att förutsäga krisscenarios på längre sikt. Sammantaget krävdes en hel del åtgärder om han vågade lita enbart på Linn. Men på måndag skulle Filip vara tillbaka och då fick han ta upp dessa frågor på nytt.

Imorgon fredag ville Anders på Kronan Invest ha ett kortare avstämningsmöte. Det skulle nog vara bra att ta upp alla dessa frågor redan nu, kanske även nämna återbetalning på lånet.

13

Fredbergsgatan
Torsdag kväll

"Ursäkta min sena hemkomst. Jag var tvungen arbeta igenom lite inför imorgon", sa han och gav Eva en puss på kinden.

"Jaha, du kunde ha ringt jag har varit hemma sen fyra idag", sa Eva surt.

"Jätteledsen, har det hänt något speciellt?"

"Utredningen är lagd åt sidan, det sa jag ju igår kväll, och nu blir det tillbaka till förutsägbara utredningar om misshandel och dödsfall igen. Hade verkligen hoppats att det skulle bli en spännande utredning, lite som vårt första fall tillsammans. Kände inte för att arbeta hela dagen", sa Eva uppgivet.

"Jag fixar till lite mat så kan vi prata sen."

Efter en middag bestående av pasta och gravad lax satte de sig i soffan i vardagsrummet.

Då de inte pratats vid på två dagar hade de ganska mycket att berätta om. Bror berättade om sina utmaningar med tysta gänget som han kallade de anställda och berättade om produkterna och kopplingen till MSB och krisledningsfunktioner. Det var väl av intresse även för polisen tyckte han, men Eva var måttligt intresserad.

Han tog även upp problemet man hade med analysmodellen där den inte riktigt fungerade på lite längre sikt och att man behövde förstärka med riktig spetskompetens inom matematik.

61

"Vad sa du om att modellen inte fungerade på längre sikt. Det sa man ute på IMA också vill jag minnas."

"Vad sa du företaget hette, var det IMA?" frågade Bror rejält intresserad.

"Ja vad är det som är så intressant med det?"

"Vänta ett tag" sa Bror och sprang iväg och letande upp dokumentationen han fått av Anders på Kronan Invest när han träffade honom i måndags. Han bläddrade febrilt igenom dokumenten tills han hittade dokumentation om uppköpet.

"Titta det hänger ihop. IMA var ett av företagen som försökte köpa AI-Systems i förra månaden. Jag tyckte jag kände igenom företagsnamnet", sa Bror med stor iver.

"Magdalena på IMA nämnde något om att de försökt köpa ett företag för att få in matematikkompetens men att köpet inte gick iland. Kan det verkligen stämma?"

Eva hämtade den bärbara datorn och man surfade runt på de bägge företagen tillsammans. I grunden byggde de på samma sorts matematisk algoritm. Den användes för att göra bedömningar av hur stora grupper människor reagerar i olika situationer. AI-System hade utnyttjat tekniken för att simulera beteenden vid krisscenarios och IMA för att skapa bättre analyser för aktieköp.

"Otroligt att vi kommit i kontakt med två företag som har samma högteknologiska matematiska algoritm i botten. Undrar om företagen är avknoppningar från samma forskning eller om det bara är slumpen som spelat oss ett spratt?" konstaterade Eva.

Nu blev man bägge två mycket intresserade och man gick igenom sina erfarenheter från de två företagen ytterligare en gång tillsammans. Efter genomgången var man övertygande om att bägge företagen hade samma typ av analysmodell i botten men att man valt två olika tillämpningsområden. Dessutom var det spännande att bägge hade samma grundproblem, nämligen modellens dåliga träffsäkerhet på längre sikt.

Det var också spännande att notera att företagskulturen skilde sig åt mellan företagen. Eva hade upplevt IMS som ett öppet företag med högt i tak mycket skratt och härlig atmosfär och

Bror var på ett företag med en tråkig stämning. Slutsatsen var att det inte var avancerad matematik som gjorde den dåliga stämningen på AI-System, då hade den varit dålig även på IMA. "På lördag ska vi hjälpa Olle och Jovana att flytta. Då får vi höra om Katrin vet lite mer om företagen. Avancerad matematik kan ju inte vara den största av branscher", sa Bror och avslutade diskussionen.

Evas dåliga humör hade svängt. Efter diskussionen med Bror kände hon intuitivt att det här inte kunde vara en slump. Bror och Evas vägar hade korsats igen, det här skulle nog bli en spännande utredning i alla fall. Även om den var vilande för tillfället så trodde hon nog att den skulle aktiveras inom kort.

Bror passade på att testa sin presentation för Anders på Eva som med sitt nya intresse var en bra försökskanin och hjälpte Bror finslipa presentationen och plocka bort en del onödigt och lägga till några saker som han borde lägga mer krut på.

Ovärderligt att få testa sin dragning på någon vid sidan om även om det nu visat sig att Evas utredning inte var så långt ifrån Brors område.

Evas pappa ringde och undrade hur det gick med renoveringsplanerna. Han var jättesugen att få komma ner och hjälpa till. Eva berättade att man skickat in ansökan om bygglov och att man skulle träffa banken i nästa vecka. Så en plan borde vara klar om en dryg vecka lovade hon, trots Brors intensiva huvudskakningar.

"Var du tvungen att lova bort dig?" sa han retsamt.

"Det är väl lika bra annars händer det inget alls eller hur", svarade hon lika retsamt tillbaka.

Nu fanns ingen återvändo, det var lika bra att skissa på en liten tidplan redan under helgen så kunde man diskutera den med Brors föräldrar under middagen på söndag.

Ibland var det bra att lova bort sig, precis som Eva sagt så blir ju löftet även en piska för att få något gjort.

14

Lindholmen
Fredag

Bror hade bestämt sig för att ta båten över till Lindholmen denna morgon. Han tog spårvagnen ner till Stenpiren och gick sedan på en av färjorna som gick över älven. Tidsmässigt gick det jämt upp men vädret var vackert och han såg fram emot den korta båtturen över älven. På senare år hade man börjat ta vara på området kring vattnet. Man byggde både kontor och bostäder intill älvkanten. Områden som tidigare varit vikta för varv och tyngre industrier. Men det fanns ännu mer att göra, närheten till vatten var så trevligt och fortfarande dåligt utnyttjat i Göteborg.

Lindholmen hade blivit ett riktigt tekniknav. Här fanns mängder av företag med fokus på forskning och utveckling. Bror hade också studerat här ute under sina två sista år på Chalmers så han var bekant med området.

De fakta han lyckats sammanställa under sina första tre dagar på kontoret var inte helt igenom positiva. Personalen skulle han nog få att tina upp även om det skulle ta sin lilla tid, han kände ändå att han var på rätt väg. Däremot var ju läget med produkten och provkunderna mer besvärlig. Det skulle också behövas lite investeringar och nyanställningar. Det skulle bli spännande att se hur Anders såg på läget efter den preliminära rapporten som Bror skulle lämna.

Det hade varit bra att kunna provköra presentationen mot Eva i går kväll. Hon hade lämnat ett antal mycket bra kommentarer och han kände sig trygg inför mötet.

Men mötet blev inte riktigt som Bror tänkt sig. Anders kom ner uppenbart stressad och inte riktigt i balans.

"Hoppas du har goda nyheter, för min vecka har varit bedrövlig", öppnade Anders med och Bror kände att hans goda humör och optimism inför mötet fladdrade iväg.

"Ja vi får väl se, det är nog lite både och", sa Bror kryptiskt för att vinna tid. Han kände att han måste brodera ut lite mer positiva vibbar än han tänkt sig om inte presentationen skulle bli en katastrof.

De kom upp till kontoret och slog sig ner vid ett litet konferensrum med varsin kopp kaffe.

"Vad är det som hänt under veckan?" frågade Bror och hoppades att om Anders fick prata av sig skulle han kanske lugna ner sig en aning.

Anders summerade kort och berättade att man missat två uppköp som man varit ganska säkra på att ro iland samt att en av deras mer lovande investeringar visade svagare tillväxt än man förväntat sig. Det var ett av alla dessa bolag som utvecklade appar till mobiltelefoner och där hela affären baserades på att man fick stora volymer av kunder som köpte de små programmen. Volymtillväxten hade initialt varit mycket lovande men mattats av de senaste två månaderna.

Precis som Bror hoppats lugnade Anders ner sig när han fick prata ut om sin bedrövliga vecka. Han andades ut och drack lite kaffe och bad sedan Bror berätta vad han kommit fram till.

Bror började med att prata om företagets produkter. Han valde att i dagsläget inte ta upp problemet med analysens svårigheter på lång sikt, det kändes inte som om det var rätt tillfälle, utan fokuserade på att analysverktyget måste anpassas så att det blir lättare att använda.

Anders kände igen problemet från andra teknikföretag han investerat i. Tekniker, framförallt specialister, tar inte alltid fram lösningar som är lätta att använda för icke tekniker.

Provkunderna hade varit mycket imponerade av analysmöjligheterna. De första som testat hade varit tekniker som hade haft överseende med det krångliga gränssnittet då de varit så uppslukade av möjligheterna som verktyget gav. Men nu hade man tagit in fler användare, som inte var tekniker, och då fått en hel del kritik.

Det här problemet var dock lätt att åtgärda. Man behövde ta in en utvecklare med fokus på användargränssnitt och det ganska omgående.

Bror gick även igenom den preliminära uppskattningen av nyinvesteringar som behövdes avseende datorer och uppgraderade problemlicenser.

Att han troligtvis behövde en till superduktig matematiker bestämda han sig för att vänta med. På måndag skulle Filip var tillbaka och det var nog klokt att diskutera detta med honom innan han rörde upp damm hos ägarna.

"Hur går det med den entusiastiska personalen då?" sa Anders med en tydlig ironi i rösten.

"Jo det är en utmaning, men jag tror vi är på rätt väg", svarade Bror med ett leende.

Att berätta om de tysta luncherna och den tryckte stämningen skulle inte ge något så Bror bytte snabbt ämne.

"Jag tror vi behöver någon som agerar som projektledare eller kanske kombinerad projektledare och projektchef. Jag får intrycket av att Filip hållit i alla sådana frågor med järnhand och det kommer inte att vara bra på sikt. Linn, punktjejen du vet, har uttalat ett intresse för en sådan roll. Har du någon åsikt om det?"

"Nej hur du organiserar bolaget lägger jag mig inte i. Prata ihop dig med Filip bara på måndag så löser ni det. Men jag håller med om att vi borde delegera lite uppdrag ut i organisationen. Har du fått något grepp om kundsidan ännu?"

"Nej, det får bli nästa vecka."

Det kändes som om mötet var på väg att avslutas. Så både Bror och Anders började plocka ihop för att avbryta. Man kom överens om att träffas igen nästa fredag för ytterligare en avstämning.

"Jo jag glömde ensak. Vi fick ett krav på återbetalning av ett lån om tre miljoner kronor. Vår ekonomikille trodde det var ett bluffkrav och skulle bestrida den. Är det något vi behöver ta tag i mer än så tror du?"

"Bluff på tre miljoner kronor låter ju helt otroligt. Det finns inga sådana poster i bokslutet men den måste ni rota vidare i, ring upp Filip omgående och kontrollera med honom. Hör av dig till mig när du fått kontakt", sa Anders uppriktigt orolig.

Bror gick tillbaka till kontoret och ringde upp Filips mobilnummer det första han gjorde. Men samtalet gick till telefonsvararen.

Med tanke på Anders oro så ringde han även hem till Filip. Hans hustru Lina svarade men hade ingen aning om var Filip befann sig. De hade separerat för ett antal veckor sedan och Filip hade flyttat ut till ett eget boende. Med Lina viste inte vart, det hade han aldrig berättat.

Bror berättade att han var tillförordnad vd på AI-systems och att han måste få tag på Filip under dagen. Lina svarade att då var de två som ville ha tag i honom och brast ut i gråt.

"Hur är det fatt, är det något jag kan hjälpa till med?"

"Har du tid så skulle jag gärna berätta men jag vill inte prata om det här på telefon, men vi kan träffas på stan. Om du har tid", sa Lina med vädjan i rösten.

Märkligt! Jag är helt okänd för henne och hon vill träffa mig bara efter att jag frågat efter hennes man. Hon måste vara i desperat behov av att få prata ut. Kanske var det dumt att gå med på detta men hon hade låtit så desperat att han inte haft hjärta att säga nej när hon föreslog att träffas.

De skulle träffas vid tretiden på Evas Paley på avenyn. Mötet borde vara klart vid fyra och då kunde han ta en tidig fredag, det hade han gjort sig förtjänt av tyckte han.

Lina stod och väntade på honom i entrén till kaféet. Han kände igen henne direkt på den beskrivning hon gett honom i telefon.

Hon var en mörkhårig tjej ett antal år äldre än Bror, förmodligen någonstans mellan trettio och fyrtio år. Hon gav ett beigt intryck. Jeans och en ljusblå intetsägande blus, hålögd och nästan helt osminkad. Verkade inte må speciellt bra. De beställde var sin kaffe och kanelbulle och hittade ett bord längst in i lokalen.

"Du måste tycka att jag är knäpp som vill boka träff med en främling. För du är ju faktiskt en främling för mig", sa hon aningen skamset.

"Lite märkligt kanske men du verkar ha behov av att få prata och jag är duktig på att lyssna" svarade han och visade henne, vad han hoppades att hon uppfattade som, uppriktigt intresse.

Det blev en lång berättelse och Bror tänkte att egentligen borde hans syster Myran suttit här istället hon som snart var färdig psykolog.

Linas berättelse var tragisk. Hon berättade om alla tecken på en psykiskt misshandlad kvinna. Hon hade blivit isolerad från alla sina vänner, hon hade inte kontroll på sina egna pengar, hennes umgänge var helt och hållet begränsat till Filip.

"Slår han dig också?"

"Nej det har han aldrig gjort men jag läste en artikel om misshandlade kvinnor och insåg att det skulle bli nästa steg. Så träffade jag en kille och vågade ta steget att begära skilsmässa. Samma kväll som jag tog upp det packade han sina saker och lämnade lägenheten. Sedan dess har jag inte pratat med honom. Problemet är att jag har inga pengar, han har full koll på våra konton och det första han gjorde var att tömma mitt. Hans egna konton har jag ingen access till. Jag hoppas att du kan hjälpa mig, du tar ju över som vd efter honom", sa hon med vädjan i rösten.

Det här var en vändning som Bror inte hade önskat sig. Han hade fullt upp med AI-Systems, skulle han behöva gå in och medla med Filips fru också.

"Det förstår du säkert att jag inte kan styra över, men jag ska träffa Filip nu på måndag och om det dyker upp någon möjlighet att ta upp detta lovar jag att göra det. Men ha inte för stora förhoppningar", sa han och insåg att det här skulle han aldrig kunna ta tag i, det skulle vara omöjligt.

"Jag tror du ska kontakta en advokat, det är det bästa för dig" sa Bror.

"Jag vet inte om jag vågar, han sa att jag skulle få ångra mig när han gick. Det är riktigt obehagligt", sa hon med darr på rösten.

"I så fall kanske du ska kontakta polisen också, att hota människor är olagligt."

"Jaha och du tror att de skulle göra något, ord kommer att stå mot ord. Jag förstår att du inte vill göra något men jag är glad att du tog dig tid och lyssnade. Det känns bättre bara att få dela med sig till någon. Jag ska kontakta en advokat som du sa. Tack för fikat", avslutade hon tog sin handväska och lämnade kaféet.

15

Polishuset
Fredag

Direkt på morgonen kom en anmälan om misshandel in. En svårt misshandlad kvinna hade anmält sin man. Eva och Jörgen hade åkt ut till sjukhuset för ett första förhör. Väl tillbaka på kontoret hade man efter ett samtal med åklagaren fått ett snabbt häktningsbeslut och åkt och hämtat maken från sin arbetsplats.

Mannen i fråga var en högt uppsatt tjänsteman på ett av de ledande industriföretagen i Göteborg. Man hade haft få läckor till pressen senaste tiden, men den här gången stod journalisterna och väntade utanför företaget när Eva och Jörgen kom för att hämta honom till häktet.

Han skulle hängas ut i media, det var det ingen tvekan om. Var han oskyldig skulle han ha svårt att hämta sig från de rubriker som skulle presenteras. Om han däremot var skyldig var det nog rätt åt honom tänkte Eva. Men skuld ska inte fastställas av pressen utan av en domstol baserat på fakta. Nu behövde inte detta vara en läcka från polishuset men var det så, var det inte bra. Den kunde även ställa till det i utredningen. En välbetald advokat skulle kunna påstå att han var dömd på förhand vilket skulle försvåra ett riktigt domslut.

Att kvinnan var svårt misshandlad var utom alla tvivel. Frågan var vem som gjort det och om det gick att bevisa.

Hon hade berättat den vanliga historien om en öm äkta man som sedan gradvis tagit kontroll över hennes liv. Hennes bekanta

70

hade man slutat umgås med, han hade full kontroll på ekonomin och efter ett tag hade hon varit helt isolerad från sin gamla bekantskapskrets. Men han hade varit ömsint, kärleksfull och hade logiska anledningar till varför de måste bryta med hennes vänner.

Sedan hade han börjat slå henne. Ofta följt av ångest och ursäkter och garantier om det aldrig skulle ske igen. Hon hade ingen att prata med och hade trott honom i hans omsorg om att göra allt rätt igen. Men slagen hade kommit allt oftare och den här gången hade hon vågat ta steget fullt ut och polisanmält.

Mannen hade vägrat säga något alls fram till att en elegant advokat dök upp vid hans sida. Han hade ingen aning om hur hon slagit sig, kanske hade hon ramlat, kanske hade hon en älskare som slagit henne. Han framhävde sin höga ställning på företaget som en garant för sin oskuld. Skulle han med en sådan ställning misshandla sin hustru. Det var ju helt befängt.

Man hade stark bevisning. Man hade hittat hudavskrap under hennes naglar och det var bara en fråga innan man kunde bevisa att det kom från honom. Allt annat skulle vara minst sagt osannolikt.

Han fick sitta kvar i häktet och hudavskrapen skulle binda honom vid brottet senast imorgon.

Både Eva och Jörgen var tagna av situationen när man gick till lunch. Hon hade varit så svårt slagen att det hade varit svårt att behärska sig när man förhörde mannen. Hans arrogans hade nästan fått bägaren att rinna över för Eva.

Dock skulle inget mer ske idag, Eva och Jörgen gick iväg på långlunch för att varva ner.

Väl tillbaka efter lunch hade Eva ett telefonmeddelande. När hon ringde upp svarade Morgan Fredén på IMA och undrade varför hon sökt honom.

Så var den försvunne Morgan tillbaka. Hon förklarade kort att man hittat företagets bil och tagit den in till polisstationen. Man ville träffa Morgan för att reda ut ett antal frågor och kom överens om att han skulle komma till polisstationen på måndag morgon. Han hade varit mycket förvånad över det som hänt och beklagat att han inte varit tillgänglig under veckan. Eva vände sig till Jörgen och berättade att Morgan var tillbaka. Nu kunde man i alla fall utesluta att han råkat ut för något. Den andra frågan var om han varit i Dalsland och fiskat som han sa eller om han hade något med den nedblodade bilen att göra. Men återigen, det var tveksamt om man fick fortsätta utredningen. En upphittad bil med nedblodat förarsäte och borttagna registreringsskyltar var ju, som man tidigare konstaterat, inget ärende för kriminalavdelningen.

Men bägge hoppades att man skulle få okej på att prata med Morgan på måndag och att det inte skulle lyftas över till någon annan.

Eva och Bror skulle stanna hemma ikväll, äta något gott och titta på någon bra film. Middag hade man köpt hem redan igår och ett gott vin fanns hemma. Bror hade kommit hem tidigare efter sitt möte på kaféet. När Eva kom hem sjönk ihop i soffan.

"Tuff dag?" undrade Bror.

"Jo det har varit jobbigt, vissa saker är svåra att inte ta med sig hem. Men vi fixar till middag först så kan vi prata sedan. Lite god mat återställer nog energinivån", sa hon och steg upp och gick mot köket.

Man hjälptes åt och lagade till en god lammgryta med afrikanska kryddor tillsammans med ris. Ett kraftigt spanskt vin passade utmärkt till grytan. Efter middagen tog de med sig vinflaskan och satte sig i soffan.

"Vi fick in en anmälan om kvinnomisshandel idag. Det var riktigt jobbigt. Du skulle ha sett hur den stackars kvinnan såg ut. Hon var helt sönderslagen och som vanligt var det inte första gången. Vi häktade mannen och han var ett riktigt kräk. Arrogant affärsman i snygg kostym som tog dit en sådan där snobbig advokat. Jag känner att jag dömde honom på förhand vilket inte är bra, men jag tror vi har vattentäta bevis så han åker dit."

"Jag kommer faktiskt också från en historia som kunde ha

blivit en kvinnomisshandel."

"Vadå, hur kommer det sig?"

Bror berättade om mötet med Anders och att han sedan sökt förre vd:n och kommit fram till hans fru som lite oväntat bjudit in honom till en träff över en fika. Han återgav hennes berättelse och Eva bekräftade det Bror också känt att det hade på sikt kunnat eskalera till misshandel.

Bilden av förre vd:n blev alltmer en kontrollerande människa. Det han fått berättat från företaget och det hustrun berättat stämde bra överens. Det här var en person som ville ha full kontroll på allt och inte släppte in någon annan. Både han och Eva tyckte det skulle bli intressant för Bror att träffa honom på måndag.

"Förresten så dök den här försvunne affärsmannen Morgan upp idag. Han som körde bilen som vi tagit i beslag. Vi ska träffa honom på måndag."

"Jaha då blir det väl ingen mer utredning då, den försvunne har kommit tillbaka och en övergiven lyxbil är väl inget ärende för er, eller hur?"

"Nej tyvärr är det nog så, nu får vi ägna oss åt misshandel och mord i familjens närhet igen. Men nog om det, vad gäller imorgon?"

"Olle ringde, vi ska träffas hemma hos honom vid tio. De har hyrt en lätt lastbil och räknar med två körningar från Olle och en från Jovana. Vi ska komma med arbetshandskar oömma kläder och bra skor. Katrin och Malin skulle fixa till en lättare lunch för oss."

"Hoppas de har packat allt i bra kartonger, jag vill inte vara med om ytterligare en flytt i konsumkassar", sa Eva och tänkte tillbaka på hennes egen flytt från tredjehandslägenheten hem till Bror. Hon hade fullständigt missuppfattat hur många kartonger som krävdes och det hade blivit riktigt jobbigt att få med de sista grejorna. Konstigt hur bara några få kvarvarande saker kan bli så många kassar.

Bror försäkrade att han tjatat på Olle om nödvändigheten att skaffa många flyttkartonger samt att packa i förväg. Man fick hoppas att de lyssnat.

Eva hade fått låna en DVD med en av de tidiga Indiana Jones filmerna som man valde att avsluta kvällen med. Eva somnade innan filmen var klar och Bror bar in henne till sängen. Förhöret kring misshandeln hade tagit hårt på krafterna. Skönt att man hade två hela dagar ledigt innan man skulle tillbaka till jobbet tänkte Bror.

16

Fredbergsgatan
Lördag

Bror vaknade och kände att han helst av allt velat ligga kvar i sängen och ta det lugnt. Hans tanke på två lediga dagar kom lite på skam med tanke på dagens flyttbestyr. Men det skulle samtidigt bli jättetrevligt att träffa kompisarna. Det blev alltid bra och skojigt.

Efter en snabb frukost satte man sig så på spårvagnen hem till Olle. Eva hade varit svårväckt så man hade varit tvungna att stressa en aning. Jeans, gympadojor och nyinköpta arbetshandskar fanns med i deras lilla väska. Eva hade undrat om de inte borde köpt någon inflyttningspresent, men det fanns det ingen tid till så det fick man ta tag i vid ett senare tillfälle.

Olles lägenhet låg längst upp på våning tre i ett hus utan hiss så det skulle bli många vändor i den trånga trappen. När man kommit in i hallen möttes man av en enorm stapel av flyttkartonger. Det kändes nästan övermäktigt, men Bror kom ihåg att så hade det sett ut när han flyttade ifrån sin förra flickvän också. Ofta gick det dessutom fortare att flytta när man väl kom igång. Men just nu kändes det som ett nästan omöjligt projekt. Bara tanken på att bära alla dessa kartonger i den trånga trappen kändes allt annat än roligt. Dessutom hade man ju Jovanas lilla lägenhet att flytta också.

Malin tog snart på sig projektledningsansvaret vilket inte förvånade någon. Hon var strukturerad och handlingskraftig och hade ofta varit den centrala organisatören i deras gemensamma träffar.

Malin var stor, kraftig, men absolut inte fet. Hade ett kantigt ansikte men underbara gnistrande ögon som förtog det kantiga. Bror tänkte att han ofta sett henne som 'mannen' i Malins och Katrins förhållande. Helt felaktig tanke men han kunde inte riktigt förtränga den. Han hade två kompisar under studietiden som också var homosexuella och även där hade han tyckt att en av killarna var lite feminin och den andra mer manlig. Tur att han aldrig yppat de funderingarna det skulle inte vara politiskt korrekt, tänkte han.

Katrin var en nätt, söt tjej med blont krusigt hår, såg nästan ut som en docka och hade berättat att hon ibland fått kommentarer om dum blondin vilket inte varit så roligt. Hon var långt ifrån en dum blondin, hon var ett riktigt mattegeni och hade precis börjat doktorera vid Göteborgs universitet. Hon hade med tiden lärt sig att på ett snyggt sätt tvåla till de som fällde dumma kommenterar och hon kunde berätta om killar som nog känt sig både dumma och rejält tillrättavisade, med all rätt.

Jovana var kvar i sin lägenhet och packade det sista inför flytten. Planen var att man skulle hämta upp henne på vägen ut med det första flyttlasset.

Det blev snabbt en gruppindelning, killarna och Malin, bar kartonger och tjejerna packade de sista grejorna i lägenheten. Bror kunde inte låta bli att le för sig själv att det just var Malin som anslöt sig till grabbgänget. Olle hade trots Brors tjat inte köpt tillräckligt med kartonger så han hade fått åka iväg och köpa fem till nu på morgonen. Alla skrattade och var överens om att tillräckligt med flyttkartonger hade man aldrig varit med om att någon skaffat.

Sängen och ett stort skåp blev en knepig transport genom trapporna och krävde både planering och därefter en ny plan när man fastnat i en krök med skåpet. Återigen var det Malin som med sin goda analys och struktur löste det hela. Bror och Erik hade varit på väg med en lösning som med all säkerhet skulle gått på tok när Malin sa ifrån. Väl nere med möblerna fanns fortfarande plats i bilen för ett mindre antal kartonger som man tog med ner.

Olle och Malin tog skåpbilen för att hämta upp Jovana och resten av gänget klev på en spårvagn för att åka ut mot Björkekärr. Myran visste var lägenheten låg, trodde hon i alla fall. Med dagens mobila kartor i telefonen så hittade man alltid rätt även om man gått bort sig en aning, när man väl hade adressen.

Olle kom inkörande med skåpbilen samtidigt som resten av gänget kom in till bostadsområdet. Han ville börja bära in grejor direkt med resten av gänget ville titta på lägenheten först så det fick vänta.

Det var en liten radhuslägenhet i två plan. På bottenplan fanns kök, vardagsrum och ett litet förråd och en tvättstuga. Vardagsrummet hade en utgång till en liten uteplats där man skulle få plats med två stolar och ett litet bord. Alla var överens om att här skulle man få många trevliga kvällar när man kommit i ordning,

"Jaha, vem av er ska klippa gräs tror ni?" frågade Erik när han såg den lilla gräsplätten.

"Det är inte många kvadratmeter som ska klippas så jag tror nog att vi kan komma överens om vem som gör det från gång till gång", svarade Olle och skrattade.

På övervåningen fanns två sovrum och ett litet badrum. Perfekt lägenhet för två. Skulle även fungera med ett barn men kanske inte för fler.

När man flyttat in det första flyttlasset hade alla Olles möbler kommit på plats och man hade nu ett litet matbord och en soffa där man kunde sätta sig för att äta den lunch som Malin och Katrin tagit med. Det var en makaronisallad med kyckling samt några tomater som man åt tillsammans med vatten.

"Stannar ni till ikväll, köper vi pizza och bjuder på vin", sa Jovana som sett Eriks buttra min när det bara serverades vatten till lunchen. Han hade nog sett fram emot en kall öl vilket även gällde Bror.

Alla var tagna av flyttandet så lunchen åts under osedvanlig tystnad. Jovana satte på kaffe och dukade upp små chokladbollar till efterrätt.

Bror och Eva hamnade bredvid Katrin och kunde inte låta bli berätta om sina bägge arbetsplatser där man kommit i kontakt med företag som arbetade med avancerad matematisk analys.

Katrin lyste upp, det var inte ofta någon intresserade sig för hennes specialområde och tyckte det lät intressant och ställde många insatta frågor. En del kunde besvaras andra låg långt utanför Brors och Evas förmåga att förstå.

"Det är roligt att ni nämner det här. För ungefär tio år sedan fanns det en liten grupp matematikstuderande som gick under smeknamnet Stiftelsen. De var otroligt duktiga matematiker och vann ett antal stora matematiktävlingar i Europa" sa Katrin.

"Vadå, tävlingar i matematik, finns det?" undrade Eva med stor förvåning.

"Jo det finns mängder med tävlingar på grundskola, gymnasienivå och även universitetsnivå. Den här Stiftelsen är kända för att de vann ett antal sådana tävlingar ute i Europa. Inom våra kretsat är de riktiga hjältar."

"Var kommer namnet Stiftelsen ifrån, jag känner igen det men kan inte riktigt placera det?" frågade Bror.

"Det kommer från Isaac Asimovs roman Stiftelsen där en grupp matematiker ska rädda universum, mycket bra bok om ni inte läst den" sa Katrin.

"Javisst, Anders som äger företaget där jag arbetar berättade om den boken, det var därifrån jag kom ihåg det. Vet du vilka som var med i den gruppen?"

"Nej men jag kanske kan ta redan på det."

"Ursäkta att jag bryter in, jag hörde vad ni pratade om, jag har en kompis som kanske vet", sa Erik som lyssnat intresserat på deras samtal.

Efter lunch lämnade man Olle och Jovana i lägenheten och åkte sedan och hämtade de sista kartongerna och möblerna från Olle och Jovanas lägenheter.

Framemot fyra var man klara och Olle åkte och lämnade skåpbilen. Man beställde pizzor från den lokala pizzerian och fick en trevlig kväll med gott vin i den nya lägenheten. Det blev dock ingen sen kväll. Alla var trötta efter dagens arbete och åkte hemåt osedvanligt tidigt.

17

Fredbergsgatan
Söndag

Bror vaknade tidigt och smög ut i köket. Han tänkte överraska Eva med en liten utflykt under dagen. Han stängde försiktigt köksdörren och fixade till två bagetter och en stor termos med kaffe till en picknickkorg. Precis när han nästan var klar uppenbarade sig Eva lite sömndrucken med rufsigt hår i köket. "Vad håller du på med så här tidigt på söndag. Är inte du jättetrött efter gårdagens arbete?" undrade hon förvånat. "Jo men idag ska vi ut på utflykt. Vi ska åka hem till mina föräldrar, låna mammas bil och åka på en liten tur tillsammans. Jag ska visa två av mina favoritställen utanför Borås har jag tänkt. Kaffe och bagetterna är färdiga och picknickfilt finns i bilen. Vädret ska bli jättebra. Sedan avslutar vi med middag hemma hos mor och far", förklarade han entusiastiskt. "Att du bara orkar. Men javisst det låter trevligt", sa Eva och sprang tillbaka till sovrummet för att byta om.

Så redan strax efter tio satt man i mammas lilla sportbil med taket nedfällt och vinden friskt fläkande kring huvudet på väg ut mot Borås. Man valde att köra den gamla vägen via Hindås för att undvika motorvägen som inte var lika trevlig när man åkte nedcabbat.

"Så berätta nu, vart är vi på väg?"

"Först ska vi gå på museum och sedan ska vi besöka en kyrka", berättade Bror kort utan vidare förklaring.

"Yippie, museum och kyrka, vad roligt det låter", sa Eva med tydlig ironi i rösten.

"Tro mig du kommer att ändra dig" sa Bror segervisst.

När de körde in i Borås svängde så Bror norrut mot Alingsås och efter några kilometer svängde han in till höger upp mot Bredared. Nu var man verkligen ute på landet. Vägen gick genom ett landskap bestående av skog och enstaka gårdar ute på landsbygden. Vackert men också väldigt ensligt.

"Skulle du kunna bo så här ute på landet?" undrade Eva.

"Nej det tror jag inte. Det är trevligt att åka igenom men att bo så här och ha många kilometer in till ett större samhälle skulle jag nog inte stå ut med. Du då?"

"Inte just nu, men om några år kanske" svarade Eva och Bror kände att han blev överraskad. Det hade han inte förväntat sig. Han hade upplevt Eva som en inbiten stadstjej men samtidigt så är det ju som en äldre morbror till pappa sa att 'allting har sin tid'. Så vem vet, kanske skulle de bli lantisar så småningom.

Så kom man så in i Bredared och Bror körde genom samhället och fortsatte ytterligare några kilometer upp mot Hjälmryd där han körde in vid Bygdegården. Unos djur stod det på en skylt.

"Så var vi då framme vid första stoppet", sa Bror och tog med Eva in i Bygdegården.

Bygdegården visade upp en fantastisk samling av träkonstnären Uno Axelssons samling av snidade djur. Sniderierna var ofta baserade på redan befintliga böjar och knotor av träd, stubbar och grenar. Från dessa hade han snidat ut djur i alla former och storlekar. En fantastisk samling och Eva blev trots sin initiala motvilja mot museum helt tagen.

"Vilken fantastisk samling, varför har man inte hört talas om detta tidigare?" undrade hon så när hon gick varvet runt i lokalen för tredje gången.

"Jag håller med, det här är så bra att det borde få större uppmärksamhet. Min pappa tog med mig hem till Uno när han fortfarande levde och visade sina alster ute i ladugården. Du vet ju att pappa är intresserad av träsniderier men han har väl insett att till den här nivån kommer han aldrig, men det har varit en stor förebild för honom. Även jag tycker att det är fantastiskt och det är värt åka hit med jämna mellanrum, eller hur?"

"Absolut, en riktig skatt här ute på landet. Jag kanske måste ändra mig om kyrkan också om den håller samma kvalitet som detta?" la Eva till och kramade om hans arm.

Klockan var nästan tolv när man satte sig i bilen på nytt och åkte västerut mot Hedared. Efter någon knapp kilometer hittade man en avtagsväg ner till vänster mot en trevlig sjö. Picknickfilten rullades ut och man intog Brors goda bagetter och kaffe tittande ut över den lilla sjön. Ett lugn som de bägge behövde efter veckan som varit och jobbet med flytten under gårdagen.

"Va roligt", utbrast Bror när det pep till i hans mobiltelefon strax innan han satte sig för att köra iväg.

"Berätta."

"Oskar, en gammal kompis till pappa kommer och besöker oss ute vid kyrkan. Han var en tekniker som sadlade om till präst. Han är församlingspräst ute i Sandhults församling. Han kommer att kunna ge oss en jättebra visning av kyrkan. Dessutom var det länge sedan jag träffade honom. Ska bli roligt."

En knapp halvtimme senare kom de fram till Hedareds stavkyrka. Utanför kyrkan stod Oskar och väntade. Han såg inte alls ut som en präst tyckte Eva i sina slitna jeans och stora skjorta. Så upptäckte hon även hans stora MC som stod parkerad bredvid med overall och hjälm ovanpå sadeln.

Kyrkan var verkligen vacker tyckte Eva där hon stod och tog in intrycken. Många överraskningar idag, ett trevligt museum, en vacker kyrka och en MC-knutte som var präst tänkte hon.

Oskar tog med de unga och berättade stolt om kyrkan. Den är Sveriges enda bevarade stavkyrka fick hon vet och den var byggd på 1500 talet med delar ända från 1100 talet. Eva kunde inte undgå att nästan överväldigas av den historiska miljön. Hon hade även tidigare hört talas om Bror och hans familjs förtjusning i att besöka kyrkor. Hon hade innerst inne tyckt det verkade skumt men hade aldrig nämnt något om vad hon tyckte.

Idag insåg hon att det kanske inte var så tokigt, hon skulle nog kunna tänka sig att besöka fler kyrkor framöver.

Efter rundturen satte man sig ner vid en liten bänk utanför kyrkan.

"Jag har förstått att du arbetar som polis. Det var verkligen trevligt att få träffa dig. Brors pappa har berättat så mycket om dig", sa Oskar och vände sig till Eva.

"Tack", sa Eva och rodnade klädsamt.

"Vad har du för nytt uppdrag", frågade så Oskar och vände sig mot Bror.

Bror berättade om sitt nya uppdrag och man hamnade snart i en diskussion kring matematik och om det verkligen var möjligt att förutspå framtiden.

Oskar undrade om man sett filmen om AlphaGo där några forskare i England tagit fram en dator som spelade Go, det asiatiska brädspelet. Datorspelet hade vunnit över mästerspelaren från Korea men i en match förlorade datorn. Datorn förlorade för att spelaren avvek från det förväntade och gjorde ett oväntat drag. Var det kanske så att datorernas förmåga att förutse framtiden ändå baserades på att gruppen inte avvek så mycket från det förväntade. Det kanske var där som problemet med IAM's och AI-Systems problem med framtidsanalyserna låg. Sedan avslutade Oskar med den förväntade kommentaren om att allt kanske låg i Guds händer. Men hans soliga leende avslöjade att han inte innerst inne tyckte så.

"Jag hörde att ni ska bygga om hemma. Din pappa ser så fram emot att få hjälpa till med det projektet", sa Oskar så och bytte abrupt ämne.

"Vad menar du, ser han fram emot att hjälpa till, det har inte sagt något om", svarade Bror uppriktigt förvånad.

"Snälla vän, känner du inte din far. Det skulle han aldrig säga. Han skulle aldrig vilja tvinga sig på er, därför säger han ingenting. Men lyssna på en god vän. Ta med din pappa i projektet, annars blir han djupt besviken", sa Oskar och tittade allvarligt på både Bror och Eva.

På vägen tillbaka mot Göteborg kom man så automatiskt att

diskutera ombyggnadsprojektet. Att Evas pappa varit väldigt påstridig om att få hjälpa till hade man redan diskuterat. Nu visste man att det fanns ett lika stort intresse även från Brors föräldrar.

"Vi måste ta tag i projektet och planera in ombyggnaden, eller hur?" påpekade Eva.

"Javisst, vi får titta på det, men jag förstår inte när vi ska få tid. Bygglovet är klart, det fick jag besked om i fredags, så egentligen finns det inget som hindrar oss. Det är bara att ta tag i det", sa Bror och visste inte om han suckade mer än han såg fram emot projektet.

De kom tillbaka till Furuskog på eftermiddagen och Brors mamma och pappa var bägge nyfikna på vad Eva tyckte om både Unos djur och stavkyrkan. Bror berättade kort om sitt nya uppdrag och även om Evas utredning där de bägge kommit i kontakt med företag som med matematikens hjälp försökte förutspå hur grupper av människor skulle reagera.

"Då är det äntligen dags att läsa Isaac Asimovs Stiftelsetrilogi, eller hur", sa Brors pappa triumferande och sprang och hämtade de tre böckerna.

"Jo nu kommer jag nog inte undan, inser jag."

I samma veva kom Erik och Myran insläntrande och man fick släppa samtalsämnet och hjälpa till med middagen. Erik såg lite illfundig ut och Bror tänkte att han nog snokat upp någon information som han skulle dela med sig av men man fick nog vänta till kaffet efter maten.

Vid kaffet så kom man då återigen in på diskussionen om de bägge företagen och om det verkligen gick att kombinera matematik och psykologi. Brors pappa var jätteintresserad, vilket inte var förvånande baserat på hans stora intresse för Asimovs böcker. Myran kommenterade att det pågick ganska mycket forskning inom området. Hon frågade om man inte kom ihåg Hannah Frys besök hos Skavlan där hon berättade om forskning inom området i London. Så ämnet var definitivt intressant och kanske hade kyrkvärden vid Hedareds kyrka fel, kanske kunde man förutsäga människors beteende med hjälp av matematik.

"Erik, vad har du att berätta. Jag ser att du bara väntat in att få släppa något, vad det nu är?" frågade Bror.

"Jaha, jag kunde inte dölja det med andra ord. Jo, jag har frågat runt lite om den här gruppen som gick under smeknamnet Stiftelsen och hittade en kompis som kände till de en aning. Den bestod av fyra personer, tre killar och en tjej. Två av killarna var från Göteborgs Universitet och tjejen och den sista killen var från Chalmers. De var tydligen riktigt duktiga och blev ganska kända inom Sverige och även ut i Europa. Studieresultat i Sverige brukar inte få så mycket beröm men de här fyra var tydligen riktigt skarpa inom matematikområdet", sa han med stolthet i rösten. Erik hade en enastående förmåga att gräva fram all möjlig information som ingen annan hittade. Gärna från affärslivets skvaller. Nu slog han till igen.

"Har du namnen på deltagarna?" undrade Eva.

"Nej bara två och de är vd:arna till AI-systems och IMA, Filip Östensson och Morgan Fredén", la han till med illa dold stolthet.

Det blev alldeles tyst i rummet. Bror och Eva tittade på varandra och visste inte vad man skulle tro.

"Men var inte det företagen som ni kommit i kontakt med?" undrade Brors pappa storögt.

Tystnaden talade för sig själv.

"Men jag har ännu mer sa Erik. Filips fru har lämnat honom för Morgan har jag från säker källa", sa han med ett ännu större leende än förut.

18

AI-Systems
Måndag

Det hade varit en omtumlande söndag eftermiddag. Trådarna mellan Brors och Evas bägge ärenden var ännu tätare. Men Morgan var återfunnen så hennes skulle avslutas under dagen. Nu på morgonen skulle Bror få träffa Filip. En person som han under förra veckan, på gott och ont, fått många åsikter och intryck kring.

Stämningen på företaget hade varit urusel och som ofta så var det ju ledningens, i det här fallet, Filips agerande som satte atmosfären på företaget. Hans träff med Filips fru hade också antytt en dominant person på väg mot vad som kunde bli hustrumisshandel. Även om Bror givetvis inte fick dra sådana slutsatser baserat på samtalet med hans fru och Evas berättelse om liknande situationer. Men han fick också erkänna för sig själv att han inte kunde bortse från de uppgifter han fått fram. Men han var givetvis tvungen att ge honom en ärlig chans, men var själv lite orolig för om han skulle klara det. Han hade fått förutfattade meningar om Filip som skulle vara knepiga att hantera.

Sedan var det intressant att Filip och Morgan var två av personerna i den berömda Stiftelsegruppen. De andra två namnen hade inte Erik men skulle troligtvis, om Bror kände honom rätt, gräva upp det inom kort. Men det var ju mer en kuriosauppgift men ändå intressant.

Precis som alla dagar under förra veckan öppnade han med ett rungade hej när han klev in genom dörren. Idag fick han spridda hej tillbaka vilket inte varit fallet förra veckan. Undantagen Linn som alltid svarade med ett friskt tjena chefen tillbaka och Linda som nickade lite försynt. Men idag hörde han inte av varken Linn eller Linda.

Han gick ut för att hämta kaffe vid pentryt. Som vanligt var det få som tittade upp och mötte hans blick från skrivborden. En liten förändring dock, en av killarna tittade faktiskt upp och nickade med ett litet leende. Sakta, sakta blir det bättre, det gäller att inte ge upp tänkte han för sig själv. Konstigt att man inte hejade på varandra och att man inte tittade på varandra när man träffades, men det var väl en del av den konstiga stämningen på kontoret.

Både Linn och Linda var sena in fick han berättat när han frågade, så nu satt han här ensam med bara det tysta gänget kvar.

Filip borde vara här nu tänkte han och tittade upp på den stora väggklockan som nu visade strax efter nio på förmiddagen. Han ringde till hans mobiltelefon med fick besked att telefonen var avstängd. Konstigt idag skulle han börja jobba igen. Han ringde över till Anders som inte heller han visste var han var. Även han hade sökt Filip ett antal gånger under helgen med inte fått något svar.

Jag får vänta ett tag till tänkte han och satte sig ner och gjorde upp en att-göra-lista för veckan. Överst stod ett antal frågor till Filip som var av högsta prioritet. Linn och Linda kom in nästan samtidigt vid halv tio, Linda hejade kort och avmätt och Linn stormade in på hans kontor.

"Vi håller på att tappa våra testkunder hos räddningstjänsterna. Jag har precis varit nere hos min kontakt på Räddningstjänsten här i Göteborg. De har ryktesmässigt fått reda på att vårt program inte fungerar för långsiktiga förutsägelser vilket ju stämmer, men det är inget vi berättat och jag tror inte att någon här har läckt den informationen. De ville inte berätta vem som påtalat det, men de vill veta om vi känner till problemet och när vi kommer att åtgärda det", berättade Linn i ett forcerat tempo. Ännu mer intensivt än hennes vanliga framtoning.

"Hur många räddningstjänster har vi testsystem hos?"

"Vi har räddningstjänsten här i Göteborg, Karlstad och räddningsförbundet Väst i Falkenberg/Varberg. Det berättade jag ju i förra veckan" sa Linn lätt irriterat.

"Har alla tre hört av sig eller är det bara här i Göteborg?"

"Det är bara Göteborg som hört av sig men de berättade att Karlstad och Väst också känner till det, troligtvis även MSB" svarade Linn.

"Kan inte du ringa runt till alla och kolla läget? Vet du förresten var Filip är han skulle ju komma in idag?"

"Nej jag vet inte var Filip är, Kalle på räddningstjänsten ringde mig i lördags och jag har sökt Filip hela helgen men får bara besked om att telefonen är avstängd. Vad ska jag säga till våra kunder om de undrar över ryktet?"

"Berätta att vi känner till att vi har vissa problem på analyserna på lång sikt men att vi jobbar på det. Det klarar du galant. Jag ska ringa Anders på Kronan Invest" svarade Bror. Han kände sig inte så övertygad men hoppades att Linn kände sig trygg med hans agerande.

"Hej igen, vi har fått ytterligare en utmaning nu på morgonen. Våra provkunder är inte nöjda och Filip har fortfarande inte dykt upp. Vad tycker du att vi ska göra?" undrade Bror när han på nytt fick kontakt med Anders.

"Vi får anmäla honom som försvunnen till Polisen. Så här kan vi inte ha det" markerade Anders.

"Jag tror det är lite tidigt, polisen skulle inte göra något baserat på att han varit försvunnen i två timmar nu på morgonen. Frågan är hur vi ska hantera kunderna, har du haft någon kontakt med MSB eller de tre räddningstjänsterna som kör provsystemet?"

"Nej jag har inte haft någon kontakt med kunderna. Vi väntar på Filip idag men är han fortfarande inte tillbaka imorgon tycker jag att vi anmäler honom försvunnen. Hade inte du haft kontakt med hans fru förresten. Kan du inte ringa dit och kolla om hon vet något?"

"Javisst men tillbaka till våra kunder, vad tycker du att vi ska göra?"

"Jag lämnar det helt åt dig. Ta kontakt med kunderna och kolla läget. Om du behöver få med mig vid någon form av möte så ställer jag givetvis upp."

Märkligt att han var så fixerad vid att Filip inte dykt upp och så ljumt inställd till de missnöjda kunderna. En person som inte dykt upp två timmar efter utsatt tid känns bagatellartat jämfört med kundsituationen, tänkte Bror.

Linn kom tillbaka och rapporterade att hon pratat med alla räddningstjänster men inte fått tag i kontaktpersonerna på MSB ännu. Alla uppskattade att hon ringt tillbaka och hade meddelat att man ville ha ett möte med företaget i närtid där man förväntade sig en plan för hur man skulle åtgärda de identifierade bristerna

"Kan inte du ringa dina kontakter och försöka få reda på vem det är som berättat om vårt problem? Vi kan väl sätta oss ner och göra upp en plan kring kunderna i eftermiddag?" undrade Bror.

"Javisst chefen, roligt att vi får arbeta tätt ihop", sa hon med ett en skälmsk blick och ett utmanade leende och lämnade rummet.

Bror kände hur det hettade i kinderna, hon var en attraktiv tjej med en stark utstrålning och Bror kände att han hade svårt att hantera hennes väl flirtiga sätt med pondus och distans.

Så kom han ihåg Anders uppmaning att ringa Filips fru vilket han tog tag i strax innan man gick på lunch. Hon svarade direkt och hade även hon sökt honom ett antal gånger men bara kommit till en avslagen telefon. Hon påpekade på nytt att hon var angelägen att få kontakt med honom då hon ju som hon berättat senaste de träffades inte kom åt sina konton och pengar. Bror lovade höra av sig så snart som Filip dykt upp.

Lunchen var inte längre lika tyst som under förra veckan. Även om det var mest Bror, Linn och Linda som pratade så deltog en del andra lite försiktigt i samtalen den här måndagen. Sakta, sakta blir det faktiskt bättre, tänkte Bror återigen och kände sig för första gången mera hoppfull. Det kanske gick att vända det här gänget trots allt.

På eftermiddagen gjorde han en detaljerad genomgång tillsammans med Linn kring kunderna. Tillsammans fick de ihop en liten plan för hur de skulle gå vidare.

Filip dök inte upp och efter en avstämning med Anders var man överens om, att fick man inte kontakt med honom skulle man anmäla honom försvunnen under tisdagen.

19

Polishuset
Måndag

Idag skulle man avsluta det lilla äventyret med den övergivna Teslan. Morgan hade kommit tillrätta och nu var det bara en övergiven bil med borttagna skyltar som var det enda mysteriet. Ett mysterium nog så intressant men inte ett ärende för kriminalavdelningen.

Att det inte skulle bli någon fortsatt utredning hade både Eva och Jörgen redan konstaterat men det skulle ändå bli skönt att få prata igenom det hela med Morgan som skulle dyka upp vid tio på förmiddagen.

Morgan visade sig vara en gladlynt man som gav ett öppet och ärligt intryck. Han bad så mycket om ursäkt för att han inte varit anträffbar och hoppades att han inte ställt till med för mycket besvär redan när man mötte honom ute i receptionen. Han upprepade gång på gång att han inte förstod någonting av det som hänt medan man stannade till vid kaffeapparaten på väg mot konferensrummet.

Eva drog en mycket snabb sammanfattning av bilen man hittat och deras försök att komma i kontakt med Morgan och lämnade sedan över ordet till honom.

Han berättade att han hade en liten stuga utanför Dals Ed som han brukade åka till och fiska någon eller några gånger per år. Den här gången hade det kört ihop sig när han skulle åka. Han stod helt plötsligt utan både bil och mobiltelefon. Hans fru hade tagit andrabilen och Teslan ville han inte använda. Den ville han skulle vara tillgänglig på kontoret då den ofta användes vid kundträffar och dylikt. Han fick låna en kompis andrabil och struntade helt enkelt i mobiltelefonen. Hade han den med skulle han inte få sin efterlängtade vila.

"Kan du som företagsledare verkligen strunta i mobiltelefonen? Jag trodde att på din position måste man vara tillgänglig hela tiden" undrade Jörgen.

"Jag vet att det är så för många men vi har som policy inom företaget är när man är ledig är man ledig och att man inte behöver vara tillgänglig hela tiden. Jag vet att det är ovanligt men personalen uppskattar det och jag tycker även själv att det är bra. Med det tempo som gäller i affärslivet idag kan man behöva vara ledig, ledig på riktigt" sa Morgan.

"Men ville du inte vara tillgänglig för din familj?" undrade Eva.

"Som du säkert hört har vi separerat och det kändes bra att kunna lämna det åt sidan så jag tyckte inte det var viktigt."

Han berättade att han hämtat sin kompis bil och lastat in sina fiskegrejor och kört norrut mot stugan. När han kom till Stenungssund hade han ringt till sin kollega och bekräftat att han var på väg och även berättat att han inte skulle vara nåbar under sin minisemester.

"Finns det någon som kan bekräfta att du var i din stuga under veckan?"

"Vad är det för fråga, tror ni inte på mig? Nej det finns ingen som kan bekräfta det. Jag åkte upp själv och jag var helt själv uppe i stugan. Jag tror inte det fanns någon i grannhusen som kan bekräfta att jag var där", svarade Morgan lätt irriterat och undrande.

"Varför frågar ni?" undrade han sedan efter en stunds tystnad.

"Vi är givetvis nyfikna på vem som kan ha kört ut er Tesla till ladan utanför Öretorp. Vi hade hoppats att vi skulle kunna utesluta dig men det du berättar gör att vi inte kan det. Är du säker på att det inte fanns någon granne ute vid stugan som du träffade som kan bekräfta att du var där?" frågan Jörgen.

"Nej det kan jag inte, är jag misstänkt för något. Det är givetvis rejält irriterande att bilen är nedblodad och skyltarna stulna men är det verkligen ett ärende som polisen vill lägga tid på?"

"Egentligen inte, det är bara så att som polis blir man sjukligt nyfiken, inget annat", svarade Eva överslätande.

"Har du någon idé om vem som kan ha tagit Teslan och kört ut den till ladan?" frågade Eva.

"Nej det verkar helt befängt. Jag kan inte tänka mig någon på företaget som kan ha gjort det, inte heller någon av deras familjer. Vi är ett gott gäng så det känns märkligt."

"Att alla är nöjda hela tiden låter lite för bra för att vara sant. Har du inga ovänner personligen eller till företaget som du kan komma på? Vi var ute och pratade med din fru när vi inte kom i kontakt med dig och hon lät ju inte jätteglad" konstaterade Eva.

"Självklart är en separation inte roligt när man levt ihop så många år men att Ylva skulle stå bakom detta är uteslutet. Några andra ovänner som ni kallar det finns inte i min bekantskapskrets alls" sa Morgan.

"Inte ens om du går långt bak i tiden?" frågade Jörgen.

"Nej faktiskt inte, jag har alltid kommit bra överens med alla i min närhet", sa Morgan men både Eva och Jörgen märke en viss tvekan i rösten. De tittade snabbt på varandra och noterade att de bägge konstaterat att här var nog inte Morgan helt ärligt.

"Då kommer vi inte vidare i det här ärendet. Det var ändå skönt för oss att få prata med dig och få en del av våra frågor besvarade. Bilen kan du hämta nere på vår tekniska avdelning. Jörgen följer dig dit, så hoppas jag att ni slipper fler händelser som denna i framtiden" sa Eva avslutningsvis.

Morgan reste sig upp och skakade hand med både Eva och Jörgen och det var uppenbart att han var irriterade över alla frågor man ställt men han höll masken och tackade för allt arbete och bad återigen om ursäkt för att han varit svår att nå.

"Har du fått tillbaka din mobiltelefon och har ni hittat extranyckel till Teslan än?" frågade Jörgen.

93

"Nej bägge är spårlöst borta. Jag har köpt en ny mobil och verkstaden får sätta in ett nytt lås i Teslan. Vi ska nog se över förvaringen av nycklarna till bilen på kontoret också" konstaterade Morgan.

Jörgen och Morgan gick iväg mot hissen då Eva kom på en fråga till och sprang ikapp duon.

"Er andrabil, vad är det för modell, färg och årsmodell" frågade Eva.

"Det är en V70 2014 år modell ljusgrå, men vad har det med det här att göra?" undrade han nu rejält irriterad.

"Inget alls, bara nyfiken igen", svarade Eva och möttes av en mörk blick och en huvudskakning från Morgan. Han markerade tydligt att han tyckte att de var ute och cyklade.

"Vi måste kontrollera vilka passager som registrerats på Morgans andrabil. Kan det ha varit hans bil som åkte in till Göteborg med Teslans skyltar på?" sa Eva när Morgan lämnat rummet och lämnade över ärendet till Jörgen.

När Eva kom hem på kvällen möttes hon av en rejält irriterad Bror som satt och surmulet framför sin dator.

"Det verkar som om vi är sura bägge två idag. Jag hade ett avslutningssamtal med Morgan, vd för IMA, om vår Tesla idag och kan bara konstatera att nu är den utredningen avslutad trots att det finns mängder med spännande frågor kvar. Som jag inte kommer att få svar på. Vad är du sur för?"

"Filip, förre vd:n, skulle komma in idag och han dök aldrig upp. Telefonen är avslagen och ingen vet var han är. Det finns mängder med frågor som bara han kan svara på. Känns väldigt frustrerade", sa Bror med en butter uppsyn.

"Du verkar ha en förkärlek för försvunna personer, eller hur. Men är det inte lite tidigt att oro sig. Han är ju bara en dag sen", sa Eva och strök honom över kinden. Något hon visste att han tyckte om och brukade lugna ner honom när han var uppjagad.

"Jo i och för sig, men han är inte tillgänglig på telefon heller. Telefonen har varit avstängd efter att avtalet skrevs på och han åkte på sin överenskomna ledighet. Så lite märkligt är det allt.

Han hade faktiskt lovat att vara tillgänglig."

Eva berättade om Morgan som tappat sin telefon och valt att förbli otillgänglig under sin lilla resa. Kanske var det likadant med Filip. Bror svarade att i så fall var det något nytt, enligt kollegorna var Filip alltid tillgänglig, tjugofyra timmar om dygnet alla dagar under året.

20

AI-systems
Tisdag

Bror hade sökt Filip på hans mobiltelefon under hela måndag kväll. Men varje gång fått beskedet om att mobiltelefonen var avslagen. Han var ganska övertygad om att Filip inte skulle dyka upp på kontoret idag heller. Han missade nästan att stiga av bussen ute vid Lindholmen då han var djupt försjunken i tankar. Skulle man polisanmäla honom? Skulle polisen bry sig om det då han bara var saknad en dag? Eva hade under kvällen indikerat att man nog borde ha mer för att polisen skulle starta en undersökning.

Dessutom måste han ta tag i ett antal frågor ganska omgående, han kunde troligtvis inte vänta på Filip hur många dagar som helst. Då skulle tiden rinna ifrån honom.

När han klev in på kontoret var det en ny stämning som han inte kände igen. Det var ett lågt mummel från kontorslandskapet och inte den kompakta tystnad som han brukade mötas av. Egentligen borde han känna sig nöjd, det var det här han ville åstadkomma men han kände att något var fel. När han gick ut i pentryt tystnade så de lågmälda samtalen och den vanliga tystnaden bredde ut sig. Var det om honom de pratat eller var det något annat tänkte han.

"Hej är det någon som har något att dela med sig av?" frågade han med hög röst ut mot landskapet. Men ingen respons, de han såg tittade ner i sina skrivbord och tystnaden kändes om möjligt ännu mera kompakt än tidigare.

Han tog sitt kaffe och gick in på sitt kontor. Han lutade sitt huvud i händerna och kände sig för första gången riktigt missmodig. Skulle han klara av att vända runt det här bolaget? Det knacka lätt på dörren och Linda steg in och undrade om hon störde. Han bad henne stänga dörren och sätta sig ner. Egentligen ville han skaka om Linda och be henne berätta, men han valde att sitta tyst och låta henne ta initiativet.

"Du hörde säkert att det pågick en diskussion när du kom in", sa hon så efter en lång tvekan. Han nickade och uppmanade henne på det sättet att fortsätta berätta.

"Det har inte med dig att göra men flera av våra försökskunder har ringt in och ställt besvärliga frågor om tekniska problem som de inte borde känna till. Det känns som om någon läckt information om status på vår tekniska lösning. Jag upplever att många är oroliga för vad som kommer att hända med bolaget", berättade hon försiktigt.

"Är inte Linn här, hon brukar ju inte dra sig för att föra fram sina synpunkter?"

"Nej hon har inte kommit än, vet faktiskt inte var hon är. Filip har heller inte dykt upp och vi kommer inte fram på hans telefon."

Dörren slets upp och Linn stormade in högröd i ansiktet och uppenbarligen mycket upprörd.

"Christer Månsson baktalar oss inför våra försökskunder. Jag har varit hos räddningstjänsten i Göteborg och pratat med våra kontakter nu på morgonen. Han har berättat att vi har problem med analysen och att vi inte har kompetens att rätta till det. Problemet är att han delvis har rätt, vi har problem med analysen och vi har problem med kompetens för att rätta till det. Men vi har inte berättat det för våra kunder riktigt så tydligt som han har gjort. Det här måste vi ta tag i nu", nästan skrek hon fram.

Bror kände att den redan kompakta tystnaden från kontorslandskapet faktiskt blivit om möjligt ännu kompaktare. Hur var det ens möjligt att det kunde bli ännu tystare, men det hade det blivit. Nu hördes inte ens ett enda litet tangentbordklick och han noterade att många tittade ut från sina skrivbord bort mot hans kontor.

Han lämnade skrivbordet och klev ut i landskapet.

"Hej som ni redan har hört har vi en situation med våra kunder som vi måste ta tag i. Jag ska prata igenom detta med Linn och kanske några av er nu omgående. Vi träffas i konferensrummet om en timme för en gemensam genomgång", närmast proklamerade han, vände om och gick in på sitt kontor, stängde dörren och vände sig till Linn och Linda.

"Nu måste ni hjälpa mig få ordning på detta. Vi benar upp det steg för steg. Först vill jag veta vem Christer Månsson är?" undrade han stilla.

"Christer Månsson arbetade på ett företag som vi köpte upp. Han är en duktig matematiker och hade tagit fram ett utkast till en kompletterande algoritm som vi skulle utveckla klart och införliva i vår produkt. Samarbetet började bra, han fick ditt kontor och det såg närmast ut som ett jämbördigt samarbete till att börja med. Men sedan kom han och Filip ihop sig och Christer lämnade företaget. Faktiskt har ditt kontor stått tomt ända fram till att du kom. Ingen ville ha kontoret, alla var väl rädda att man skulle råka illa ut eller något om man satt där. Dessförinnan hade Ulrika haft det kontoret så det blev lite illa beryktat", sa Linn och log försiktigt. "Men han och Filip kom inte överens och han lämnade oss för drygt ett år sedan. Hans produkt har vi kvar men ingen har arbetat vidare med den och den är inte del av vårt system idag."

"Varför lämnade han företaget, blev han och Filip ovänner?"

"Du har ju inte träffat Filip än men han är inte lätt att arbeta med, han är väldigt dominant och ska bestämma allt vilket inte Christer accepterade. Jag upplever inte att man skildes som ovänner men jag hörde att Christer anklagade Filip för att göra samma sak igen, vad det nu var?"

"Göra samma sak igen, vad menar du?"

"Jo jag tror att Filip och Christer hade varit på samma arbetsplats tidigare och att han nämnde något som troligtvis hände förra gången de arbetade ihop. Men jag är inte säker", sa

Linn när hon funderat en stund.

"Tycker du att vi borde prata med Christer? Vet du hur vi får tag i honom?"

"Nej jag vet inte, men jag tycker vi måste prata med våra kunder omgående, Christer kan vi prata med sedan. Har Filip hört av sig?" undrade hon och tittade bort mot hans kontor.

Tillsammans med Linn gick man igenom kunderna i detalj och bestämde att Linn skulle boka in möten med var och en av kunderna tillsammans med Bror. Bror tyckte man skulle vara öppna med de problem man hade och berätta om att man hade en ny investerare som skulle satsa pengar och att man skulle arbeta igenom de problem som fanns. Linn var jättenöjd, hon hade velat att man skulle vara öppna mot kunderna tidigare också men Filip hade hållit emot och hela tiden visat en inga-problem-attityd mot kunderna.

Mötet med personalen blev bra. Linn berättade vad hon hört hos räddningstjänsten och Bror berättade om den kortsiktiga handlingsplan man tagit fram. Han informerade även om de nya ägarna och deras intresse av att satsa ännu mera på bolaget, vilket han ju inte riktigt visste men personalen köpte budskapet. Han fick även till en riktigt bra diskussion om vad man skulle behöva göra för att lösa de problem man satt med.

Alla var överens om att man borde anställa en programmerare som skulle fokusera på att skapa ett enkelt användargränssnitt. Gjorde man det skulle man avlasta matematikerna vilket skulle möjliggöra att de kunde fokusera på analysverktygets problem. Många tyckte också att man behövde anställa ytterligare en matematiker men den frågan skulle man vänta med att ta beslut kring.

Bror kände sig ganska nöjd med mötet och diskussionen som blev riktigt bra. Dock hade han dåligt samvete med att han lovat investeringar utan att han förankrat det hos ägarna. Men å andra sidan gjorde man inget så skulle det nog gå illa med hela företaget och det ville med all säkerhet inte Anders, nu när han köpt in sig i sin barndomsdröm.

Det blev även en kort diskussion om man borde polisanmäla

Filip som försvunnen men Bror berättade att han skulle ta upp det med sin sambo på kvällen. Linn tittade surmulet på honom när han nämnde det, eller så inbillade han sig det bara.

Bror och Eva kom nästan samtidigt hem på kvällen. Han berättade kort om sitt nya problem och om mötet som trots allt gått riktigt bra, speciellt nu när han fått lite distans till det.

Han undrade stilla om hur han skulle hantera att Filip fortfarande var försvunnen när Eva triumferande berättade.

"Det behöver du inte. Filips fru anmälde honom som förvunnen nu på eftermiddagen. Hon var rejält irriterade över att hon inte hade tillgång till deras gemensamma konton samt hon hade fått in ett hot riktat med Filip på sin privata mejladress under dagen", berättade hon med ett stort leende mot Bror.

21

Polishuset
Onsdag

Det hade blivit en sen kväll på tisdagen. Helt plötsligt hade man ett gemensamt mysterium igen, precis som på Medella där de träffades första gången.

Eva hade säkerställt att hon kunde arbeta vidare med uppdraget trots att hon var sambo med Bror. Hennes chef Björn hade insett att det snarare kunde hjälpa utredningen framåt och såg ingen intressekonflikt i att Bror alldeles nyligen gått in som tillförordnad vd.

Nu satt hon på sitt kontor och väntade på att Lina Östensson skulle dyka upp till förhör. Hon hade pratat sig samman med Jörgen som skulle vara med. De hade beslutat sig för att inte ta upp det rykte som Eva hört hemma hos Brors föräldrar att hon lämnat Filip för Morgan på IMA. Skulle bli intressant att höra om hon nämnde det själv.

Strax innan nio ringde man från receptionen och Eva gick ner för att möta Lina. Precis som Bror berättat från sitt överraskande möte med henne såg hon inte ut att må speciellt bra. Även om hon både klätt upp sig och sminkat sig inför mötet lyste det igenom ringar under ögonen och mungiporna hade fått en missklädsam dragning snett nedåt. Hon tittade sig nervöst omkring i receptionen hela tiden hann Eva lägga märke till innan hon gick fram och presenterade sig. Ett dilemma var om hon skulle berätta att hon var sambo med Bror som Lina träffat för

101

ett tag sedan. Tillsammans med Jörgen hade man kommit fram till att hålla tyst om det tills vidare.

Efter det obligatoriska kaffet satte man sig ner i det konferensrum man bokat. Eva presenterade sig och Jörgen och lämnade över ordet till Lina.

"Jag vet knappt hur jag ska börja. Det är så mycket som har hänt", sa Lina samtidigt som hon oroligt flackade med blicken mellan Eva och Jörgen.

"Vi har gott om tid, berätta i din takt, gärna så utförligt som möjligt" sa Eva.

Lina valde till deras lättnad att berätta uttömmande om sin situation. Precis som Bror nämnt när han träffade henne på kaféet så verkade hon vara i behov av att få prata av sig.

Hon berättade om ett förhållande där Filip varit mycket dominant och med tiden allt mer isolerat henne från sina vänner och umgänge utan honom. Han hade aldrig slagit henne men hon hade allt mer fått höra hur värdelös hon var och att hon skulle vara tacksam för att han inte lämnade henne för det var ju ingen som ville ha en sopa som hon.

Tanken på att bryta upp och lämna honom hade kommit allt oftare men det blev också allt svårare eftersom hon knappt hade några vänner kvar.

Hon hade träffat Filip när de bägge var 18 år så de hade hängt ihop länge. De hade varit ett litet gäng som umgicks flitigt och för några månader sedan hade hon träffat en av de andra killarna i gänget och han hade hjälpt henne att bryta upp och nu var de ett par. De visade sig att de båda alltid varit förtjusta i varandra men Filips dominans hade gjort att varken hon eller han vågat visa sina känslor för varandra.

"Så Filip var dominant inte bara mot dig utan även mot andra i kompisgänget?" frågade Jörgen.

"Jo han var umgängets kung, allt kretsade kring honom och ingen vågade ifrågasätta hans ställning, så var det", svarade Lina efter en stunds tystnad.

"Men kompisarna stannade kvar trots det?" undrade Eva.

"En stund gjorde man det men sedan flera år tillbaka har han ingen kontakt med någon av de som fanns i kompisgänget. De tröttnade väl på hans bufflighet och gick vidare."

"Var det något annat som gjorde att du lämnade honom?" frågade Eva.

"Nej inte direkt men det hände en del andra otrevliga incidenter."

Hon hade sett i hans e-post att det kommit förtäckta hot ett antal gånger. Vid ett restaurangbesök för drygt en månad sedan hade det kommit fram en kille och skällt ut Filip samt hotat honom inför alla besökarna. Han hade aldrig velat berätta vem som skickat mejlen eller vem han som skällde ut honom var. Han hade inte verkar vara speciellt orolig trots de hårda orden i mejlen och på restaurangen.

"Du kände inte igen personen?" undrade Jörgen.

"Nej, han verkade vagt bekant så jag funderade en hel del på vem det kunde vara men han påminde troligen bara om någon jag sett. Så tyvärr, nej jag vet inte vem det är" sa Lina.

"Har du någon kontakt med de anställda på företaget?"

"Nej jag har aldrig varit där och faktiskt aldrig träffat en enda. Jag inser nu att det var en del av hans isoleringsstrategi det med" svarade hon uppgivet.

"Nu kom det ett nytt mejl direkt till mig igår och då beslutade jag mig för att gå till polisen", sa Lina och lämnade över en utskrift.

Du bör nog polisanmäla Filip som försvunnen om du någonsin ska få del av era gemensamma pengar.

"Vilket konstigt mejl, vet du vem som skickat det?" fortsatte Jörgen.

"Nej ingen aning, har ni möjlighet att spåra avsändaren?"

Jörgen ringde över till IT-sidan och begärde en spårning på adressen. Men det såg dystert ut, det var en anonym G-mailadress som troligtvis inte skulle leda någonstans, men det var värt att försöka.

"Vem skulle vara intresserad av att hjälpa dig få tillgång till era gemensamma pengar. Har din nya pojkvän uppmanat dig att polisanmäla?" frågade Eva och hon ångrade sig nästan direkt när

103

hon ställt frågan då det indirekt lät som om hon anklagade hennes nya pojkvän.

"Påstår du att Morgan skull ligga bakom mejlet, det är ju helt befängt. Han skulle aldrig agera på det här sättet", svarade hon indignerat och nästan reste sig upp i affekt.

"Ursäkta, det var inte meningen. Du sa Morgan, är det så din nya pojkvän heter?"

"Ja Morgan Fredén heter han. Vi skulle hålla det hemligt men till er kan jag väl säga det. Det är lite trassligt för han har lämnat sin fru ganska nyligen också och vi vill inte gå ut med det offentligt än."

Eva fortsatte med att kartlägga det hon kände till om Filip. Hon hade lämnat honom strax innan försäljningen av företaget blev klart. Dagen efter hade han tömt hennes bankkonton och hon stod helt plötsligt helt utan pengar. Hon hade ringt honom flera gånger per dag för att prata ut men de första dagarna svarade han inte och en dag efter att försäljningen var klar hade hon varje gång fått besked om att telefonen var avstängd.

Hon hade ändrat behörigheten till sina konton hos banken så när hon nu fick nästa lön kunde han inte komma åt pengarna. Men hon ville ju givetvis få kontakt med honom för att dela upp tillgångarna i samband med separationen.

"Har du någon aning om var han kan vara?" undrade Jörgen.

"Nej ingen alls, han var enda barnet och bägge hans föräldrar är döda sedan flera år tillbaka. Vi äger ingen sommarstuga eller annan fastighet där han kan vara. Jag har ringt runt till de få gemensamma vänner vi har kvar men ingen har hört något eller så berättar de inte för mig eftersom de är lojala med Filip."

Eva bad henne skriva ner en lista på bekanta som de skulle kontakta. Hon visste inte riktigt om hon skulle ta upp nästa ämne eller inte men insåg samtidigt att Lina skulle få redan på det i alla fall om hon inte redan visste.

"Som du säkert vet hittade vi IMA's Tesla övergiven ute i en lada för ett tag sedan. Det som inte framkommit i pressen är att bilens förarsäte var nedblodat och vi var länge oroliga för att det kom från Morgan. Men nu vet vi att så inte är fallet. Dock undrar vi om det kan komma från Filip. Vi skulle vilja veta vilken blodgrupp han har och vi undrar om du har något klädesplagg vi kan få låna?" frågade Eva med stort allvar.

"Varför skulle det vara Filips blod, å herregud tror ni att Morgan gjort honom något, det kan inte vara sant", sa hon och satte händerna för munnen.

"Det vet vi inte men för oss är det lika viktigt att utesluta misstankar som att bekräfta" sa Jörgen.

Hon visste inte vilken blodgrupp Filip hade men man kom överens om att Jörgen skulle köra henne hem och få med sig en tröja som hon hade kvar som var Filips.

22

AI-systems
Onsdag

Bror hade ringt upp Anders och stämt möte med honom tidigt på onsdag morgon för att informera om läget. Det var en bekymrad ägare som Bror lämnade vid nio för att gå tillbaka till kontoret. Bror kände sig dock mycket nöjd med att han fått acceptans på sina beslut och löften om investeringar. Anders höll med om att man borde anställa en programmerare så snart som möjligt som skulle arbeta med användargränssnittet. Att frigöra tid från deras matematiker var viktigt, det var man bägge överens om. Att få ordning på analysmodellen kändes prioriterat. Bror skulle rapportera tillbaka så snart som han pratat med alla kunder.

Väl uppe på kontoret samlade han personalen och berättade att Filip anmälts försvunnen av hans före detta fru samt om sitt möte med Anders. Man var överens om att man nu skulle arbeta vidare utan att vänta in honom även om han troligtvis skulle dyka upp inom några dagar. Bror bokade in ett antal arbetsmöten med personalen under dagen.

När man kom fram till lunch hade Bror fått en bra bild över läget kring produkten och relationen till kunderna. Problemet med analysmodellen som tidigare verkat kritisk skulle nog gå att lösa trodde de flesta. De upplevde att man inte fått utrymme för kreativa diskussioner då Filip styrt allt med järnhand och egentligen aldrig öppnat upp för en bred diskussion. Om man så snart som möjligt kunde få in programmeraren för användargränssnittet skulle man frigöra mycket tid för matematikerna att fokusera på analysmodellen.

Alla var också mycket positiva till att man skulle vara mer öppen ut mot kunderna. Det hade varit besvärligt att hantera frågor och funderingar då Filip tidigare förbjudit personalen att överhuvudtaget indikera att man hade någon form av problem. En rak och ärlig dialog skulle förenkla och skapa en kreativare diskussion där även kunderna skulle få vara med och bidra.

När man gick på lunch i vanlig samlad tropp var det en helt annan stämning än tidigare. Det bildades grupper som pratade om olika arbetsrelaterade problem och Bror hörde även en del helt privata diskussioner. Märkligt, det verkade som om beskedet om att man skulle arbeta vidare utan att vänta in Filip hade släppt många hämningar. Det kändes faktiskt som om man var vid en vändpunkt.

Lunchen blev riktigt trevlig och liknade allt mer en normal arbetsplats. Bror undrade om det verkligen kunde vara Filip som lagt sordin över hela företaget och nu när han var anmäld försvunnen så öppnades fördämningarna. Anmärkningsvärt att en person kan påverka en så stor grupp men Bror mindes några föreläsningar kring ledarskap där man upprepade gånger påpekat att företagets kultur skapades av chefen. Bror hade ifrågasatt detta men tittade han nu på vad som hände på AI-systems så verkade det stämma alltför väl. Hoppas bara att det håller i sig, och ska det hålla i sig så är nog det upp till mig, insåg Bror med en inte obetydlig anspänning.

Bror visste att Eva under dagen skulle intervjua Filips fru och undrade hur det skulle gå och om man skulle komma fram till något nytt. Han insåg också att Filips relationer till anställda, nuvarande och tidigare, skulle bli intressanta för utredningen så han tänkte se om han kunde få fram mer information kring detta under eftermiddagen.

Det var inte känt att Brors sambo skulle leda polisundersökningen så Bror insåg att han fick vara försiktig när han nosade runt kring de anställdas relationer till Filip och eventuellt skvaller om tidigare anställda. Han tyckte själv att han lyckats bra men det skulle han inte veta säkert förrän om några dagar.

Ingen av de anställda verkade dock ha någon uppenbart känslig relation till Filip. Alla bekräftade dock att han styrt företaget närmast som en diktator vilken skapat ett förlamande arbetsklimat. De flesta hade backat undan och fokuserat på de arbetsuppgifter de hade och inte tagit någon strid.

De som varit med länge var tydliga med att man saknade Ulrika, hon som begick självmord, men ingen ville gå så långt att man anklagade Filip för att ligga bakom. Däremot tyckte alla det var obehagligt med hennes familj som ett antal gånger varit uppe och anklagat Filip, ja hela företaget för att ha drivit henne till självmord.

"Men Linn backade väl inte undan? det stämmer inte med hennes profil", undrade Bror när han pratade med en av killarna som varit med länge.

"Nej men hon är ganska nyanställd, hon hade nog slutat om inte företaget blev sålt" svarade han.

Även Christer Månsson, han som baktalat företaget inför kunderna hade varit mycket uppskattad av de som varit med länge. Han hade varit duktig och tagit strid mot Filip i ett antal frågor. Alla var överens om att han hade varit en frisk fläkt under den tid han var på bolaget.

Bror och Eva kom bägge hem sent på kvällen. Eva berättade kort om förhöret med Filips fru men kunde givetvis inte berätta allt med hänsyn till undersökningssekretessen. Men hon bekräftade att det Lina berättat för Bror vid deras möte på kaféet stämde bra överens med vad Eva fått fram i dagens förhör.

Bror berättade kort om sin arbetsdag och lyfte fram de två uppenbara konfliktområden som han identifierat under dagen. Ulrikas familj och Christer Månsson vars firma köptes in och som sedan lämnade AI-Systems och nu baktalade företaget inför deras kunder. Dessutom hade Linda kommit in och berättat om Lennart som hon visste tagit väldigt illa vid sig av kritik från Filip och för henne anklagat honom för mobbing. Men det var nog inget att bry sig om, de flesta var på något sätt irriterade på Filips agerande på kontoret.

"Det kommer att bli knepigt imorgon när jag kommer ut för att förhöra personalen. Dina anställda kommer inse att du troligtvis berättar för mig det som du får fram. Hade kanske varit bättre att du inte lekt privatdetektiv idag, eller hur?" sa hon och skakade retligt på huvudet.

23

AI-systems
Torsdag

Bror insåg redan under onsdagskvällen att han försatt sig i en knepig situation. När Eva kom ut för förhör måste de ju berätta att han och Eva var sambos och hur det skulle påverka hans relation till sina anställda vågade han inte riktigt tänka på. Men han kunde inte backa bandet utan fick fokusera på att driva bolaget framåt och lämna undersökningen till Eva. Men lite nervös var han allt inför hennes besök vid nio på förmiddagen.

Personalen var samlade i konferensrummet när Eva och Jörgen kom in och presenterade sig.

"Jag heter Eva Lind och är undersökningsledare för Filips försvinnande och Jörgen här är min kollega. Dessutom är det så att jag är sambo med Bror som är er nya vd, som en del av er kanske känner till", sa Eva och väntade tyst in eventuella reaktioner. De flesta verkade vara införstådda med deras förhållande, de hade väl besökt Brors Facebook-sida och hittat både bilder och notiser som visade vem Eva var.

"Nu är det så att min käre sambo gärna leker privatdetektiv, vilket han bör låta bli. Så i fortsättningen pratar ni med mig och Jörgen när det gäller Filips förvinnande, och med Bror när det gäller ert företag. Kan vi vara överens om det?" sa hon med en tydlig menande blick mot Bror.

"Vi kände redan till ert förhållande så vi har noga valt vad vi berättat för Bror redan", sa Linn med ett lätt roat leende och skrattade. Skrattet var inte elakt utan hjärtligt och delar av de anställda stämde in och den lite känsliga situationen ebbade ut. Bror och Eva tittade på varandra och var bägge lättade över att Linn på detta sätt löst upp en knut som skulle ha blivit besvärlig i deras respektive fortsatta arbeten med företaget.

Eva och Jörgen delade upp personalen mellan sig och höll korta samtal med var och en under förmiddagen. Precis som Bror berättat kom man fram till att samtal med Ulrikas familj och Christer Månsson var prioriterade aktiviteter. Samtalet med Lennart behövde man kanske ta upp igen men Eva trodde inte att han hade något med detta att göra. Han hade uppgivit att han varit på väg att söka annan anställning men avvaktat när han fick reda på att företaget sålts. Även Linn hade tydligt markerat att hon inte skulle ha stannat kvar om inte företaget fått nya ägare. Eva kunde inte låta bli att känna sig oroad när hon pratade med Linn, varför visste hon dock inte.

Eva och Jörgen lyckades boka in både Ulrikas pappa och Christer Månsson för samtal redan under eftermiddagen vilket var mer än de vågat hoppats på.

Ulrikas pappa hade varit mycket bitter och undrat över hur man kunnat ignorera att Filip drivit deras dotter till självmord men så fort som han själv var försvunnen så blev alla andra misstänkta. Eva insåg att samtalet med honom inte skulle bli lätt men han hade lovat komma in till polishuset direkt efter lunch.

Christer Månsson hade varit mer avvaktande men hade även han accepterat att komma in till polishuset vid tre på eftermiddagen.

Så Eva och Jörgen gick mycket nöjda till lunch. När dagen var slut skulle man ha hunnit med att pratat med alla anställda på AI-Systems samt även med Ulrikas far och den mystiska Christer Månsson. Att hinna med allt det på samma dag kändes som ett rekord i effektivitet.

Ulrikas far var en grånad man som såg betydligt äldre ut än sina drygt femtio år. Hade inte Eva kontrollerat hans ålder innan hade hon gissat på att han skulle varit drygt sextio kanske till och med närmare sjuttio. Ögonen var sorgsna och munnen bister som ett streck. Hans klädsel var inte ovårdad men det verkade som om han inte brydde sig om hur han såg ut över huvud taget.

Han visade sig vara en bruten man. Ulrika hade varit deras enda barn och han hade aldrig kommit över hennes självmord. Inte så konstigt kanske tänkte Eva, skulle man någonsin kunna komma över att ett barn begår självmord. Så det kanske inte var så underligt trots allt.

Ulrika hade varit en positiv duktig tjej som enligt hennes far sakta men säkert brutits ned under sina år på AI-Systems. Hon fick aldrig någon uppskattning för sina prestationer utan fick allt mer kritik både direkt av Filip men också ofta inför alla andra på företaget. Sakta, sakta blev hon allt osäkrare och tappade sitt glada humör och sitt självförtroende.

"Försökte du inte få henne att byta jobb?" frågade Jörgen.

"Jo men hon tog tag i det alldeles för sent. När hon insåg att hon måste därifrån var hennes självförtroende så dåligt att hon inte lyckades komma på några nya jobbintervjuer vilket spädde på hennes begynnande depression. Till slut tog hon en överdos av sömntabletter", sa han och började stilla gråta.

Eva gick och hämtade vatten och lät fadern hämta sig. Efter en stund hade han samlat sig och tittade upp och nickade att man kunde fortsätta.

"Vi har fått berättat att du varit uppe på företaget ett antal gånger och anklagat både Filip och de anställda för hennes självmord. Varför anklagade du allihopa och inte bara Filip?" undrade Eva.

"Jag insåg att de var Filip som var den drivande men tyckte samtidigt att de övriga kunde ha sagt ifrån och tagit strid mot honom när man såg hur illa han behandlade henne. Samtidigt fick jag intrycket att många var kuvande av Filip, kanske hade inte Ulrika varit den enda som fått ta emot hans kritik. Men jag tycker att man har ett kollektivt ansvar och då kan man inte bara sitta ner och säga jag gjorde inget det var bara chefen. Eller vad tycker ni?" frågade han nästan anklagande.

"Det är inte vår sak att uttala oss om, men jag uppskattar att du förklarat varför du anklagat alla på företaget", svarade Jörgen undvikande.

"Vad tycker du om Filip?" undrade Eva.

"Jag trodde aldrig jag skulle kunna hata någon men det gör jag, jag hatar honom mer än jag trodde var möjligt. Jag kan inte säga att jag är ledsen att han är försvunnen" sa han uppriktigt.

"Har du något med hans förvinnande att göra?" frågade Jörgen.

"Nej det har jag inte", svarade han med klar och bestämd röst.

Eva och Jörgen följde honom ut och sa i mun på varandra att en tydligare misstänkt till ett våldsbrott mot Filip nog skulle blir svårt att hitta.

Christer Månsson såg ut som en börsmäklare upplevde Eva när han kom in. Han var klädd i en snygg kostym, välputsade skor, vit skjorta och slips. Håret var långt och kammat bakåt över huvudet. Krävdes nog en hel del gelé för att hålla det på plats. Ögonen var pigga men samtidigt avståndstagande och aningen överlägsna. Hela han såg ut som en parodi på en snobb från Stureplan tyckte Eva och med en snabb blick mot Jörgen insåg hon att de delade denna uppfattning. Samtidigt såg han inte bekväm ut i sina kläder och sin uppenbarelse, det verkade som om han spelade en roll som inte riktigt var hans sanna jag.

"Som du kanske känner till är Filip Östensson anmäld försvunnen. Vi förstår att du tidigare sålt ditt företag till Filip, arbetade hos honom något år och sedan lämnade företaget. Dessutom påstår vissa anställda att du talar illa om företaget för deras kunder. Vi skulle uppskatta om du ville berätta din historia om detta. Berätta med dina egna ord", sa Eva och lämnade över bollen till Christer.

"Oj det hade jag inte väntat mig. Jag trodde ni skulle ställa frågor, nu ber ni mig nästan om en historieberättelse. Skulle jag kunna få några minuter för mig själv och samla ihop mig?"

113

undrade Christer med ett betydligt trevligare tonfall och gladare min än både Eva och Jörgen förväntat sig.

Eva och Jörgen satte sig i kafeterian utanför förhörsrummet. "Verkade som om han blev lättat när vi berättade vad vi skulle prata om. Verkar som om han förväntat sig något annat. Håller du inte med?" undrade Jörgen.

"Jo han döljer något. Han hade förväntat sig att vi skulle ta upp ett annat ämne. Undrar vad det kan vara?"

Femton minuter senare kom man så in till Christer som satt i lugn och ro och hade en liten historia i punktform framför sig på anteckningsblocket. Återigen konstaterade både Eva och Jörgen att han verkade lättad och hade släppt sin överlägsna attityd han visat när han kom till förhöret.

Christer berättade en historia som återigen bekräftade att Filip var en mycket dominant person som styrt allt med järnhand. I början hade man arbetat bra ihop, men sedan efter att Christer fått många positiva kommentarer från kollegorna hade Filip sakta fryst ut honom och börjat hålla honom utanför verksamheten. Det verkade som om han inte kunde acceptera att någon annan fick beröm. Hans analysmodell som man köpt in lämnades över till en annan matematiker och Christer blev allt mer isolerad. Han hade till slut lämnat företaget efter en rejäl dispyt med Filip.

"Var ni ovänner när ni skildes åt?" undrade Eva.

"Vi var inte direkt vänner, jag tyckte han betedde sig väldigt konstigt och otrevligt och det sa jag till honom i klartext, och det tog han inte speciellt bra. Men jag hade ju fått betalt för min analysmodell och hade inget att klaga på även om det kändes snopet", sa han men helt utan övertygelse. Det var uppenbart att han inte alls varit bekväm med situationen.

"Vi har fått uppgifter om att du baktalat företaget inför deras kunder. Stämmer det?" undrade Eva.

"Nej det stämmer inte. AI-Systems analysmodell har problem med analyser på längre sikt. Det var en av de funktioner som min analys skulle åtgärda, i alla fall delvis. Men min modell har inte införts i systemet och felet kvarstår. Jag har inte gjort något annat än att berättat om vilka problem produkten har. Jag tycker inte att det är att baktala företaget. Jag har bara informerat om något som de själva borde gjort, eller vad tycker ni?"

"Det har jag ingen åsikt om, varför bryr du dig? Du har ju sålt din analysmodell, fått betalt och lämnat företaget" undrade Jörgen.

"Kanske skulle jag kunna strunta i det, men jag kan inte stå vid sidan och se på när ett företag lurar sina kunder. För det tycker jag att man gjort när man inte varit öppna med sina problem."

"Det verkar inte som om du tycker speciellt bra om Filip Östensson. Har du något med hans försvinnande att göra? frågade Eva.

"Du har rätt i att jag tycker att han är en skitstövel. Men nej jag har inget med hans försvinnande att göra", svarade Christer med klart och nästan övertydligt minspel.

24

Polishuset
Fredag

Eva och Jörgen satte sig ner och summerade sin utredning det första man gjorde på morgonen. Filip var fortfarande försvunnen och man hade fått ett intryck av en osympatisk person. Han var väldigt dominant, han hade mästrat både sin hustru och sina anställda på ett minst sagt otrevligt sätt. En bild av en mobbare och en tyrann samt en blivande hustrumisshandlare var den bild man hade framför sig.

Han var illa omtyckt på arbetsplatsen men ingen av de anställda verkade tycka så illa om honom att de skulle varit inblandade i hans försvinnande. Hustrun hörde inte heller till fanklubben men att hon själv skulle orkat med något mot Filip verkade osannolikt, men kanske tillsammans med sin nya pojkvän Morgan. Fadern till Ulrika var närmast hatisk och var utan tvekan en av de starkast misstänkta.

Christer gick heller inte att utesluta då man var helt övertygad om att han dolde något. Att han kontaktat företagets kunder var nog riktat mot Filip även om han gett en annan lite luddig förklaring.

Men återigen, det fanns inga bevis för att Filip utsatts för något brott. Han var försvunnen men kunde lika gärna hålla sig undan självmant. Man hade fått besked om att man skulle få en preliminär DNA-analys under förmiddagen på hans kvarlämnade klädesplagg. Jörgen hade en kompis på labbet som

116

lovat en snabbanalys utanför de ordinarie köerna för den typen av uppdrag. Inte fel med kontakter även om de bägge hoppades att inget viktigare blev knuffat åt sidan. Man skulle vänta in det beskedet innan man gjorde något annat.

Under torsdagskvällen hade Eva frågat Bror om han visste något om Christer Månsson men han hade bara återberättat den historia som Christer berättat på polishuset. Bror hade bekräftat att företaget undvikit att berätta om sina systembuggar, vilket givetvis blivit ett problem när Christer läckt informationen till kunderna. Men det hade bara varit en tidsfråga innan det kommit fram i alla fall så Bror trodde inte att Christers utspel nödvändigtvis förvärrat situationen även om det givetvis varit bättre att de berättat det själva.

"Vi tyckte att Christer undanhöll något, det finns inget annat du känner till om honom?" frågade Eva.

"Nej inte direkt. Men vänta det var något jag hörde som kan vara viktigt men jag kommer inte på vad", hade han avslutat efter lite funderingar.

Men trots att han tänkte till ordentligt kunde han inte komma på vad det var.

Eva och Jörgen gick iväg till en ny japansk restaurang borta vid Odinsplatsen och åt sushi. Jörgen hade aldrig provat den japanska råa fisken tidigare och hade inte varit speciellt intresserad men hade gett efter när Eva stod på sig. Dessutom behövde Eva instruera honom i konsten att äta med pinnar.

Lunchen blev mycket trevlig. Den nya maten och de nya besticken tog all uppmärksamhet så det blev ett mycket trevligt avbrott där man kunde lämna sin utredning åt sidan en liten stund mitt på dagen. Efter några smakbitar hade Jörgen hållit med om att maten var både god och trevlig, speciellt då den avvek från den vanliga husmanskosten. Det skulle nog bli ett antal återbesök till Evas förtjusning. När man så lämnade restaurangen och vandrade bort mot polishuset återkom utredningen sakta till samtalet.

"Den där Christer verkade vara en konstig prick. Det verkar som om han klätt upp sig i kläder han inte trivdes i. Håller du inte med?" undrade Eva.

"Jag håller med, han trivs nog bättre i jeans och tröja tror jag. Undrar om han klätt upp sig för oss eller för någon annan?" konstaterade Jörgen.

"Han kanske var rädd att bli igenkänd av någon" sa Eva fundersamt.

"Nja det verkar väl långsökt, men vem vet."

Strax efter att man kom tillbaka till kontoret fick man besked från tekniska. Man hade fått fram en preliminär DNA-analys och allt pekade på att blodet i IMA's bil kom från Filip Östensson.

Man fick även besked om att mejlet till Lina inte gick att spåra. Avsändaren var dold bakom ett avancerat system av anonymitetsservrar i flera länder.

Mycket märkligt konstaterade både Eva och Jörgen men man hade ingen aning om hur man skulle hantera insikten.

Eva och Jörgen kvitterade ut en tjänstebil och åkte ut till IMA's kontor.

Morgan tog emot med en öppen nyfikenhet.

"Har Filip dykt upp än?" undrade han.

"Nej men vi har fått några andra uppgifter som vi vill prata med dig om" sa Eva.

Eva berättade att man lyckats identifiera att blodet som hittades i företagets Tesla med stor sannolikhet kom från Filip Östensson. Eftersom Morgan var bilens huvudsakliga förare så kunde man inte undgå att misstänka Morgan.

"Men jag var ju iväg och fiskade", sa Morgan och slog ut med händerna.

"Du påstår det men kan du bevisa det?" undrade Eva.

"Jag ringde ju min sekreterare från Stenungssund på macken."

"Javisst men du kunde ha återvänt tillbaka till Göteborg därefter eller hur. Har du kommit på någon som kan bekräfta att du var uppe i stugan i Dalsland?" frågade Jörgen.

"Jag tror inte det. Det här känns besvärligt men ni måste lita på mig. Jag har inget med hans försvinnande att göra", sa Morgan efter en lång tids tystnad.

"Vi har ytterligare en besvärande detalj som vi vill ta upp med dig. Din andrabil Volvo noterades ha körts ut från Göteborg på fredagen innan vi hittade Teslan. Passagen var på eftermiddagen vid utfarten vid E20 ut mot Lerum. Vi har dessutom en bild på en likadan bil som körts in till Göteborg med Teslans nummerskyltar på natten när Teslan lämnades i ladan. Hur ställer du dig till det?" undrade Jörgen.

"Det kan aldrig stämma, jag var ju iväg och fiskade har jag sagt. Bilen stod kvar hemma. Jag hade lämnat den ifall Lina behövde den", svarade Morgan och såg ärligt förvånad ut.

"Finns det någon mer som har tillgång till bilen?"

"Nej inte nu sedan jag flyttat ifrån Ylva. Lina har lånat den någon gång men varför skulle hon ha kört ut den till ur Göteborg. Måste vara något fel."

Helt övertygande var dock inte Eva och Jörgen. Morgan fick besked om att han inte fick lämna Göteborg den närmsta tiden.

25

Eriksberg
Lördag

Fredagen hade blivit en lugn hemmakväll för Eva och Bror. Eva hade berättat om sina förhör för Bror men han hade inte något speciellt att berätta från företaget. Däremot gladdes han för att stämningen blev allt bättre vilket han stolt berättade för Eva.

"Det är nog din förtjänst helt och hållet, men bara för en vecka sedan verkade du lite modfälld, så det känns skönt", svarade Eva och gav honom en varm kram.

Idag skulle hela kompisgänget träffas hemma hos Malin och Katrin för middag. Ett initiativ som både Eva och Bror såg fram emot, speciellt efter veckan som varit, kändes det skönt att gå hem till någon, bli ompysslad och prata om andra saker än försvunna personer på Brors jobb. Man hade lovat varandra att inte ta upp ämnet alls under helgen även om de bägge insåg att löftet skulle bli svårt att hålla.

Trots att Bror bott hela sitt liv i Göteborg hade han sällan varit ute vid Eriksberg. Förr i tiden var det mest industrier och nedgångna lokaler. Men under de senaste åren hade en helt ny stadsdel vuxit upp. Nybyggda flervåningshus låg nu längs med hela strandkanten.

Nya caféer och små mysiga butiker hade flyttat in i nedre plan. Ute på Dockepiren låg en trevlig restaurang. Där hade Brors företag haft ett antal middagar både med kunder och kollegor. De hade varit olika ägare och stället hade bytt namn ett

120

otal antal gånger men maten var oftast bra och miljön längs ut på piren var nästan oslagbar.

Gick man ännu längre ut mot havet låg ett litet område med hus och en småbåtshamn där det var trivsamt att bara gå omkring och titta på båtarna.

Eriksbergshallen hade Bror besökt ett antal gånger i samband med den årliga gitarrmässan. Även om han inte spelade speciellt aktivt längre så var det alltid lika roligt att gå omkring och titta på gitarrer. Instrumenten var rena konstverk och var vackra att titta på. Strax intill låg Hotell 11, återigen ett av alla dessa Göteborgsnamn med dubbla betydelser. Syftade hotellnamnet på att det låg nära älven eller inte?

Strax öster om Eriksbergshallen bodde Malin och Katrin i en fantastisk takvåning. De nybyggda lägenheterna utmed älven var utan tvekan fräscha och läckra med en fantastisk utsikt. Trots det var Bror mer attraherad av äldre lägenheter och området på andra sidan älven. Han var inte så intresserad av nybyggda lägenheter och hus. Han gillade de gamla lägenheterna med högt i tak och atmosfär. Skönt att det fanns olika tycken och smak.

Men med en kall öl i handen, sittande på en takterrass med utsikt över älven upp mot Majorna på andra sidan var en svårslagen upplevelse.

Bror insåg att han visste väldigt lite om Malin. De hade träffats ett antal gånger men diskussionerna hade antingen fokuserats på Evas polisarbete och nu senast på forskning och matematik. Han visste att hon arbetade på sin fars byggfirma men vad hon gjorde där hade han ingen aning om. Men i samma veva som han satt där och nästan hade dåligt samvete för att han inte engagerat sig mer i sina vänners bakgrund reste sig Katrin upp.

"Jag tycker vi ska utbringa en skål för Malin. På måndag går hennes pappa i pension och Malin tar över som vd för byggföretaget. Ett stort grattis och lycka till, älskade Malin" sa Katrin och höjde glaset.

Spännande, just som jag satt och undrade över vad hon

gjorde. Men det dåliga samvetet för Malin byttes bara ut mot att han nästan inget visste om företaget där hon arbetade. Hur kunde man vara så okamratlig ointresserad, tänkte han för sig själv.

"Grattis, kan du berätta mer om företaget, hur mycket ni omsätter, antal anställda, vilka orter ni arbetar på med mera. Jag skäms över att jag inte frågat tidigare, berätta", sa han uppfordrande.

Bror som förutsatt att det var ett litet familjeföretag med ett fåtal anställda blev rejält förvånad. Företaget omsatte drygt 200 miljoner och hade ett 50-tal anställda. Att som tjej leda en sådan verksamhet med en förmodad grabbig attityd kunde inte vara lätt tänkte Bror. Men å andra sidan hade han ju sett Malin som självutnämnd projektledare när de hjälpte Olle och Jovana att flytta så vid närmare eftertanke så var det nog inget problem.

Så helt naturligt blev det en hel del diskussioner om byggföretag och vilka utmaningar en sådan verksamhet hade. Det var alltid lika roligt att få inblick i en ny typ av verksamhet och alla engagerade sig i Mains idéer och planer före företaget.

"Men får du fria händer, kommer inte pappa att lägga sig i tror du?" undrade Bror.

"Han kommer att sitta kvar i styrelsen men jag är övertygad om att jag får fria händer. Vi har alltid haft den relationen i familjen. Får man en ny roll så får man det helhjärtat", sa Malin med stor tillförsikt.

"Men hur går det med ditt nya uppdrag?" frågade Malin och bollade över mot Bror. Det var uppenbart att hon inte trivdes fullt ut med att få all uppmärksamhet riktad mot sig själv.

Han berättade om det han kallade tysta gänget och den bild han fått av den förre chefen. Med stolthet nämnde han även att han började få gänget att tina upp och gå ifrån sin inåtvända attityd. Däremot nämnde varken han eller Eva det faktum att Eva var inblandad i ett misstänkt försvinnande igen.

"Hjälper ni till med renoveringar inomhus också?" sa så Eva riktat mot Malin.

"Javisst, har ni något på gång?" undrade Malin.

Eva och Bror tittade på varandra och beslöt sig för att berätta om sitt byggprojekt i lägenheten. Men sa samtidigt att man hade två fäder som gärna ville vara med och bygga vilket man inte riktigt funderat ut hur man skulle ställa sig till ännu.

Malin lovade att hon skulle skicka ut någon att göra en bedömning helt kostnadsfritt så fick man ta en vidare diskussion därefter. Helt plötsligt hade ombyggnationsplanerna tagit ett jättekliv framåt. Nu blev det helt plötsligt så mycket verkligare än de lösa diskussioner man haft internt och med sina respektive familjer. Malin löfte om hjälp skulle nog snabba upp igångsättandet av projektet.

Det blev ett litet avbrott när Malin och Katrin lämnade sällskapet för att fixa till middag inne i köket. Bror hämtade ett nytt glas öl och ställde sig tillsammans med Olle ute på altanen.

"Intressant hur man vet allt om vissa människor och väldigt lite om andra, eller hur?" sa Olle.

"Ja vissa pratar hela tiden och berättar om allt och vissa andra är tysta i bakgrunden och ska man få reda på något får man nästan dra ut informationen med tång. Precis innan Katrin nämnde att Malin skulle bli vd så insåg jag att jag visste väldigt lite om henne. Nästan så jag skäms", sa Bror fundersamt.

"Samma med mig. Jag insåg också att jag vet ganska lite om vissa i gänget. Lite märkligt är det allt" bekräftade Olle.

Man åt en underbar ljummen laxsallad och drack rödvin till fisken. Bror var fast i äldre värderingar med rött vin till kött och vitt vin till fisk men fick erkänna att vinet var perfekt till maten, trots att det var rött. Efter att han kommenterat detta, nämnde Olle att om man provade vin med ögonbindel så var det svårt att skilja rött och vitt vin åt, så det var inte så konstigt att man kunde servera rött till fisk och även vitt till kött.

"Det tror jag inte på, det är klart att man känner igen smaken av rött och vitt vin", sa Bror med eftertryck.

"Då kör vi blindtest av vin nästa gång vi träffs får vi se om Bror är en så bra vinkännare som han påstår", sa Malin och blinkade mot Bror när hon lyfte upp glaset till en skål.

Klarar jag inte av den testen nästa gång vi träffs kommer det att bli något som blir omtalat och ihågkommit lång tid framöver.

Varför skulle jag vara så kaxig, tänkte Bror.

Efter middagen spelade man Trivial Pursuit och återigen visade det sig att Malin och Katrin var i en klass för sig. Inte nog med att Malin var vd för ett hyfsat stort byggföretag, Katrin var doktorand i matematik, man var helt överlägsna i allmänkunskap också. De var så överlägsna att man beslutade sig för att dela upp lagen inför omgång två. Bror spelade nu med Katrin och klarade sig betydligt bättre. Men i sanningsnamn så bidrog inte Bror speciellt mycket, men han fick vara med på det vinnande laget och det var alltid skoj.

Kvällen var ljummen och varm och man avlutade ute på takterrassen med varsitt glas vin i handen. Stenabåten kom in från Fredrikshamn och vände elegant som på en femöring innan den lade till för att släppa av bilar och passagerare. Lika spännande att titta på varje gång.

"Jag höll ju på att glömma, jag har hittat ett foto på hela Stiftelsegänget, vill ni se?" sa Katrin och sprang bort för att hämta en utskrift från sin jacka.

Utskriften var från en tidningsartikel med tre killar och en tjej. Eva och Bror kände igen Filip och Morgan. Bredvid stod en mörkhårig tjej och en tredje kille som dock vände sig bort så man fick ingen bra bild av honom. Under texten hittade man namnet på Carolina Ängblom och en Pelle Trander.

"Intressant, jag känner igen namnet på tjejen men kommer inte på varifrån. Killen har jag aldrig hört talas om", sa Bror och man kunde se hur hela pannan rynkade ihop sig när han letade i minnet efter denna Carolina.

26

Styrsö
Söndag

Bror vaknade upp med en lätthuvudvärk. När han vände sig mot Eva insåg han att även Eva mådde si så där. Kvällen hade blivit sen och när de lämnade Eriksberg hade han gjort ett överslag över antalet tomma vinpavor som stod på diskbänken och insett att söndagsmorgonen nog skulle kunna bli besvärlig.

Idag skulle man göra en utflykt ut till Styrsö tillsammans med Myran och Erik. Picknickkorg skulle fixas till och man skulle träffas ute vid färjan vid halv elva. Så det fanns ingen tid över till att ligga kvar i sängen och tycka synd om sig själv.

I god tid steg man på spårvagnen ut mot Saltholmen med picknickkorg färdigpackad. Vädret var bra och lite frisk luft skulle nog blåsa bort den lindriga baksmälla man fortfarande hade. Ute vid Saltholmen stod Myran och Erik och väntade. De såg oförskämt hurtiga och fräscha ut.

"Var det svårt att komma upp idag?" frågade Erik med ett leende. Uppenbarligen såg varken Bror eller Eva speciellt pigga ut.

"Jo en aning, ni själva då?" undrade Eva.

"Nej vi drack väldigt lite bägge två så vi mår oförskämt bra", sa Myran med ett stort leende.

Jaha, alla tomflaskorna var alltså inte jämt fördelade över hela gänget. Kanske skulle man vara glad att man inte mådde sämre tänkte Bror och gick ombord på båten som först skulle lägga till vid Asperö för att sedan komma ut till Styrsö. Man satte sig uppe på däck och kunde njuta av solen och den friska blåsten. Bror hade varit orolig för åksjuka vilket han hade lätt för men det gick ovanligt bra.

Man hade bestämt sig för att gå ut på klipporna vid norra änden av ön. Där fanns inte lika mycket bebyggelse och man kunde hitta en plats där man kunde vara i fred från alla andra som också bestämt sig för att åka ut i skärgården.

Man gick i en rask promenadtakt och kom så efter ca en halv timme ut till klipporna och hade lämnat de sista husen bakom sig.

Bror var egentligen mer intresserad av att strosa omkring bland alla fina hus och titta på husdetaljer och fina snickerier men de övriga tre ville ut och ligga i solen och bli varma.

Men idag var det inte så tokigt att få ligga still och ta igen sig. Efter den medhavda lunchen skulle det nog ges tid att vandra sakta bland alla vackra hus på väg tillbaka till bryggan.

Det var härligt att ligga i solen men något tidigt bad skulle det inte bli efter att Erik varit nere och känt av badtemperaturen. Efter en stund dukade man upp lunch med grillad kyckling, potatissallad och färska bagetter som man köpt ute vid färjelägret innan man åkte.

"Vad tror ni om Malins nya jobb?" frågade Erik.

"Hon blir nog en jättebra vd, men jag måste erkänna att jag inte hade en aning om vad hon arbetade med eller hur hennes familjs företag såg ut. Konstigt hur vissa inte tar plats alls. Hon hade förmodligen aldrig berättat om inte Katrin tagit upp det, eller vad tror ni?" undrade Myran.

"Jo så är det nog, hon är inte som vi andra som berättar om allt möjligt både stort och smått i både tid och otid" svarade Bror.

Man var helt överens. Det var de fyra som var här ute på Styrsö som stod för det mesta av snacket. Efter att ha pratat runt insåg man att man inte alls visste lika mycket om de andra fyra. Tillsammans var man överens om att aktivt försöka dra sig tillbaka och bjuda in de andra lite mera.

"Blir era byggplaner av nu? Ni har ju pratat om ombyggnad

en lång tid nu och ni verkar aldrig komma till skott", undrade Erik.

"Jo nu har ju Malin lovat att ge oss ett förslag så nu kan vi nog inte backa undan längre. Vi måste bara hantera våra fäder på ett bra sätt" sa Eva.

"Ni krånglar till det. Säg hur ni vill ha det så kommer de att rätta sig efter era önskemål. Se till att det blir gjort, vi ser redan fram emot en inflyttningsfest efter ombyggnationen" sa Erik med eftertryck.

Efter en stunds taktiksnack om hur man skulle hantera Brors och Myrans pappa packade man ihop och började vandra sakta ner mot bryggan för hemfärd.

Erik var som vanligt påläst om det mest och även om Styrsö. Det blev som en guidad tur tillbaka mot bryggan. När man var nästan framme pekade Erik upp mot ett stort trähus.

"Carolina Ängblom som ni såg på bild igår har anknytningar till det här huset. Jag tror det är hennes farfar som har vuxit upp här. Min pappa har haft affärer ihop med gamle Ängblom så jag känner igen namnet."

"Känner du till något om henne, jag kände igen namnet igår men kan inte komma på var jag hört det tidigare" sa Bror undrande.

"Egentligen inte men familjen är en hel släkt av entreprenörer så kanske har den ådran gått i arv, och det är därifrån du känner igen namnet."

"Javisst nu kommer jag ihåg. Hon fanns med som kontaktperson på ett av företagen som var med och försökte köpa AI-Systems. Det är därifrån jag känner igen henne. Det får jag titta vidare på när jag kommer hem", sa Bror belåtet.

Det blåste lite mer på vägen hem men Bror lyckades undvika sin sjösjuka som han hade alltför lätt att få. Det blev sent på eftermiddagen när man skildes åt och åkte var och en hem till sig.

Efter en lätt middag satte sig Bror ner och surfade runt lite på Carolina och Pelle, de två resterande medlemmarna av stiftelsen.

Eva undrade stött om han börjat leka privatdetektiv igen men han slog bort det med att han behövde informationen för sitt uppdrag på AI-Systems. Det var utan tvekan spännande att Carolina Ängblom varit med och försökt köpa AI-Systems med tanke på deras tidigare kontakter under studietiden. Han skulle leta upp den där Pelle Trander också.

Bland de samlade uppgifterna om uppköpet av AI-Systems hittade han Carolina som vd till MIRL, ett av företagen som varit med om budgivningen. När han sökte uppgifter om MIRL fann han att bolaget var nybildat och bara hade en anställd Carolina. Företaget hade inga egna tillgångar så han förstod inte riktigt hur bolaget skulle haft möjlighet att köpa AI-Systems. Men kanske fanns det starka finansiärer i bakgrunden eller kanske hade man varit med i budgivningen bara för att få inblick i AI-systems. Det var inte heller uteslutet. Det skulle nog var värt besväret att boka in ett möte med Carolina med tanke på både Filips försvinnande och de problem man hade med sina produkter.

Hon bodde ensam i en lägenhet i Majorna. Företaget var registrerat på en adress centralt i Göteborg. Mycket mer kunde han inte få fram via de allmänna websidor som erbjöd information om företag och personer. Men han hade ett telefonnummer och en adress till företaget.

Sedan sökte han efter Pelle Trander men fick ingen träff överhuvudtaget. Han sökte om med endast Per, Pelle kunde ju vara ett smeknamn men ingen träff där heller.

"Hur går det för dig", undrade Eva som smugit upp bakom hans rygg.

"Jo jag har hittat uppgifter om Carolina. Hon står registrerad som ensam anställd på ett företag som heter MIRL. Men tveksamt om hon skulle kunnat köpa AI-Systems. Hon kanske bara var ute efter uppgifter om företaget. Anmäler man sig som budgivare får man ju ett ganska omfattande kompendium med uppgifter. Men den där Pelle Trander hittar jag inge uppgifter om alls. Vad kan det bero på?"

"Det kan finnas många anledningar. Han kan ha flyttat utomlands. Han kan vara avliden. Han kan ha gift sig och tagit sin frus efternamn. Han kan ha bytt namn av annan anledning.

Vill du ha fler förslag", sa hon med ett leende på läpparna.

"Men har inte du något register där du kan ta reda på det?"

"Jo men det kan jag inte hjälpa dig med. Du vet att du inte kan utnyttja mina polisregister för ditt privata nöjes skull", sa hon lätt irriterat och med eftertryck.

"Jomen är det inte intressant för din utredning också? undrade han med ett snett leende.

"Det tror jag inte. Om du vill pratat med Carolina och leta rätt på Pelle för ditt uppdrag på företaget så får du hantera det själv. Jag har nog med ett stort antal personer som tillhör Filips ovänner som jag kommer att fokusera på", sa Eva och avslutade samtalet med att börja göra sig i ordning för natten.

27

Polishuset
Måndag

Vi står och stampar, tänkte Eva när hon gick till sin arbetsplats på måndag morgon. Vi vet att det är Filips blod i den övergivna bilen. Vi har identifierat ganska många personer som tillhör Filips bekantskapskrets som kanske skulle kunna ligga bakom hans försvinnande. Några har till och med uttalat att man hatar honom. Men det var inte självklart hur man skulle gå vidare. Men kanske fanns det en öppning om man fick reda på vem som lånat bilen och lämnat den i ladan, tänkte hon. Om inte Jörgen har någon bättre idé så ska vi jobba vidare på den frågeställningen, tänkte hon när hon gick in i personalentrén vid polishuset.

Tillsammans med Jörgen satte hon sig ner och listade upp sina misstänkta. Högst upp på listan fanns givetvis Morgan. Han skulle mycket enkelt ha kunnat ta bilen och köra ut den till ladan. Han kunde ha ringt från Stenungssund och sedan återvänt till Göteborg.

Filips fru, Lina, hade också ett motiv och kunde säkert via Morgan ha kommit över reservnyckeln eller Morgans egen nyckel till bilen. Men man var överens om att hon kanske inte hade den styrka, varken fysiskt eller mentalt, att ha med hans försvinnande att göra.

Sedan hade man Ulrikas pappa som nästan var hatisk och så denna Christer Månsson som man inte blev riktigt klok på.

Lennart på AI-systems hade man nästan räknat bort men även han hade ju blivit mobbad och ganska illa behandlad av Filip så man var överens om att han fick stå kvar på listan över möjliga förövare.

"Undrar om det finns fler personer på IMA som vet vem Filip är. Det är inte helt uteslutet att det kan finnas fler personer som känner till eller har gamla relationer till Filip på företaget. Personer som i så fall lätt kunnat komma över nyckeln" sa Jörgen.

"Jag håller med, ska vi åka ut till IMA och förhöra personalen en omgång till med fokus på relationer med Filip och den missade nyckeln? I bästa fall kanske vi kan utesluta någon misstänkt, i värsta fall hittar vi fler" sa Eva.

"Javisst, bra idé" sa Jörgen och reste sig upp.

Innan man åkte ut till IMA tog man med sig fotografier på alla som fanns med i deras misstänkta lista.

Väl framme lånade man ett konferensrum och bokade sedan in förhör med alla på företaget.

Tyvärr så visade det sig att antalet personer som kunnat komma över nyckeln blev än fler än vad man trodde innan. Alla anställda på företaget kunde givetvis enkelt komma över den men man hade även haft ett öppet hus veckan innan Morgan åkte på sin fiskesemester. Kontoret hade varit öppet för alla och bland besökarna fanns Lennart från AI-systems som visade sig känna både Filip och Morgan från skoltiden och en av tjejerna tyckte sig känna igen Christer Månsson men var osäker på om han varit där på öppet hus. Filips fru, Lina, hade varit uppe en snabb sväng och pratat lite kort med Morgan kom receptionisten ihåg. Ulrikas pappa var alla säkra på att han inte varit där men en av killarnas pappa visade sig vara kusin till Ulrikas pappa. Ytterligare en kille kom från samma årskurs som Morgan och Filip och kände till Filip men verkade inte haft någon närmare relation med honom.

Så Eva och Jörgen kände sig modfällda när man gick på lunch. I princip alla av deras misstänkte hade kunnat komma över nyckeln vid evenemanget. Dessutom fanns en släktrelation till Ulrikas pappa och ytterligare en gammal skolkontakt till Filip identifierad. Dock ingen person som verkade ha något horn i sidan till Filip. Men som Jörgen sa, man vet aldrig, gamla oförrätter kan komma tillbaka.

Magdalena, företagets marknadschef, berättade kort om ett tillfälle då hon efter ett toabesök kom tillbaka och fick se en okänd person lämna kontoret. Hon hade senare undrat om den personen kanske tagit nyckeln till Teslan, men hon hade ingen aning vem det kunde ha varit.

Efter lunch fick man ett litet genombrott. En av killarna på kontoret kom fram och hade känt igen Christer Månsson när han varit på besök hos en av företagets viktigaste kunder. Bara någon vecka därefter hade kunden hört av sig om ett rykte att deras produkt hade vissa fel med sin långsiktiga prognos. När han nu under morgonen sett bilden på Christer undrade han om det kunde hänga ihop. Att Christer varit den som berättat för kunden att de hade problem.

Eva och Jörgen sökte upp Morgan och visade honom bilden på Christer. Han hade tittat länge på bilden men sedan lämnat tillbaka den med en huvudskakning.

"Han verkar lite bekant men jag vem inte vem det är och känner inte till namnet", sa han men både Eva och Jörgen anande att han inte talade sanning.

"Han har arbetat hos AI-Systems tidigare, du har inte träffat honom där?" undrade Eva.

"Ja så måste det vara, han var killen som var inne och arbetade med Filip en kort stund, givetvis" sa han. Men både Eva och Jörgen upplevde att det var med en lättnad han kunde glida ifrån ämnet. Här fanns definitivt något som man borde följa upp närmare. Morgan hade känt igen honom men ville av någon anledning inte berätta, det hade man varit överens när man pratade ihop sig efter mötet.

Väl tillbaka på polishuset väntade man in Lina Östensson som

132

man begärt skulle komma in för ett kompletterande förhör. Man visste nu att hon varit uppe på kontoret en kort stund på evenemanget trots att hon tidigare hävdat att hon inte besökt arbetsplatsen.

"Javisst så var det, jag gick bara in som snabbast till Morgan för att hämta mina handskar. Det har jag helt glömt bort", sa hon ursäktande när man konfronterade henne med uppgifterna att hon visst varit på kontoret. Eva upplevde att hon var ärlig men helt säker kunde hon inte vara.

Man passade på att visa bilderna på sina misstänkta och fick dagens andra genombrott.

"Men det där är ju killen som hotade Filip på restaurangen som jag berättade tidigare", sa hon och pekade på Christer Månsson.

28

AI-Systems
Måndag

Bror lämnade Fredbergsgatan tidigt på måndag morgon. Han hade varit lite sur på Eva för att hon inte ville hjälpa honom hitta Pelle Trander även om han förstod att hon inte kunde. Men Carolina Ängblom skulle han söka upp. Hon hade ju varit en av de fyra i Stiftelsegänget och uppenbarligen en duktig matematiker. Kanske kunde hon hjälpa honom vidare med de jobbrelaterade analysproblemen på företaget.

Han hade varit tidigt inne på firman men väntat till strax efter halv nio innan han sökte Carolina. Ville inte störa för tidigt på morgonen. Många inom forskningsvärlden hade egna tidsscheman där man började arbeta efter lunch till långt in på natten. Det hade han noterat vid ett flertal tillfällen. Det verkade som om man tog med sig studentlivet in i företagsvärlden.

"Carolina Ängblom på MIRL", svarade en trött och resignerad röst när han ringde upp.

"Hej jag heter Bror Stensson och är vd på AI-systems. Jag undrar om du skulle vilja träffa mig?" sa han rakt. Det blev alldeles tyst i luren och Bror nästan misstänkte att hon lagt på.

"Varför vill du träffa mg?"

"Jag har flera anledningar. Jag vet att du var en av spekulanterna på att köpa vårt bolag. Jag har förstått att du är en duktig matematiker vilket är något vi är i behov av. Så kan vi träffas helt förutsättningslöst och se om vi kan hjälpa varandra?"

Att han visste att Carolina och Filip känt varandra sedan tidigare skulle han ta upp om han fick till ett möte.

"Är du en av Filips kompisar eller kollegor?"

"Nej inte alls. Jag känner inte Filip och har inte annat än basala matematikkunskaper. Jag är bara inne temporärt i väntan på en permanent ny vd. Så jag behöver all hjälp jag kan få. "

"Javisst, jag kan idag när som. Kan du komma till mitt kontor?" svarade hon med ett kyligt tonfall efter en besvärande lång tystnad.

"Jag kan vara där om trettio minuter", svarade Bror och avslutade samtalet.

Trettio minuter senare klev så Bror in i en pompös entré på Karl Gustafsgatan centralt i Göteborg. En byggnad där välmående företag och verksamheter hade råd att hyra in sig. Hade verkligen Carolina råd med det undrade han.

Uppe på tredje våningen möttes han av en stor pampig skylt i mässing med Ängblom Invest och under den en minder skylt med MIRL. Nu förstår jag tänkte Bror, hon har hyrt in sig i sin pappas lokaler. Erik hade nämnt något om att hennes familj bestod av ett gäng entreprenörer om han mindes rätt.

Receptionen var majestätisk och andades välstånd och gott om pengar. Lite väl mycket för Brors tycke och smak men det tilltalade säkert vissa kundgrupper. Han frågade efter Carolina och blev ombedd att sätta sig ner och vänta. Helt plötsligt blev MIRL's bud på AI-Systems mer rimligt. Här fanns säkert gott om pengar för att förverkliga ett sådant bolagsköp.

Efter några minuter kom så Carolina honom till mötes. En välklädd tjej som i hela sin uppenbarelse gick i stil med lokalerna. Klädd i en strikt affärsdress som såg exklusiv ut, det skulle förvåna Bror om den var inköpt på Hennes eller Lindex. Hon var liten och nätt, hade mörkt hår klippt i en enkel pagefrisyr. Ögonen var vackra men munnen hade ett bistert drag som var aningen missklädsamt. Man fick intryck av att hon hade varit med om lite tråkigheter som påverkat henne. Men även om man alltid gjorde en första bedömning så visste Bror av erfarenhet att den kunde vara felaktig så det var alltid viktigt att hålla kvar ett öppet sinne. Även om man heller inte kunde bortse från det första intrycket som man fick.

"Bror Stensson, vad bra att du kunde ta emot mig, det uppskattar jag", sa Bror och reste sig upp och hälsade.

"Carolina" sa hon avmätt och visade honom vidare in mot kaffemaskinen och sedan in till ett litet konferensrum.

Bror visste inte riktigt hur han skulle kunna få igång ett bra samtal. Carolina satt med armarna i kors över bröstet och signalerade ett tydligt avståndstagande. Han undrade stilla varför hon överhuvudtaget gått med på att träffa honom.

Bror började med att berätta sin historia om hur han blivit kontaktad av köparna till AI-Systems som ville ha in en vd i väntan på att rekrytering av en permanent vd skulle bli klar. Han berättade även kort om sig själv och sin utbildning från Chalmers som inte var inriktad på matematik utan mer managementfrågor.

"Har du också studerat på Chalmers?" frågade han även om han visste svaret. Han behövde få in henne i en konversation.

"Jo jag läste teknisk fysik och några år efter examen återkom jag till Chalmers och doktorerade i matematik. Jag minns att vi tyckte att ni som gick managementlinjen var lite löjliga och stroppiga men du får bra betyg. Du verkar inte ha några later åt det hållet, vilket du ska ta som en komplimang", sa hon och han anade ett litet leende.

"Jag känner till vårt rykte och även jag tyckte att vissa av mina studentkollegor var lite för mycket. Jag trodde dock att om man doktorerade i matematik så fortsatte man sin karriär på Chalmers eller något annat högskolesäte. Men du har gett dig ut i affärslivet, hur kommer det sig?" sa han och bollade tillbaka mot Carolina. Han ville få henne att öppna upp och prata.

"Jo jag har svårt för studenter som blir kvar hela livet inom skolans väggar. Det är viktigt att man omsätter forskning och studier till användbara produkter. Men affärsvärlden är ju tuff så det är inte alltid så lätt", sa hon med ett litet bistert leende som avslutning.

"Det låter som om du har dåliga erfarenheter."

"Kanske det men det ska väl inte vi diskutera, kan du berätta vad du vill?" sa hon och Bror kände att kommentaren om dåliga erfarenheter inte hade tagits emot väl. Hon hade varit på väg att öppna upp men nu kom armarna tillbaka i kors över bröstet och han var tillbaka där man startade mötet. Han förbannade sig själv, kunde han inte varit litet smidigare.

Bror berättade om situationen på AI-Systems och att man hade problem med sin analysmodell, framförallt på lång sikt. Han noterade ett spontant ironiskt leende hos Carolina när han sa det. Man hade kommit fram till att man behövde komplettera med en duktig matematiker och hade hört att Carolina var en av de bästa. Så det var den främsta anledningen till att han var här.

"Vem har berättat att jag är en duktig matematiker?" undrade hon nyfiket och lutade sig fram över bordet.

"Jo jag har en kompis som heter Katrin och studerar matematik på GU. När jag berättade om mina problem gav hon mig ett tidningsklipp på ett gäng studenter som gick under smeknamnet Stiftelsen", sa han och räckte över fotot mot Carolina.

"Det här fotot har jag inte sett på länge, vad roligt", sa hon och tinade åter upp en aning.

"Jag tyckte det var spännande. Anders som är huvudägare till AI-Systems nämnde också boken Stiftelsetrilogin av Isaac Asimov när jag fick uppdraget. Så jag blev jätteintresserad när jag fick kopian på artikeln. Kan du berätta mer om det?"

"Ja varför inte. Egentligen var vi inte ett kompisgäng utan det var två lärare från GU och Chalmers som satte ihop oss för en matematiktävling. Det gick bra för oss och vi fick en liten tid i rampljuset."

"Vad menar du med att ni inte var ett kompisgäng. Att ni inte var det i början förstår jag men blev ni inte det när det började gå bra?"

"Nej vi blev aldrig riktigt bra kompisar. Filip var lite av en mobbare och ledarfigur och Morgan hans vapendragare. Pelle var den som blev mobbad och jag var med som en passiv deltagare för jag älskade matematik och tävlingarna vi deltog i.

Det var jag och Pelle som stod för spetskompetensen inom matte men det var Filip och Morgan som tog åt sig äran. Så här några år senare är jag inte stolt över hur jag agerade, framförallt inte när det gällde Pelle", sa hon urskuldande.

Filip hade varit gängets ledargestalt. Han stod längst fram och tog åt sig all ära. Morgan och Carolina hade inte tagit mod till sig och sagt ifrån. Stundtals var han riktigt elakt mot framförallt Pelle men alla de andra tre hade ändå hängt med på grund av all positiv uppståndelse gruppen fick. Att Carolina tyckte illa om Filip var uppenbart trots att hon ingått i hans svans under några år. Bror undrade om det fanns något mer bakom hennes ogillande, han fick en känsla att så var fallet.

"Vad jag förstår var både du och Morgan spekulanter på AI-Systems. Jag har letat runt lite men kan inte hitta några uppgifter om Pelle Trander, vet du var man kan få tag på honom?" frågade Bror.

Carolina berättade om en osäker kille som hade många interna demoner. Han ogillade sitt förnamn, han var döpt till Pelle och hade alltid tyckt att det var ett namn för en smågrabb. Han tyckte heller inte om sitt efternamn som var hans styvfars namn, en person som han tyckte väldigt illa om. Han hade svårt med sitt självförtroende och var ett lätt offer för en mobbare som Filip. Filip hade hela tiden förminskat honom och fått honom att misstro sig själv. Hon hade ingen aning vad som blivit av honom men kom ihåg att han pratat om att byta både förnamn och efternamn. Så kanske var det en anledning till att det inte gick att hitta uppgifter om honom. Han kanske hette något annat idag. Det var samma sak som Eva sagt.

"Vilken verksamhet har MIRL idag? Och står MIRL för något i så fall vad?" undrade så Bror för att lämna historien och komma tillbaka till nuet.

"Jag gör en del konsultuppdrag åt olika företag. Mycket handlar om matematisk optimering inom tillverkningsindustrin. SKF och VOLVO är bägge kunder till mig. Namnet står för Mathematics In Real Life, lite löjligt men samtidigt mycket bra. Jag vill verkligen använda matematik praktiskt och inte låsa in det på forskningsavdelningen på Chalmers och Göteborgs Universitet. Men jag har funderingar på att bygga upp ett produktbolag kring en idé som jag har. Det var av den anledningen jag ville köpa AI-Systems."

"Som jag nämnde tidigare är vi i behov av en duktig matematiker. Är du intresserad av anställning eller kan vi hyra in dig som konsult?"

"Anställning är inte intressant och ska jag gå in som konsult vill jag med säkerhet veta att Filip inte finns kvar i bolaget. Finns han kvar är det uteslutet."

Bror kände sig nöjd med sitt möte när han åkte tillbaka till kontoret. Han hade fått till en bra dialog med Carolina men så länge som Filip fanns kvar i bolaget skulle han inte kunna få hennes hjälp. Att han var försvunnen räckte inte. Hon hade rekommenderat honom att leta upp Pelle Trander. Han var enligt henne mycket duktig och skulle kunna bidra.

Att hon ogillande Filip var ställt utom alla tvivel. Han trodde dessutom att det måste bero på något mer än att han var lite av en mobbare under studietiden, det var han övertygad om. Men vad, det visste han inte.

29

Fredbergsgatan
Måndag

Eva hade ringt Bror och sagt att hon hade en överraskning när han kom hem. Spännande, överraskningar är alltid trevliga.

Så fort han kom hem hade han blivit ombedd att klä om, Eva hade bokat in hela gänget på restaurang uppe vid Linnéplatsen, en japansk nudelrestaurang som hon fått sig rekommenderad. För Bror och Eva var detta mycket bekvämt, restaurangen lång inom gångavstånd från deras lägenhet och vädret var utmärkt. Man var ute i god tid och vandrade sakta Linnégatan upp mot restaurangen. Massor med folk var ute och området kring Järntorget och upp mot Linnéplatsen hade blivit ett populärt område för både unga och äldre. Många små trevliga restauranger, de flesta med mysiga uteplatser där man kunde sitta i lugn och ro, dricka en öl, äta och prata. Det var ett av skälen till att Bror valt sin lägenhet och till hans tillfredställelse hade utelivet bara blivit ännu mycket bättre sedan han flyttade dit.

Trots att man var tidigt framme vid matstället var man inte först på plats, både Olle och Jovana samt Erik och Myran var redan där och hade valt ett trevligt hörn utomhus och beställt in var sin öl. Karin och Malin skulle nog dyka upp inom kort.

"Jag skäms lite, jag vet faktiskt inte vad du heter, du kallas ju alltid bara Myran", sa Jovana och vände sig mot Brors lillasyster.

"Ingen fara jag är så van att jag själv nästan glömt bort mitt riktiga namn. Men jag heter Myri efter en släkting till pappa uppe från Norrland", sa Myran och skålade med gänget.

"Myri det är ju ett jättefint namn, men jag har aldrig hört det förut. Vill du vi ska säga Myri eller ska vi fortsätta med Myran" undrade Jovana.

"Ni får välja själva, bägge två går lika bra."

"Vi pratade om att det är mycket vi inte känner till om varandra. Det blev så uppenbart när vi fick reda på att Malin blev vd för ett hyfsat stort byggbolag. Jag pratade med Bror om det och vi insåg att vissa av oss pratar på hela tiden och andra är lite mera tysta. När jag tog upp det med Jovana tänkte hon till och frågade vad Myran egentligen stod för. Jag fick erkänna att jag inte heller visste det trots att jag känt er båda mycket längre än Jovana" förklarade Olle.

"Fundera inte så mycket på det. Vi är alla olika, vissa av oss pratar på hela tiden, både på gott och ont medan andra håller sig lite mer i bakgrunden. Jag tycker inte man ska rota så mycket i det", sa Bror samtidigt som Karin och Malin kom insläntrande.

Ramen Ya fokuserade på nudelsoppa som fanns i en mängd olika varianter. Efter att ha studerat menyn och pratat med servitrisen tog alla in Hakata Ramen, en soppa gjord på fläskbuljong tillsammans med sidfläsk, svamp och olika japanska grönsaker eller vad det nu var. Alla beställde in japansk öl. Ingen lättöl tänkte Bror som misstänkt att Olle och Jovana kanske skulle satsa på tillökning men inga sådana nyheter för tillfället.

När maten serverades kom kocken ut och presenterade rätterna. Väldigt seriöst men ändå avslappnat och gemytligt. Bror tyckte att det var bland det godaste han ätit på länge och resten av gänget instämde.

Efter middagen lämnade man restaurangen och gick i samlad tropp ner mot Järntorget. Gick in på en öppen pub och beställde in en omgång öl till.

"Hur gick det, följde ni upp fotot ni fick av mig lördagskväll?" undrade så Katrin.

"Ja hur gick det med den där Carolina Ängblom som vi pratade om på Styrsö" flikade Erik in.

Bror berättade att han kom på att hon varit ett av företagen som försökt köpa AI-systems, det var därifrån han kom ihåg namnet. Däremot kunde man inte hitta någon information alls om Pelle Trander. Eva sa att han kunde flyttat från Sverige, ha avlidit eller bytt namn. Det fanns många skäl till varför han inte gick att hitta.

"Jag träffade Carolina idag. Som ni vet har vi fått en ganska negativ bild av Filip och den bilden spädde hon på. Hon påstod att han varit en mobbare och att han varit ganska elak just mot Pelle. Dessutom sa hon att Pelle hade ogillat både sitt för och efternamn så möjligheten att han bytt namn är inte alls osannolik" berättade Bror.

"Jag ska prata med killen jag fick artikeln av, han kanske vet mer", sa Katrin och avslutade samtalet.

30

AI-Systems
Tisdag

Idag skulle Bror och Linn träffa två av referenskunderna. Räddningstjänsten i Göteborg och Varberg skulle komma på ett gemensamt besök. Bror hade som hastigast samlat personalen och berättat kort om mötet med Carolina samt pratat igenom vad som var viktigt inför referenskundernas besök nu på tisdagen. Bror och Linn hade förberett mötet under fredagen och satte sig ner för en kort sammanfattning innan besöket.

Så strax före tio kom så kunderna från Räddningstjänsten. Alla i uniform vilket Bror aldrig varit med om tidigare. Uniformerad personal förknippade han med polis, ambulans och givetvis räddningspersonal på utryckning men för ett sådant här möte hade han förväntat sig vanlig kontorsklädsel. Alla hade blå byxor och blå skjortor. På bröstet satt en påsydd etikett med titel och namn. Praktiskt då Bror vanligtvis hade svårt att komma ihåg namn.

Stämningen var lättsam och han kände instinktivt att det här var jordnära, pragmatiska personer. Hans hade oroat sig för att möta ett bistert gäng i kostym som skulle framföra allvarlig kritik. Visserligen hade Linn påpekat att de hon träffat var lättsamma och okonstlade men Bror hade inte riktigt vågat tro att det skulle vara så här bra, om det nu höll i sig.

Efter det sedvanliga kaffet och lite allmänt rundsnack kom man så fram till mötets kärna.

Bror presenterade kort sig själv och de nya ägarna och betonade att ägarna var seriösa och ville satsa för att arbeta bort alla eventuella problem som fanns kring produkten. Linn berättade om nuvarande status på de demosystem som kunderna hade installerade och berättade om de uppgraderingar som skulle ske på servrar och operativsystem. Sedan lämnade man över ordet till kunderna.

Räddningstjänsten i Göteborg hade arbetat mycket med produkten och man började med en diskussion om användargränssnittet som man hade många synpunkter på. Man fick många bra förslag på förbättringar som Linn dokumenterade. Bror flikade in att man skulle anställa en utvecklare som skulle arbete med användargränssnittet och man kom överens om att en person från Göteborg och en från Varberg skulle delta som bollplank när man började med det förbättringsarbete. Det hade varit Linns förslag att börja med hur programmet användes och deras förslag till åtgärder hade fått ett bra mottagande. Men nu närmade man sig snabbt det område som Bror och Linn själva var mer oroade inför.

"Vi vet att ni hört rykten om att vår simulationsmodell inte fungerar så bra på längre sikt. Är det här något ni märkt av?" undrade Bror när man sammanfattat det första problemområdet.

"Ryktet är oroande, det är som ni själva förstår svårt att veta om den långsiktiga simulationen stämmer eller inte men vi har upptäckt ett antal påtagliga problem", kommenterade Inga från räddningstjänsten Göteborg.

Man hade konstaterat två problem. Programmet kraschade relativt ofta när man begärde simulationer som sträckte sig mer än fyra veckor framåt i tiden. Dessutom hade man vid ett tillfälle fåt skilda resultat på två simulationer med exakt samma bakgrundsdata och samma tidsintervall vilket man kände som mycket oroande. Däremot hade alla simulationer på olika krisscenarion med en maximal längd om en till sju dagar gett identiska resultat och även i tre fall jämförts med verkliga incidenter vilket man var mycket nöjda med.

Man tog en bensträckare och Bror fick en möjlighet att

stämma av kort med Linn. Hon kände inte till att programmet kraschat, man konstaterade att det uppenbarligen hade funnits stora brister i kommunikationen med kunderna. Att simulationsmodellen inte fungerade fullt ut på längre sikt hade man ju varit medvetna om men man hade i sin enfald trott att kunderna inte hade kunnat verifiera att ett sådant fel fanns. Att kunna bestrida de rykten som Christer spridet skulle nu bli mycket svårare och man kom överens om att spela med öppna kort.

När man efter pausen berättade att man kände till vissa brister i simulationsmodellen på längre sikt uppstod en tydlig besvikelse hos kunderna, framförallt i Varberg.

"Vi hade hoppats att problem med simulationsmodellen på längre sikt inte skulle vara så allvarlig som ni själva berättar. Som ni förstår så är ett av våra huvudintressen krisscenarion kopplade till olyckor på Ringhals och då är simulation på längre sikt mycket viktigt" påpekade Eva från räddningstjänsten väst.

"Vi jobbar på en lösning och räknar med att presentera den inom två veckor" sa Bror med övertygelse. Dock var Linns blick inte lika säker och Bror hoppades innerligt att ingen av kunderna noterat hennes tvekan.

Man tog med sig kunderna på en gemensam lunch och både Bror och Linn kände sig riktigt nöjda när man gick tillbaka till kontoret. Räddningstjänstpersonalen var lättsam och opretentiös och kunde man bara hålla kvar en öppen dialog samt visa lite framsteg skulle nog detta gå vägen.

När Bror kom tillbaka till kontoret kom ett samtal från Katrin. Hon brukade ju aldrig ringa på arbetstid,

"Hej, det var överraskande med ett samtal från dig" svarade Bror.

"Jo jag pratade med killen som gav mig artikeln jag visade igår och han berättade lite om Carolina Ängblom som jag tror att du är intresserad av."

Katrin berättade att Stiftelsegänget från studietiden hade bildat ett bolag tillsammans och skulle utveckla matematiska analyser för företag. Men bolaget blev ingen succé och det blev konkurs bara inom ett år. Dock hävdade Carolina att Filip och Morgan stulit ett patent från henne och stämde killarna i domstol. Däremot gick rätten på Filip och Morgans linje och Carolina förlorade och tvingades betala rättegångskostnaderna. Enligt ryktet höll hon på att gå i personlig konkurs.

"Det var överraskande. Men samtidigt så kände jag att det var något hon inte berättade när jag träffade henne igår. Det skulle kunna vara den här historien" summerade Bror.

"Enligt ryktet så hör hon inte till Filip och Morgans kompisar längre, vilket jag förstår om ryktet stämmer."

"Spännande, tack för att du berättade", sa Bror och noterade att det sällat sig ytterligare en person till Filips ovänner. Mer än bara det hon berättade för honom igår.

Bror kom hem nästan samtidigt med Eva till lägenheten i Majorna.

"Väldigt vad du ser underfundig ut?" sa Eva och knuffade honom lätt i sidan. "Förresten hur gick det på kundmötet?"

"Kundmötet gick väldigt bra. Räddningstjänstpersonalen var väldigt trevliga och var lätta att komma överens om. Men den stora nyheten idag är något annat" sa Bror leende.

"Jaha, tänker du bara stå där och se fånig ut eller tänker du berätta", sa Eva och knuffade till honom igen.

Bror berättade om bolaget och rättstvisten som Carolina dragit igång. Nästan samtidigt konstaterade man att man nu fått ytterligare en tänkbar förövare när det gällde Filips försvinnande.

31

Polishuset
Onsdag

När Eva och Jörgen sammanstrålade på morgonen i polishuset noterade Jörgen en ny iver och glöd hos Eva. Det var uppenbart att hon fått fram något nytt att jobba vidare med.

"Vad har du nu hittat, det syns ju lång väg att du har något nytt på gång?" undrade Jörgen.

"Återigen har min käre sambo lekt detektiv, inte avsiktligt men ändå. Den här tjejen Carolina Ängblom ska ha drivit ett företag med Morgan och Filip och drev sedan en privat talan efter att bolaget lagts ner. Det här måste vi reda ut, Carolina kan mycket väl vara ytterligare en misstänkt när det gäller Filips försvinnande. Nu blir det till att gräva i arkiven."

Några timmar senare sammanstrålande de igen. Jörgen hade undersökt bolagsarkiven och Eva rättegångsdokumentation. Bägge verkade nöjda när man satte sig ner strax före lunch.

Morgan Fredén, Filip Östensson, Carolina Ängblom och Pelle Trander hade startat ett bolag Stiftelsen matematik AB i samma veva som man tog sina respektive examina från högskolorna. Bolaget hade visat dåliga siffror och sattes i konkurs endast ett år efter att det bildades. Morgan och Filip hade i samma veva startat ytterligare ett bolag där endast Morgan och Filip var delägare, Morfil AB. Bolaget hade varit aktivt endast i ett år och sedan lagts ner. Bolaget hade inte redovisat några intäkter och mycket blygsamma kostnader under det år det varit aktivt. Två år efter att Stiftelsen matematik AB gick i konkurs bildade Filip Östensson AI-Systems och Morgan Fredén IMA AB, de bolag som bägge var aktiva idag. Bägge bolagen visade svag lönsamhet vilket var uppgifter som man redan kände till från förhör med Morgan och via Bror Stensson.

"Så långt kom jag med mina bokslutstudier, vad hittade du i rättegångsdokumenten?" frågade så Jörgen efter sin redovisning.

Carolina Ängblom hade mycket riktigt fört en privat talan mot Morgan Fredén och Filip Östensson berättade Eva. Enligt stämningen anklagade hon grabbarna för att ha stulit ett patent från Stiftelsen matematik AB innan konkursen. Hon hade dock förlorat talan och dömts att betala rättegångskostnaderna som var på ett relativt högt belopp.

"De kostnaderna hade inte jag velat betala när jag var strax över tjugofem, skulle du?" frågade Jörgen och vände sig mot Eva.

"Absolut inte, det hade blivit personlig konkurs utan tvekan."

"Vi måste prata med Morgan och Carolina, det finns säkert mer kring det här bolaget och rättegången, det är jag övertygad om", sa Eva och Jörgen nickade samstämmigt.

Det blev ett nytt besök till Sushirestaurangen på Jörgens uppmaning. Eva tyckte det var roligt att han uppskattade den råa fisken och det visade sig även att han måste ha tjuvtränat på konsten att äta med pinnar vilket han nu hanterade minst lika bra som Eva.

På väg tillbaka från restaurangen stötte man ihop med Linus och den rödhåriga tjejen som Eva sett honom med när han åkte iväg på sin kurs. Precis som förra gången avvek tjejen innan Eva fick möjlighet att hälsa.

"Hej Linus, är du tillbaka från kursen nu?" sa Eva efter att de sprungit ifatt honom.

"Hej, jo jag kom tillbaka idag, Tänkte titta förbi i eftermiddag och höra hur det gått för er", svarade han märkbart besvärad. Eva misstänkte den rödhåriga tjejen men förstod inte varför han skulle vara så besvärad för det. De berättade kortfattat vad som hänt på vägen tillbaka till polishuset och skildes åt i receptionen.

"Väldigt vad han var svårpratad", sa Jörgen och skakade lätt på huvudet.

"Jo jag känner inte riktigt igen honom. Det är väl den där rödhåriga tjejen vi såg honom med. Vet du vem det är?" sa Eva.

"Nä inte direkt men hon verkar lite bekant men jag kan inte placera henne", sa Jörgen och Eva nickade medkännande till hans kommentar.

Man hade lyckats boka in ett nytt förhör med Morgan nästa dag och skulle efter lunch besöka Carolina Ängblom på hennes kontor.

Eva kom ihåg Brors beskrivning av Carolinas kontor när hon och Jörgen kom in i entrén. Det andades välstånd och pengar, det kanske inte var något större problem att betala rättegångskostnaderna trots allt tänkte Eva när hon satte sig ner för att vänta på Carolina.

Bror hade berättat en hel del om mötet med Carolina när han kom hem igår men Eva hade inte lyssnat så noga. När han berättade om rättstvisten hade hon fokuserat så mycket på den nyheten att hon missade det mesta han berättade i övrigt.

Eva noterade en välklädd ganska strikt tjej som vid första ögonkastet verkade betydligt äldre än Morgan men när hon satt sig ner insåg Eva att hennes klädsel, strikta frisyr och lite bistra uppsyn skapade intrycket av en äldre kvinna. Hade man stajlat om henne med en aningen mer vågad frisyr, ledigare kläder och fått henne att le skulle hon ha varit riktigt snygg.

"Carolina Ängblom, vad kan jag hjälpa er med?" undrade hon lika svalt och korrekt som den anblicken med fått av henne.

"Vi skulle vilja prata med dig om en rättegångstalan som du drev mot Filip Östensson och Morgan Fredén", svarade Jörgen nästan lika formellt och korrekt till Evas stora förvåning.

Det var uppenbart att ämnet förvånade Carolina. Hon hade förväntat sig något annat vad det nu kunde vara. Hon visste att de kom från polisen, det hade man berättat när man bokade mötet. Spännande tänkte Eva, det är många som verkar dölja saker i den här utredningen tänkte hon.

Carolina berättade om studentgänget som gått under namnet Stiftelsen och hur man sedan bildat ett gemensamt bolag. Tanken var att man skulle sälja konsulttimmar till de stora företagen. Man hade ganska tydliga roller. Hon själv och Pelle Trander hade varit de duktiga matematikerna och Morgan och Filip skulle hantera företaget och försäljningen. De var i de rollerna som man även arbetat ihop under studenttiden. Alla var i grunden duktiga matematiker men det hade varit Pelle och hon själv som satt på den spetskunskapen och Morgan och Filip var mer intresserade av den sociala biten och gärna stod i rampljuset.

"Men bolaget gick inget vidare, när man läser boksluten, hur kom det sig?" undrade Jörgen.

Carolina berättade att man fått med sig ett begränsat antal konsultuppdrag redan under skoltiden. De var alla påbyggnader på de examensarbeten man utfört ute hos industrin. Så starten var bra men sedan var det inte alls lika lätt att sälja in nya konsultuppdrag som man trott. Morgan och Filip hade varit kaxiga och hävdat att det där med försäljning inte var svårt och att man snart skulle ha mer uppdrag än man klarade av att hantera. Enligt Carolina hade grabbarna lagt mer tid på att undersöka hur man skulle expandera personalstyrkan än att faktiskt sälja in nya uppdrag. När sedan uppdragen man fått med sig tog slut stod man helt plötsligt utan något att göra och konkursen var ett faktum.

"Anser du att det var Filips och Morgans fel att bolaget gick i konkurs?" undrade Jörgen.

"Nej egentligen inte även om både jag och Pelle hade större förhoppningar om deras säljförmåga. Konkursen var vi nog alla ansvariga för, ungdomlig övertro låg bakom det mesta".

"Men sedan drev du en personlig talan mot Morgan och Filip, hade inte det med konkursen att göra?" frågade Eva.

"Nej egentligen inte, jag anser att de stal ett patent, ett patent som de sedan använt i sina nya respektive bolag" svarade Carolina.

När man gick sista året på sina respektive utbildningar hade man tagit fram en algoritm som man patentansökt. Patentet gick igenom strax efter att man bildade Stiftelsen matematik AB och kom att tillhöra bolaget som gick i konkurs. Men strax före konkursen sålde företaget patentet för en krona till ett bolag som Morgan och Filip bildat som hette Morfil AB. När konkursen var ett faktum ägde Morfil AB patentet och Carolina och Pelle ansåg att man blivit bestulna det. Pelle ville inte driva det vidare men Carolina stämde Morfil AB

"Men hur kunde du förlora om man stal patentet?" undrade Eva.

Som Carolina berättat tidigare hade hon och Pelle överlåtet bolagsarbetet till Morgan och Filip och de hävdade att Carolina och Pelle godkänt transaktionen. Filips släktingar ställde upp med dyra advokater och Carolina hade förlorat sin talan.

"Vad jag förstår är din far en välbärgad man, hjälpte inte han dig?" frågade Jörgen.

"Nej pappa har alltid drivit linjen att man ska stå för sina egna misstag. Jag fick driva det helt själv med egna medel. Så kampen blev som mellan David och Goliat, bara att Goliat vann den här gången", sa hon med ett ironiskt leende.

"Men Morfil AB finns ju inte längre som bolag, var finns patentet idag?" undrade Eva.

"Morgan och Filip kom inte så bra överens så de bildade var sitt bolag, IMA och AI-Systems som ni ju känner till. Patentet fördes över till respektive bolag" sa Carolina.

"Som du kanske vet har vi fört en hel del diskussioner med bägge bolag i samband med Filips försvinnande. Vi har förstått att bägge bolagen har problem med långsiktigheten i sina analyser. Är det något som hänger ihop med patentet?"

"Jo så är det, patentet var inte så bra som vi trodde. Analyserna på lång sikt fungerar inte så bra och den djupa kunskapen om algoritmen sitter hos mig och Pelle. Att skadeglädjen är den enda sanna glädjen stämmer bra", sa Carolina och för första gången kändes hennes leende genuint äkta.

32

Fredbergsgatan
Onsdag

Bror hade vaknat redan vid fyra på morgonen och sedan inte kunnat somna om. Han kände att det nya uppdraget var av en helt annan typ än de han haft tidigare. Hans utbildningen hade fokuserat på att konstruera programsystem och föra in dessa hos kunder och på så sätt hjälpa kunden med bättre lösningar kring de utmaningar de stod inför. På det sättet hade också alla hans tidigare uppdrag sett ut. Han hade hjälpt till att byta lönesystem, infört säljuppföljningssystem, förbättrat logistiksystem, projektledning för vidareutveckling av diverse, redan befintligt system, hos kund. De uppdragen hade varit jätteroliga, han hade varit delaktig i tekniken och via projektledningsuppdraget även fått arbeta med människor. Men i det här uppdraget som tillförordnad vd satt han bara med ett antal personalproblem och blev indragen i kundmöten först när kunden var missnöjd. Var han intresserad av den här typen av uppdrag? eller skulle han försöka gå tillbaka till de han hanterat tidigare. Hans mamma hade så länge han kunnat minnas alltid varit chef och bara arbetat med människor, eller som hon ofta förklarat, se till att andra kunde göra jobbet så bra och enkelt som möjligt. Han hade alltid sett upp till sin mamma och hoppats att han skulle komma till en liknande position, men nu var han inte längre lika övertygad om att det var det han ville.

Eva hade åkt iväg till polishuset med en förnyad energi, hon skulle träffa Carolina Ängblom och det var inte utan att han såg fram emot att få reda på vad hon skulle komma fram till under dagen. Men nu skulle han själv iväg till sitt arbete och det var med ett visst obehag han noterade att han inte riktigt tyckte det var lika roligt längre, nästan så han kände en liten klump av ångest i magen. Även om han tyckte att stämningen på företaget blivit betydligt bättre så dök det nästan varje dag upp något nytt besvärligt personalproblem som han måste hantera. Han hoppades för sig själv att han skulle ges tid att arbeta mer med teknikområdet idag, även om matematik nu inte var hans specialitet.

Han beslöt sig för att ta buss 60 ner mot Redbergsplatsen och sedan ta färjan över till Lindholmspiren. Det var faktiskt den snabbaste rutten men han hade ofta av någon okänd anledning nästan alltid åkt buss ut trots att det tog ytterligare tio minuter på grund av två byten.

Vädret var strålande så båtturen över älven var ett nöje, han stod ute på däck och försökte låta bli att ängslas över sin arbetssituation men han kunde inte riktigt mota bort olustkänslorna. Han till och med undrade om han hade föraningar om att ytterligare något skulle hända idag, men han slog bort det i samma stund som tanken dök upp.

Väl framme vid Lindholmen gick han förbi Espresso house och köpte en Cappucino att ta med. Det gjorde han oftast inte då han, även om kaffet var gott, tyckte att priset var i överkant. Men idag kända han för det och gick långsamt bort mot sitt kontor och fortsatte njuta av vädret. Han kom på sig själv med att inse att han försökte fördröja ankomsten till kontoret. Det här var inte bra, han skulle behöva komma till rätta med sin nuvarande arbetssituation omedelbart. Det här kändes som en nedåtgående spiral, och det måste han jobba med.

När han kom in till kontoret möttes han numera av glada hälsningsfraser. Han behövde fokusera på det som blivit bra och känna stolthet för det han åstadkommit. Det var ytterligare ett visdomsord han fått från sin mamma. Känn dig stolt över det du gjort bra, fokusera inte på problem, hade hon ofta sagt.

Väl inne gick han direkt över till Linn och två av matematikerna och bokade in ett arbetsmöte kring analysproblemet. Han anade en förvåning hos alla tre, då han tidigare inte engagerat sig i den delen av produkten. Han märkte även en förlägenhet, eller vad det nu var hos matematikerna.

"Berätta, jag vill veta allt om problembilden med vår analys.

Ni får finna er i att jag kommer att ställa en del dumma frågor, men jag vill verkligen begripa vad vi står inför. Vem vill ta ordet" sa han och lämnade bollen vidare till alla tre.

Det blev en del blickar ner i bordet och förstulna blickar på varandra och en besvärande tystnad.

"Jo visst kan vi berätta men vi måste ta en annan fråga först" sa till slut Magnus.

"Javisst gör som ni vill."

Magnus och Lillian sköt över var sitt dokument mot Bror. Linns hals blev jättelång och det var uppenbart att hon också undrade vad detta kunde vara.

"Vi har accepterat en anställning på ett annat företag och säger upp oss som du ser", sa så Magnus och Lillian nästan i mun på varandra.

"Jag ser det, får man fråga vart ni går?" undrade Bror och kände att hans morgonoro kom tillbaka.

"Nej tyvärr, vi kan inte berätta förrän om några veckor" svarade Magnus.

Beskedet innebar att man pausade det uppstartade mötet. Bror kontrollerade vilken uppsägningstid som gällde samt pratade ihop sig med Linn kring situationen. Man var bägge överens om att behålla både Magnus och Lillian uppsägningstiden ut, även om det skulle visa sig att man gick till en konkurrerande verksamhet. Behovet av att fortsätta den påbörjade genomgången blev än mer aktuell. Man måste så fort som möjligt tanka av de bägge deras kunskap och identifiera vilken kompetens man behövde ta in för att både ersätta de både men även förstärka för att lösa problemet med analysmetoden.

Bror tyckte det var skönt att notera att bägge ville göra ett snyggt avslut på företaget samt medverka till att överföra sin kunskap och de identifierade problem man kände till. Det blev ett bra möte fram till lunch där Bror trots sina begränsade matematikkunskaper ändå lyckades kartlägga problemområdet och identifiera vad som behövda göras. Det här var det han tyckte om, att sätta sig in i teknik och strukturera problemställningar och identifiera handlingsplaner för att lösa utmaningar. Han kände sig mycket nöjd med sig själv. Han hade klarat av att styra diskussionen trots att kollegorna satt med betydligt djupare kunskaper i ämnet.

Bror samlade alla på kontoret och meddelande att Magnus och Lillian bestämt sig för att gå vidare och berättade kort om de slutsatser man kommit fram till på mötet. Man gick som vanligt i samlad tropp på lunch och den blev trevlig trots det lite chockartade beskedet att två kollegor sagt upp sig.

Tillbaka på kontoret ringde han upp Anders på Kronan Invest, berättade om avhoppen och bokade in ett avstämningsmöte på fredag. Egentligen ville han ha mötet redan på torsdagen men Anders hade inte haft möjlighet. Lika bra tänkte han då kanske han skulle hinna med att arbeta igenom handlingsplanen lite bättre.

Linda kom in och meddelade att Bertil ekonomikonsulten ville komma upp på ett möte. Han bad henne meddela att det gick bra och kunde inte låta bli att oro sig för att det skulle komma ytterligare en obehaglig överraskning. Trots allt hade han haft onda föraningar.

"God dag. Jag kommer med anledning av kravet på återbetalning av lånet som du minns", sa Bertil mycket korrekt och stelt.

Kravbrevet från Lichtenstein hade Bror helt förträngt. Hade man inte kommit överens om att det troligtvis var en bluff? Skulle inte Bertil bestrida den?

"Som du minns trodde jag att det var en bluff och bestred den som vi var över ens om. Företaget har nu kommit tillbaka och säger sig ha bevis för att lånekontraktet är undertecknat av Filip Östensson och därmed giltigt. Man har skickat över intyg på att namnteckningen är identiskt med Filips samt har även kvitton på utbetalning. Så tyvärr måste vi ta tag i detta omgående", berättade Bertil med en bister min.

Bror suckade inombords. Två anställda har sagt upp sig och återbetalningskravet från Lichtenstein skulle kräva rejält mycket jobb. Hans onda aningar under morgondagen hade till fullo besannats. Skönt att han redan bokat in Anders till på fredag, han beslöt sig för att ta upp den här frågan samtidigt som uppsägningarna först på fredag.

"Värst vad du ser butter ut", sa Eva när Bror kom hem till lägenheten.

Han berättade om sina uppsägningar och om kravbrevet samt nämnde även att han började tappa engagemanget kring AI-Systems, det var så mycket problem som han inte visste hur han skulle hantera.

Eva var dock på ett strålande humör och peppade honom att gaska upp sig. Själv hade hon ju gjort framsteg i sin utredning efter mötet med Carolina.

33

Polishuset
Torsdag

Eva väntade med spänning på Morgan Fredén som man kallat in till ett nytt förhör. Det skulle bli mycket intressant att höra hans historia kring bolaget som han haft tillsammans med de övriga tre i Stiftelsen och hur man tagit över patentet till IMA och AI-Systems.

Skulle han bekräfta Carolinas historia eller skulle man få höra en annan vinkling idag. Händelser upplevdes ju inte alltid lika av alla personer. Dessutom hade man ju ingen aning hur sanningsenliga personerna var. Att Morgan inte berättat allt tidigare var dock uppenbart.

Jörgen och Eva satt tillsammans och summerade lite kort innan Morgan skulle dyka upp.

Man var överens om att bottna två frågor. Den ena var givetvis att få Morgans version av det som Carolina berättat, det andra var att återigen kontrollera om Morgan inte känt igen Christer, bägge var övertygande om att han inte talat sanning när han såg bilden på honom.

När Morgan kom var han uppenbart upprörd. Han var högröd i ansiktet och verkade både arg och orolig. Kunde det bero på att han kallats in till förhör igen eller var det något annat.

"Hej du är väl inte nervös inför det här förhöret? Har det hänt något som du vill berätta om? eller kan vi gå igång med förhöret?" undrade Jörgen när Morgan satte sig ner.

"Nej det har inte med förhöret att göra. Men två av mina duktiga matematiker ringde just in och sa upp sig. Det känns inte bra alls, men det har inget med er att göra. Däremot är jag orolig för min fästmö Lina Östensson, men det kan vi ta senare", svarade Morgan och samlade ihop sig.

Intressant tänkte Eva. Bror hade igår berättat att två duktiga matematiker från AI-Systems sagt upp sig. Nu har även två sagt upp sig från IMA. Kan det vara en slump, troligtvis inte. Det här fick man undersöka vidare. Hans kommentar om Lina fick vänta till efter förhöret.

"Vad ville ni prata om idag?" undrade Morgan.

"Vi träffade Carolina Ängblom igår och hon berättade en historia om lite företagsaffärer som du, Filip, Carolina och Pelle haft tillsammans som vi fann intressanta. Nu har vi bara hört hennes berättelse men det skulle vara intressant att höra vad du säger om ert gemensamma förflutna", sa Eva om lämnade tillbaka ordet till Morgan med ett litet leende.

"Vad har hon sagt om mig?" frågade Morgan och lutande sig aggressivt fram över bordet.

"Vi vill gärna höra vad du har att berätta innan vi talar om vad Carolina sa. Men vi är besvikna, vi upplever att du håller inne med fakta som vi skulle kunna vara intresserade av. Det skulle vara bra om du berättade allt som eventuellt kan ha någon anknytning till Filip Östensson den här gången", sa Jörgen med tydlig skärpa i rösten.

Morgan samlade ihop sig och började sedan berätta. Han bekräftade i stort Carolinas berättelse och det var tydligt att han hade dåligt samvete för hur de behandlat henne när det första bolaget gick i konkurs. Men han hävdade bestämt att man inte gjort något olagligt vilket också bekräftats av den rättegång som blev följden av Carolinas stämning. Carolina och Pelle hade överlåtit till Filip och Morgan att sköta bolagets affärer så turerna var helt lagliga i alla aspekter.

"Men även om det var lagligt så var det kanske inte helt etiskt. För även om ni skötte allt enligt lagboken så lurade ni faktiskt till er patentet eller hur?" frågade Jörgen återigen relativt aggressivt. Eva hade inte upplevt Jörgen så tidigare men det var uppenbart att han tagit illa vid sig av turerna kring patentet, med all rätt tänkte Eva.

"Jo det har du rätt i. Jag tyckte vi skulle dela ut patentet till oss alla fyra men Filip drev på hårt att det var vi som säkrat det via vårt bolag Morfil AB och att Carolina och Pelle inte bidragit något allas kring det. Som alltid var Filip påstridig och jag backade undan som jag alltid gjort i ansträngda diskussioner med honom. Så visst har du rätt, jag har haft dåligt samvete för det i alla år. Men det verkade inte som om Carolina eller Pelle tänkte gå vidare med något eget bolag så då behövde de inte patentet. Så har jag i alla fall förklarat det för mig själv", sa Morgan uppenbart skamset.

"Jag förmodar att Carolina var rejält besviken på er både. Har du haft någon kontakt med henne efter rättegången?" frågade Eva.

"Nej inte alls."

"Tror du att Carolina skulle kunna tänka sig att hämnas på dig och Filip. Kan hon ligga bakom Filips försvinnande?" frågade Jörgen.

"Nej det skulle Carolina aldrig göra", sa Morgan men både Eva och Jörgen kunde se en rädsla som smugit sig in hos Morgan vid Jörgens påstående. Det var som om han aldrig tänkt tanken men när Jörgen sa det rakt ut blev det kanske ett tänkbart scenario även om han påstod motsatsen.

"Är du helt säker?" undrade Jörgen på nytt.

"Carolina skulle aldrig fysiskt ge sig på Filip, det är jag säker på. Skulle hon hämnas, vilket jag inte tror hon skulle, så skulle hon göra det affärsmässigt. Inte på något annat sätt" sa Morgan. Samtidigt verkade det som om han gjorde en slutsats av något slag i samma veva som han nämnde det.

"Det verkar som om du kom på något, kan du dela med dig?" sa Jörgen.

"Nej inte alls."

"Vi har en fråga till. När vi träffades sist visade vi dig ett foto av Christer och undrade om du sett honom tidigare. Du sa att du inte kände igen honom men vi undrar om du kanske kommit på vem det var?"

"Nej, det sa jag ju, har aldrig sett honom tidigare" svarade Morgan ilsket. Men återigen upplevde både Eva och Jörgen att han inte var sanningsenlig när man stämde av efter förhöret.

"Du hade ett ärende till" sa Eva.

Morgan berättade att hans fästmö, Lina, upplevde att hon var förföljd. Han hade uppmanat henne att anmäla det till polisen men hon vägrade. När de frågade vad som hänt berättade han om saker som flyttats inne i lägenheten, bilar som stått parkerade utanför hennes lägenhet, En man i huvtröja som flera gånger vandrat bakom henne men sedan helt plötsligt bara försvunnit.

"Om hon har konkreta händelser så borde hon polisanmäla" sa Eva.

"Problemet är ju att hon inte har det, det är mest bara onda aningar. Men hon blir allt mer skärrad, det känns riktigt obehagligt."

"Det är troligen ingenting, det är mycket för henne just nu med separationen och Filips försvinnande. Men om det händer något konkret så lova att ni hör av er och anmäler till oss", sa Eva och avslutade förhöret.

Bror och Eva kom hem nästan samtidigt. Efter att ha bytt om till ledigare kläder gick man ut för att äta och ta en öl. När man så satt sig till rätta och fått in en stor öl vardera tittade man på varandra och började skratta.

"Vi kan inte låta bli att prata om jobbet eller hur, även om vi lovat oss att lämna det när vi kommer hem" sa Bror.

"Jo så är det. Jag kan börja" sa Eva och skrattade vidare.

Eva berättade om förhöret med Morgan och hur man fått Carolinas berättelse bekräftad. Men det mest intressanta hade hon sparat till sist.

"Även Morgan har fått in uppsägningar från två av sina bästa matematiker. Tror du att det kan vara en slump?" sa Eva och log.

34

Kronan Invest
Fredag

Bror hade vaknat tidigt och inte kunnat somna om. Han såg inte fram emot mötet med Anders. Visserligen var det mycket som blivit bättre, stämningen var en helt annan än när han började och de möten man haft med kunderna hade varit bra och kändes som en lovande dialog och en väg framåt.

Men det okända lånet och uppsägningarna var riktigt besvärliga och han visste inte riktigt hur han skulle lägga fram det när han kom upp till Kronan Invest.

Samtidigt satt IMA i samma sits och det var inte helt uteslutet att uppsägningarna i de bägge bolagen hängde ihop. Vid frukosten hade Eva försiktigt undrat om han trodde att Carolina Ängblom kunde vara inblandad. En fråga som han ställt sig själv och var det då en ren hämnd mot Filip och Morgan från hennes sida. Inte helt uteslutet hade man varit överens om och Eva skulle söka Carolina under dagen.

Eva hade märkt hur obekväm han kände sig inför det kommande mötet och gett honom en stor kram och önskat honom lycka till när de tillsammans gick hemifrån.

Han tittade in på kontoret för att skriva ut några dokument och träffade en surmulen Linn ute vid kaffemaskinen.

"Väldigt vad du ser beklämd ut", sa han och la huvudet lite på sned både för att bjuda in till dialog men också för att muntra upp en aning. Linn hade kommenterat att han ofta gjorde så och berättat att hon fann det lustigt. Men idag gick det inte hem alls.

"Ja jag är skitsur. De här uppsägningarna stör mig. Stämningen på kontoret har blivit så mycket bättre, du har fått ok på investeringar och vi har fått igång en bra dialog med kunderna. Varför kunde vi inte få glädjas åt det och jobba framåt. Varför ska det här dyka upp just nu? Du ser inte så glad ut själv

161

förresten."

Bror berättade kort om återbetalningskravet som dykt upp som ytterligare salt i såren nu i samband med uppsägningarna. Linn bara skapade på huvudet.

"Hur kan det vara så, den måste finnas registrerad i bokföringen, eller hur?" sa hon undrande.

"Jo jag gick igenom det med Bertil igår. Den borde ha funnits med som ett lån i balansräkningen. Tyvärr behöver man ju inte spara bokföringsverifikat i mer än sju år och första årens bokföring finns inte kvar. Så vi kan inte hitta verifikatet när lånet registrerades. Det är nästan så att man kan misstänka att den tagits bort avsiktligt, ofta brukar man ha kvar underlagen längre tid trots att man inte behöver så enligt lagen" förklarade Bror.

"Men om lånet inte finns i bokföringen så måste det ju ha skett ett bokföringsfel första året, eller hur?"

"Jo, Bertil skulle titta vidare på det."

"Lycka till med mötet. Själv ska jag grilla svikarna som sagt upp sig vare de vill eller inte", sa Linn med ilsken beslutsamhet.

Bror bad henne låta bli men visste också att det inte skulle spela någon roll, packade ihop sina dokument och gick vidare till det inbokade mötet.

Bror kom ihåg mötet han haft med Anders för två veckor sedan. Då hade han varit bekymrad och inte alls på gott humör. Han hade fortfarande lite dåligt samvete för att han inte vågat ta upp alla problem vid det mötet.

När han tog upp problemet vid det mycket korta mötet i förra veckan hade han visserligen fått accept på att anställa men han hade upplevt att Anders inte varit riktigt närvarande, så han var inte helt säker på att Anders förstått både de problem som fanns och det beslut han tog. Lånet hade han nämnt redan för fjorton dagar sedan men han själv hade glömt bort den och det hade nog Anders också.

Anders tog emot nere i receptionen och var för dagen på ett strålande humör. Han nästan sprang fram emot Bror och hälsade hjärtligt på honom som om de var gamla vänner som inte setts

162

på mycket länge. Det kändes lite forcerat och Bror var inte riktigt säker på om det gjorde honom mer nervös eller inte inför mötet.

Väl uppe i konferensrummet ställde sig Anders vid tavlan och tog tag i en spritpenna och vände sig sedan leende mot Bror. "Ska vi komma överens om en agenda för dagen. Jag börjar med att skriva upp Filip Östensson. Vad jag förstår så leder din sambo försvinnandet av honom. Jag hoppas du har lite goda nyheter där. Som punkt två vill jag höra hur det går med stämningen på kontoret. Jag träffade en av killarna av en slump för några dagar sedan och han gav dig massor med beröm och berättade att stämning blivit så mycket bättre. Som trea vill jag vet hur dialogen med kunderna har gått. Sedan kanske du har några punkter också?" sa han och väntade in att Bror skulle fylla på listan.

"Jo jag har några punkter men vi kan ta dina först så tar vi mina punkter därefter", sa Bror och hoppades att han inte skulle tvingas notera dessa på agendan redan. Han ville gärna behålla den goda stämningen ett tag till. Eller så var han bara konflikträdd och ville skjuta upp det obehagliga en stund till tänkte han för sig själv.

Till sin lättnad gick Anders med på förslaget även om han såg fundersam ut. Men han hade förmodligen läst av att Bror ville vänta med sina punkter.

Bror började med att gå igenom det man kommit fram till med Filip. Hans dominanta stil, hans mobbarbeteende på jobbet som kanske bidragit till att Ulrika tagit livet av sig. Däremot nämnde han inte sitt möte med Filips fru och den indikering på begynnande hustrumisshandel som kommit fram. Det var för privat för att berätta om, konstaterade han.

Han berättade att stämningen på kontoret faktiskt vänt när personalen insåg att Filip inte skulle dyka upp. Det var som om hans ande lagt en våt filt över hela kontoret och att när han anmäldes försvunnen så var det som om filten togs bort.

"Skrämmande, kan verkligen en person sätta en sådan prägel på en hel arbetsplats?" sa Anders med eftertryck.

"Ja tyvärr är det nog så. Det finns ju något talesätt att man

163

gör inte som chefen säger utan man gör som chefen gör, eller något sådant. Efter de här veckorna får jag hålla med om det."

Men Filip var fortfarande försvunnen och det fanns inga direkta nya uppslag kring försvinnandet. Däremot kunde Bror inte berätta att man hittat Filips blod i den försvunna Teslan, de var polisuppgifter som inte ens han borde känna till.

"Men vet du inte mer via din sambo, Eva heter hon eller hur?" frågade Anders som misstänkte att Bror inte varit helt öppen med allt han visste.

"Nej faktiskt inte och även om jag visste så kan jag inte berätta det", sa Bror och upplevde att han lät rak och ärlig.

Därefter gick Bror igenom sina möten med kunderna och berättade att man fått till en mycket bra dialog. De var jordnära och okonstlade personer som uppskattat att man nu var öppna och ärliga med de problem man hade. Bror var övertygad om att man genom att öppna upp dialogen skapade sig ett andrum där man kunde jobba igenom en bra handlingsplan framåt.

Anders frågade också om Bror kommit vidare med de rekryteringar man diskuterat och Bror nämnde att han träffat Carolina Ängblom som både varit en konkurrent till Anders vid köpet av bolaget men även var en äldre kollega till Filip från skoltiden. Han nämnde att hon kanske skulle kunna vara en bra förstärkning men berättade inte om hennes avoga inställning.

"Det här låter ju jättebra. Så nu kanske vi ska ta dina punkter. Jag misstänker att de inte är lika positiva eftersom du inte ville skriva upp de på tavlan tidigare?" sa Anders och markerade att Bror skulle berätta.

Bror harklade sig och gick fram till tavlan, skrev upp lånet som en punkt och uppsägningar som en till punkt och vände sig sedan mot Anders.

"Men lånet var väl en bluff? Och hur kan det komma uppsägningar när stämningen blivit så mycket bättre?" frågande Anders uppriktigt orolig.

Bror berättade att Bertil kontaktat långivaren och bestridit kravet och att de i veckan kommit tillbaka med bevis för att Filip tecknat lånet. Han berättade sedan av två av deras duktigare matematiker sagt upp sig.

Som väntat förstörde detta den goda stämningen, men det var Bror redan förberedda på. Anders skulle anlita företaget jurist och sätta honom i kontakt med Bertil. När det gällde uppsägningarna skulle man avvakta, Bror berättade att Linn bestämt sig för att undersöka det vidare. Han nämnde inte att IMA också fått in uppsägningar och att han och Eva misstänkte att Carolina Ängblom kunde ligga bakom. Carolina hade han ju målat upp som en möjlighet, han kunde inte nu berätta att hon kanske var ett hot. Men lite dåligt samvete fick han allt, han verkade alltid dölja något för Anders i sina möten.

Det blev beslut om förnyad kontakt i början av nästa vecka.

35

Björkekärr
Fredag kväll

Strax skulle buss 17 stanna till i Björkekärr och Bror och Eva skulle gå på inflyttningsfest. Det var tredje helgen i rad som man träffades hela gänget, jättetrevligt man började bli riktigt tajta tillsammans.

Bror hade efter mötet med Anders gått tillbaka till kontoret och hoppades att Linn skulle ha luskat ut något kring de som sagt upp sig eller i sin vildaste fantasi hoppades han att hon fått de båda att ändra sig.

Men tyvärr fick han inte veta något nytt. Linn hade precis som hon lovat pratat med bägge och de var båda nöjda med den utveckling som skett på bolaget och trivdes mycket bättre men hade ändå valt att ta det erbjudande man fått. Dock berättade man inte vart man skulle gå trots att Linn frågat ihärdigt.

Det positiva var att man ändå tyckte att stämning blivit bättre men det kändes ändå, eller kanske just på grund av det, snopet att de sagt upp sig. Nu behövde man anställa tre nya matematiker. Han tänkte kolla med Katrin om hon hade några tips på duktiga personer som kunde vara intresserade.

Eva hade inte haft någon lycka under sin arbetsdag. Carolina var på resa och man hade inte fått tag på henne trots upprepade försök och meddelanden inspelade på hennes telefonsvarare. Däremot berättade hon att Arne, han som hittade Teslan, hade hört av sig och skulle komma förbi med en nyckelring han hittat på måndag. Det hade troligen inget med fallet att göra men vem vet. Sedan hade Lina Östensson hört av sig och var orolig. Hon trodde sig vara förföljd och något mer som hon dock inte ville berätta om på telefon. Hon skulle komma till polishuset på måndag.

Men nu rullade bussen in mot hållplatsen i Björkekärr så nu fick man överge sitt mumlade samtal om jobbet och fokusera på det partaj som var på gång.

Huset var nu helt i ordning och pyntat till fest. Alla berömde de bägge att de på bara fjorton dagar lyckats komma i ordning och fått så fint. Visserligen hade man ätit pizza tillsammans i huset när flytten var klar men nu var det inflyttningsfest på riktigt.

Det doftade förföriskt från en gryta som stod och puttrade på spisen. Bror tyckte grytor hörde hemma på hösten och vintern och inte så här på våren men dofterna var helt fantastiska. Tillsammans försökte man gissa sig till vilka kryddor som använts, men till slut var det Jovana som fick berätta om den afrikanskinspirerade gryta man tillagat. Man kom överens om att det var doften av spiskummin och kanel som varit den som slagit igenom mest.

Men innan maten kom så ett antal inflyttningspresenter fram och värdparet öppna paketen tillsammans med stor iver. Bror hade kollat upp vad man saknade och hade stämt av med de andra så Olle och Jovana fick de det önskade.

Så plockade Malin upp ett antal vinflaskor samt några tygstycken. Bror insåg till sin fasa att nu skulle det bli blindtest. Gick det här illa skulle han få äta upp sin kaxighet från förra träffen många gånger i framtiden.

Till sin glädje blev han dock inte ensam utan alla ville vara med och prova. Malin skrattade lätt och sa att det hade hon räknat med och tog upp ett stort antal små plastmuggar. Man skulle få prova två vita och två röda viner. Två var billiga viner kring 60 kr flaskan och två var bättre viner i en prisklass på dryga 100 kronor. Malin påpekade att vinerna höll samma temperatur och att de röda vinerna inte var jättetunga, de skulle kanske göra det lite för lätt. Alla fick vars sin bindel för ögonen och satte sig redan runt bordet i vardagsrummet.

Man fick sedan prova de fyra vinerna en åt gången, samt därefter ytterligare en gång. Bror insåg att Malin hade rätt. Han hade ingen aning vilka viner som var vita eller röda. Däremot så tyckte han det var enkelt att rangordna de efter smak. Men att sedan avgöra vilket som var rött eller vitt, skulle bli gissningslek. Han hoppades bara att han inte skulle vara ensam om att göra fel, eller kanske han hade tur och träffade rätt.

Sedan togs muggarna och ögonbindlar bort och det var dags att fylla i protokollet. Bror markerade de han gillat bäst som dyra och markerade en av dessa som rött då han upplevt det som aningen fylligare. De andra tre hade han ingen aning om utan bara kryssade i.

Så ställde Malin fram ett vinglas och sa att hon skulle fylla på med det vin deltagarna markerat som dyrt rött. Hälften fick vitt vin i glasen, även Bror till allas förtjusning, och de andra fick rött vin från olika flaskor. Ett rungande skratt brast ut bland gänget, till sin förtjusning insåg Bror att han inte var ensam, alla hade lika svårt.

Dock korades en segrare, vilket var Eva. Hon hade prickat in rätt på rött och vitt, samt även det dyra och billiga vita. Men hon hade inte kunnat avgöra vilket av de röda som var dyrt respektive billigt.

Malin berättade att hon läst en artikel om en fransk forskare, en Frederic Brochet, som utfört blindtester med vinkännarproffs. Han hade bjudit på två glas vitt vin, det ena färgat rött med ett smaklöst färgämne. Experterna hade beskrivit det röda med typiska kännetecken för rött vin och det vita med kännetecken för vitt. Han hade även bjudit på två glas billigt rött vin, det ena från en flaska från ett dyrt kvalitetsvin, det andra från originalflaskan, och även där fått olika recensioner på exakt samma vin.

"Så det är inte bara ni som sitter här som har svårt att göra känna igen vin", sa Malin med ett stort leende på läpparna.

Blindtesten blev en succé. Stämning gick direkt upp på topp.

Därefter flyttade sällskapet in i köket och satte sig till bords. Grytan var lika fantastiskt god som doften utlovat. Malin hade köpt vin till maten och det var till allas förtjusning det billiga röda vinet som serverades under blindtestet. Faktiskt det vin som de flesta tyckt bäst om.

Efter maten förslog Jovana att man skulle ta en promenad, hon ville gärna visa området de flyttat till. Så alla samlade ihop sig och gick iväg ivrigt diskuterande än det en än det andra. Bror kunde inte låta bli att tänka på sin första lunchpromenad med gänget på AI-Systems som varit helt tyst. Fortfarande en av de märkligaste situationer han varit med om. Men idag hade även lunchpromenaden på AI-Systems varit nästan lika livlig som den här med kompisgänget. Synd att man skulle förlora två personer nu när allt såg så mycket bättre ut.

Väl tillbaka igen satta man sig ner med kaffe när Malin reste sig upp.

"Jag har en liten present till Bror och Eva", sa hon och tog fram ett litet ihoprullat dokument som hon överlämnade.

Eva rullade upp dokumentet och Bror lutade sig ivrigt fram för att kunna läsa han med. Dokumentet var en gåva på ombyggnation av deras lägenhet med en liten förutsättning att den skulle genomföras omgående.

"Men det är alldeles för mycket", sa Eva och Bror i mun på varandra. "Det här kan vi inte emot."

"Jo det kan ni. Jag har en situation där jag har en duktig praktikant inne som jag inte vill förlora men jag har inget jobb jag kan sätta honom på. En annan medarbetar kommer tillbaka efter en sjukskrivning och behöver börja arbetsträna. Det skulle passa mig mycket bra att han arbetsleder min praktikant så får jag bägge sysselsatta. Så jag gör det inte enbart av godhet, jag har min egen agenda också."

"Ja men vi måste få betala dina faktiska kostnader i alla fall. Något kostar det väl dig ändå?"

"Vi kan diskutera det sedan, men jag måste få ok redan nu på måndag. Så ni får inte fundera för länge", sa Malin och satte sig ner.

"Tusen tack vi är nästan lite överväldigade. Självklart tackar vi ja till ett så generöst erbjudande", sa Bror samtidigt som han fick en frågande blick från Eva.

"Som du ser behöver vi kanske prata igenom det här ändå", sa Bror med en liten nick åt Eva.

Senare på kvällen fick Bror tillfälle att fråga Katrin om hon hade några kollegor som skulle vara intresserade av ett jobb samtidigt som han berättade om personerna som sagt upp sig. Eva fyllde i att företaget som var inblandat i hennes ärende också fått uppsägningar från sina matematiker. Erik som satt i närheten överhörde diskussionen och bröt in.

"Jag ska träffa min gamle polare och spela tennis imorgon. Det är han som föder mig med allt skvaller om gamla Chalmerister. Han kanske vet lite mer" sa han belåtet. Hans rykte som skvallercentral tänkte han inte låta naggas i kanten.

Bror tackade för informationen och fick ett löfte av Katrin att hon skulle hålla ögonen öppna.

"Varför himlade du med ögonen när jag tackade ja till Malins erbjudande", undrade Bror när de åkte hemåt på kvällen.

"Min pappa kommer inte att bli glad, han har sett fram emot att hjälpa till. Kommer din pappa att bli glad tror du?" svarade Eva lätt bekymrat.

36

Furuskog
Lördag kväll

Så var det åter dags för middag hemma hos Brors mamma och pappa. Tillsammans med kompisgänget hade de blivit fasta punkterna i deras sällskapsliv. Jättetrevligt tyckte Bror som trivdes med att åka hem och han upplevde även att Eva tyckte om besöken. Men han kunde även se att hon saknade sina föräldrar som inte var lika lättillgängliga. Det började nog bli dags för en resa upp till Borlänge.

Det var kanske just därför som Eva gruvande sig för att berätta att man tagit in Malins firma för renoveringen. Hennes pappa hade sett fram emot att få komma ner och hjälpa till och även umgås med sin dotter och hennes pojkvän. Så det var inte bara en fråga om ombyggnationen och det hade inte Bror insett förrann Eva talade om det i klartext på lördag förmiddag. Hans egen pappa träffade han ofta och han skulle nog inte ta så illa upp att han inte fick vara med och bygga om, trots Oskars förmaning, det trodde Bror i alla fall.

Evas samtal hem blev bra, även om hon upplevde att hennes pappa trots allt blev besviken. Dessutom visste man inte hur mycket av finliret som Malin skulle ta på sig så Eva lovade bort en del slutputsning till sin pappa vilket gjorde honom på märkbart bättre humör.

"Vi får berätta för Malin att de måste lämna lite att slutföra till våra föräldrar. Det går hon säkerhet med på, tror du inte det?"

undrade Eva och vände sig mot Bror när hon avslutat samtalet.

"Jo det kanske inte är en så dum idé."

Med morgonens samtal och diskussioner i minne var man nu på väg ut till Furuskog för middag på nytt. Ju mer Bror tänkte på upplägget med att låta papporna ta hand om att slutföra ombyggnationen ju mer gillande han idén. Han mindes att hans far vi något tillfälle sagt att han såg fram emot att få jobba med Evas pappa i deras lägenhet. Som sagt, idén var inte dum alls tänkte han när de steg av bussen ute i Partille.

Erik och Myran var försenade så Bror och Eva passade på att berätta om ombyggnationen. Bror insåg att han missbedömt sin far när det gällde projektet. Han blev märkbart besviken när man berättade att man via en kompis tagit in en byggfirma. Men när man presenterat upplägget med byggfirman som gjorde grovjobbet och att Evas pappa och Brors pappa fick ta hand om fixa till lister och slutföra de sista detaljerna och mödrarna fick ta hand om målning och tapetsering så löstes alla knutar upp. Ganska traditionellt, tänkte Bror, gubbarna finsnickrar och mammorna tapetserar och målar. Men om alla var nöjda så tänkte han inte lägga sig i det.

Den första besvikelsen vändes till entusiasm när man dessutom berättade att allt skulle starta ganska omgående.

"Det var på tiden att ni kom igång, vi har väntat länge på det här projektet nu. Men har ni fått ok på bygglov?" undrade Brors pappa.

"Jo det kom i förra veckan, har glömt nämna det", sa Bror och såg en irritation snabbt visas i hans fars ansikte.

"Va bra då väntar vi in en riktigt tidplan, det här ska bli skoj. Ser fram emot att få snickra ihop med din pappa Eva", sa han och knuffade till Eva retsamt.

Föräldrarna hade ju aldrig träffats och Eva och Bror hade gruvat sig för det från och till. Man hade haft det uppe till diskussion ett antal gånger men backat ur när man inte kunnat se hur en middagsbjudning med alla fyra föräldrarna skulle fungera. De var trots allt ganska olika. Så att de nu skulle träffas i ett litet renoveringsprojekt var trots allt nog en bra idé. Där skulle de få en gemensam agenda som skulle överbrygga deras övriga olikheter. Det hade Bror och Eva redan pratat om i bussen på vägen ut till Furuskog. Å andra sidan oroade man sig kanske alldeles för mycket. Men det är klart att det är viktigt att ens respektive trivs med ens egna föräldrar och det är inte fel om föräldrarna trivs ihop också, även om det inte är lika viktigt.

När så Erik och Myran kom så fick man snabbt repetera ombyggnationsplanerna och Bror konstaterade undrande blickar från Myran. Han gissade att hon undrade hur Malin skulle ställa sig till upplägget, men det fick bli en senare fråga.

Efter middagen kom den sedvanliga frågestunden om vad som hände på respektive arbetsplatser. Bror kunde berätta om att stämningen blivit märkbart bättre och att man nu pratade med varandra när man gick på lunch.

"Vad säger du, alla pratar med varandra när man går på lunch, så är det väl på alla företag, eller hur?" sa Brors mamma upprört och skakade på huvudet.

Bror insåg att han inte fullt ut berättat om hur hunsade och nedtryckta alla på företaget varit när han kom dit och fick repetera sin lilla resa kring företaget. Lite stolt kände han sig trots allt när han kunde berätta att det blivit bättre och att han fått höra det både direkt och indirekt via Anders.

Eva flikade in att hon kommit i kontakt med ett annat företag som hade ett gemensamt ursprung på Chalmers och Göteborgs Universitet men att där var stämningen helt annorlunda. Högt i tak, mycket skratt och glada tillrop.

Det ledde till en intensiv diskussion om hur viktig chefen är för företagets kultur och stämning. Brors mamma hade varit chef i många år och alltid påpekat att chefen var ett föredöme, förhoppningsvis ett positivt sådant men kunde även påverka negativt. Myran flikade in att det var skönt att se att Bror börjat inse samma sak. Han hade tidigare varit väl mycket tekniker och inte velat erkänna psykologin på en arbetsplats. Myran som snart var färdig psykolog hade tidigare stöttat sin mor i diskussionerna men ofta fått mothugg från sin storebror.

"Det är roligt att se att även den tjurigaste tekniker till sist ger sig när verkligheten hinner ikapp", sa hon med ett triumferande leende mot Bror.

"Ja, jag ger mig. Ni har rätt bägge två, det inser jag nu", sa Bror och avslutade diskussionen lite förvånande för både Myran och mor som nog sett fram emot en argumentation och inte en sådan här kapitulation.

"Så vad ska ni ha för tapeter där uppe på den nya övervåningen i er lägenhet?" frågande Brors mamma och vände sig till Eva.

"Det har vi inte pratat om än", svarade hon lite förvånat.

"Då tar jag med mig flickorna och tittar på tapeter så får ni killar prata om killsaker eller vad ni nu gillar att prata om", sa hon och tog med sig Eva och Myran ut mot arbetsrummet. Eva kastade en besvärad blick mot Bror som dock viftade bort den med en lätt huvudskakning.

"Så du låter tjejerna välja tapeter, det hade aldrig jag vågat", sa Erik med ett retsamt leende mot Bror.

"Jag räknar med att jag får uttala mig om förslagen, i alla fall hoppas jag det" sa Bror. "Men hur gick det i förmiddags, träffade du din skvallerkompis?"

Brors pappa undrade vad skvallerkompis var för något och de fick berätta om Eriks förmåga att alltid gräva fram all möjlig, ibland även omöjlig, information.

Mycket riktigt så hade han nyheter även idag. Hans kompis hade berättat om att många matematiker, både på Chalmers och Göteborgs Universitet, blivit kontaktade av ett företag som hette MIRL som frågat om de var intresserade av anställning.

"Vad sa du att företaget hette?" frågande Bror och lutade sig fram emot Erik.

"MIRL, vet inte vad det står för, känner du till det?"

"Jo det är ett av företagen som försökte köpa AI-Systems. Ägaren är ju den här tjejen Carolina Ängblom som vi pratat om tidigare. Det här var intressanta nyheter" sa Bror eftertänksamt.

"Men jag har ännu mer. En kompis till min kompis hade pratat med den här Carolina men inte fått något bra intryck. Hon tänkte bygga upp ett gäng med konsulter som skulle fokusera på matematik och matematiska tillämpningar men han upplevde inte att hon hade någon klar idé om vad bolaget skulle fokusera på. Hon hade ingen riktigt bra affärsidé så han backade ur. Han kände det nästan som om hon drevs av ett personligt motiv och inte ett affärsmotiv. Vad nu det kan vara. Han tyckte hon var jätteskum."

Bror berättade att han troligen kunde ana sig till hennes motiv och berättade om hennes bakgrund med Filip och Morgan på AI-Systems och IMA. Att hon rekryterade anställda från AI-Systems och IMA passade ju ihop med hans teori men inte varför hon rekryterade nya matematiker från skolan. Drevs hon bara av ett hämndmotiv passade rekrytering direkt från skolan inte in i den bilden.

37

Öretorp
Måndag

Eva satt med Jörgen på väg ut till Arne i Öretorp. I förra veckan hade Arne ringt in och berättat att han hade en nyckelbricka som han hittat som han ville lämna över då han eventuellt trodde att den hängde ihop med bilen i ladan. Jörgen hade efter ett kort samtal med Eva ringt tillbaka och berättat att man skulle komma ut till honom och hämta brickan. Eva var nyfiken på att få se ladan där bilen hittades på nytt.

Det blev en liten sovmorgon eftersom Jörgen skulle hämta upp Eva utanför deras lägenhet först vid nio. Hon hade tänkt tillbaka på söndagen. Man hade leget och dragit sig länge. Sedan hade man ringt Malin och berättat om upplägget med finsnickeriet vilket inte mött något som helst problem. Sedan hade man städat ordentligt och tagit en lång promenad på eftermiddagen.

Jörgen hade även berättat att man fått in de sista listorna på personer som varit i sommarstugorna från ägarna, men det hade inte gett något nytt uppslag.

När man närmade sig Arnes gård tittade Eva upp mot huset och den lilla vägen som gick upp och förbi det vidare ner mot ladan och sommarstugorna. Hon insåg att ladan var ett bra gömställe. Den syntes inte från stora vägen, att parkera bilen där och ta ut en kropp eller ett lik hade varit helt utan insyn. Eventuellt med undantag från Arne. Eva stannade till och tittade upp mot huset på den lilla höjden. Det låg verkligen vackert med härlig utsikt ut över nejderna och den stora tillfartsvägen. Solen lyste upp verandan, där Arne visat sin lilla snickeriplats för Eva och Linus när de var där första gången. Det kändes som om det var evigheter sedan, trots att det bara gått tre veckor sedan upptäckten.

Hunden sprang dem till mötes när de parkerade utanför huset på grusplanen. Strax därefter kom Arne fram och hälsade på Eva och på Jörgen som han ju inte träffat tidigare. Han bjöd in till verandan där han dukat upp kaffe och torra kakor.

"Hur går det mer er utredning? Har ni fått klarhet i den övergivna bilen?" undrade han när han hällt på kaffe och bjudit på kakfatet.

"Vi vet vem som äger bilen men varför den lämnats här är fortfarande en gåta" svarade Eva.

"Blodet i bilen då, vet ni något om det?"

"Jo det har vi också identifierat, men jag kan inte berätta vad vi kommit fram till", svarade Eva och klappade hunden som troget satt nedanför henne och väntade på någon godbit från kakfatet.

"Du kan ge honom en kaka, du blir hans vän för evigt. Jo jag hade ju helt glömt bort det här när ni var här förra gången", sa Arne och lämnade över en liten guldfärgad nyckelbricka.

Brickan angav en postadress till ett företag och en uppmaning om att skicka in den. Avsikten var att eventuella nycklar som satt fast på brickan på det sättet skulle kunna återbördas till sin ägare. Men det fanns inga nycklar i ringen som verkade ha blivit uttänjd och förmodligen lossnat från sina nycklar.

"Varför tror du att den kan ha med bilen at göra?" undrade Jörgen.

"Nej det vet jag inte, men jag hittade den när jag gick ner till ladan den där söndagen för tre veckor sedan och den såg inte ut att ha legat länge i gruset på vägen. Däremot så glömde jag bort den i all uppståndelse och hittade den på nytt i mina fritidsbyxor igår. Jag är väldigt ledsen att den blev liggande."

Eva tog emot brickan och gick ifrån för att ringa företaget

och få brickan identifierad. Hon bad Jörgen gå igenom listorna de fått från sommarstugegästerna med Arne för att se om han kände igen något namn som kunde vara av intresse. Företaget skulle kolla upp i sina system och ringa tillbaka. Eva kom tillbaka och undrade om namnlistorna gett något. "Nej, inga namn som jag känner igen. Men jag undrar, bilen hänger inte ihop med den här försvunne företagsledaren Filip Östensson som jag läste om i tidningen?" undrade Arne. "Varför undrar du det?" frågade Eva. Hur kunde han koppla ihop bilen med Filip. Var han synsk eller hade det börjat läcka information från polishuset igen. Både Eva och Jörgen var överraskade av hans fråga och han insåg nog att han träffat rätt i sin fundering. Bättre pokerface hade varken Eva eller Jörgen.

"Jo det är ganska enkelt. Filips föräldrar ägde en av sommarstugorna fram till för ungefär femton år sedan. Jag träffade honom några gånger" förklarade Arne.

"Spännande kan du berätta lite mer?" undrade Eva och lutade sig intresserat fram över bordet.

Arne berättade att Filip varit i de övre tonåren när hans familj köpte huset. Han hade inte tyckt om honom. Han hade ofta med sig kamrater och de busade runt lite för mycket. Dessutom var han en liten översittare och körde med de andra barnen på ett sätt som Arne tyckte illa om. Han mamma hade helt plötsligt fått en stroke och gått bort varpå de sålde sommarstugan. Filips pappa hade gått bort bara något år senare hade han hört ryktesvägen.

"Hur gammal var Filip när de sålde stugan?" undrade Jörgen.

"Han hade precis börjat sina studier på Chalmers vill jag minnas. Bara några månader före hans mamma gick bort så hade han ett stort partaj i stugan för sina kompisar. Jag minns det väl för de bad om att få parkera några av sina bilar på vår grusplan, eftersom de inte fick plats nere vid stugan. De uppförde sig väldigt bra minns jag. Jag hade tyvärr väntat mig en massa stök baserat på Filips tidigare uppförande."

"Du kommer inte ihåg några av vännerna?"

"Nej, visserligen hälsade de artigt men det är många år sedan så det kan jag inte hjälpa till med. Men Filip har alltså med bilen att göra?" frågade han med ett leende.

"Jag förstår att du kanske tror det, men som du förstår kan vi inte säga varken bu eller bä om det. Vi skulle dock uppskatta om du ville hålla det här för dig själv då det skulle kunna störa vår utredning om det kom ut."

"På heder och samvete, om ni lovar att berätta för mig när ni kan berätta något som ett tack för hjälpen", sa han och följde poliserna till deras bil.

De körde ut från gårdsplanen och vidare ner mot Lerum. Vid en parkeringsplats svängde Eva in och tittade på ett SMS som hon fått.

"Titta får du se, nyckelbrickan har med utredningen att göra, den ägs av Ylva Fredén, Morgans fru."

38

Polishuset
Måndag

På väg tillbaka till polishuset hade Jörgen sökt Ylva Fredén ett antal gånger med bara kommit till en telefonsvarare, där han till sist lämnade ett meddelande. Däremot hade man två meddelanden från polishuset. En anställd från IMA hade hört sig och hade något att berätta samt Lina Östensson hade ringt och sökt Eva vid ett flertal tillfällen.

"Äntligen händer det något", sa Eva och Jörgen nästan i mun på varandra.

Man lyckades boka in den IMA-anställde direkt efter lunch och Lina skulle komma in vid tretiden. Precis när man körde in i garaget ringde Ylva och meddelande att de kunde ses hemma hos hemma vid halv sex. Det skulle bli en lång dag så både Eva och Jörgen aviserade om kvällsarbete till sina respektive. Det blev en snabb lunch nere på Ullevis restaurang. De hade en buffé som var populär hos poliserna, både på grund av att maten var ok men kanske ännu mer för att det inte uppstod några väntetider då man fick servera sig själva. Trots det blev det ont om tid och lunchen blev stressig och man nästan flåsade in i receptionen krig ett. Receptionisten hänvisade till en yngre kille som satt och väntade, spänd och nervös.

Det var uppenbart att Petter Eriksson som den anställde hette var mycket obekväm med att komma till polishuset. Han tittade hela tiden ner i bordet, fingrade rastlöst på sin klocka och mötte inte Eva och Jörgens blickar.

"Vi förstår att du är nervös och lite besvärad att vara här. Men det blir bättre om du berättar varför du kommit hit" uppmanade Jörgen.

"Jag har så dåligt samvete. Både för att jag inte berättat det här tidigare och för att jag hänger ut Morgan som ju är min chef. Det känns att hur jag än gör så blir det fel", fick han till slut ur sig med mycket möda.

"Ta din tid och berätta, vi kommer inte att hålla dig ansvarig för något du berättar, det lovar jag", sa Jörgen med sin allra bästa kompisröst.

Petter berättade att han blivit vittne till ett möte mellan Filip och Morgan samt Ylva Fredén för några veckor sedan, strax för historien med bilen uppdagades. Filip hade varit mycket arg och man hade fört en hetsig diskussion strax utanför en restaurang. Han hade inte uppfattat vad men pratat om men precis innan Filip gick därifrån hade han sagt "jävlas du med mig kommer jag att döda dig" till Morgan. Han hade då varit så upphetsad att han höjt rösten och de orden hade han hört klart och tydligt.

"Hur reagerade Morgan och hans fru på det?" undrade Eva.

"Inte alls, det verkade som om de bara skakade det av sig, men jag tyckte det var obehagligt."

"Vi uppskattar att du kommit hit och berättat. Det behöver inte ha med saken att göra men samtalstonen eller vad vi nu ska kalla det var ju inte trevlig. Var det bara Filip som var upprörd?" undrade Jörgen.

"Något var det som de inte var överens om men jag uppfattade inte Morgan som upprörd eller arg, det var nog bara Filip som var uppretad och obalanserad när jag tänker efter."

Man försäkrade Petter att man inte skulle lyfta fram att det var han som berättat. De hade inte varit ensamma utanför restaurangen och det fanns många fler som kunde ha hört ordväxlingen. Han trodde inte heller att Morgan känt igen honom där han stod lite på sidan om. Man sa adjö till en lättad ung man som nog skulle sova lite lugnare efter besöket på polishuset.

Efter en kort paus var det så dags för nästa besök. Lina Östensson var uppenbart stressad och mådde inte alls bra. Vid förhöret med Morgan i förra veckan hade han indikerat att hon trodde sig vara förföljd. Man kom överens om att Eva skulle prata enskilt med Lina. Satt man två poliser blev det för mycket förhör och det skulle förmodligen inte hjälpa till.

Det blev inget rundsnack utan Lina gick rakt på sak. Hon upplevde att hon var förföljd. Ett antal gånger hade hon haft den där krypande känslan av att någon följde efter henne på spårvagnarna och bussarna och även när hon gick hem till Morgan på kvällen efter jobbet. Dessutom upplevde hon att Morgan betedde sig konstigt och hade beslutat sig för att flytta hem till sin lägenhet tills vidare.

Då hon inte kunde berätta något konkret om att någon följde efter henne kom man till slut överens om att det nog bara var ett hjärnspöke. Om hon fick bevis för att hon var förföljd skulle hon höra av sig på nytt.

När Eva frågade varför hon upplevde att Morgan var konstig fick hon beskedet att han verkat frånvarande, var inte lika omtänksam och verkade orolig för något. Hon misstänkte att han ledsnat på henne och hon hade därför beslutat sig för att de skulle pausa förhållande och hon skulle flytta hem till sin egen lägenhet. När hon berättat att hon ville pausa hade han också varit otillgänglig och distanserad. Så antigen hade han tappat intresset eller så var det något annat som störde.

Eva kvitterade ut ett bärbart personlarm som Lina kunde ta med sig. Egentligen trodde hon inte att hon var förföljd men kände att hon ville hjälpa henne till att bli lite tryggare i sin vardag. En kollega förklarade hur larmet fungerade och det var uppenbart att larmet lugnade Lina som betydligt lättad lämnade polishuset.

"Det känns som om vi ibland är mer psykologer än poliser. Lina behövde få prata av sig. Förhållandet med Morgan verkar ha fått en liten fnurra men jag kvitterade ändå ut ett larm för att

182

lugna henne. Men jag tror bara hon är stressad av allt som hänt" sa Eva när Jörgen mötte upp.

Så satt man återigen i bilen på väg till dagens sista möte. Det skulle utan tvekan bli väldigt intressant att få höra Ylva berätta om nyckelbrickan och kanske kände hon även till vilka som varit med på festen i sommarstugan för många år sedan. Dessutom skulle det vara intressant att höra hennes version av de hårda orden från Filip utanför restaurangen.

"Hej då ses vi gen. Det är ju några veckor sedan sist", sa Ylva när hon öppna dörren och släppte in de två poliserna. "Morgan har ju kommit tillrätta så vad är det den här gången?" undrade hon så när de satt sig ner vid köksbordet. Hon bjöd inte på kaffe eller något att dricka. Det var uppenbart att hon ville att besöket skulle bli kort.

"Jo vi har några kompletterande frågor. Först av allt känner du till den här? Den är skriven på ditt namn", sa Jörgen och lämnade över nyckelbrickan man fått uppe i Öretorp.

"Jo men jag har min här", sa Ylva och gick och hämtade sin nyckelknippa som låg på byrån borta vid dörren, och visade på en liknande bricka som satt fast tillsammans med hennes nycklar. "Det måste vara Morgans" sa hon så.

Det visade sig att det var Ylva som tecknat abonnemanget på nyckelbrickorna och skrivit upp sitt eget namn på bägge brickorna och sedan lämnat över den ena till Morgan.

"Jag har ingen aning om var han kan ha tappat den. Var det bara det eller hade ni något mer?"

"Jo vi har två frågor till. För det första har vi fått höra att Filip hotade Morgan till livet utanför en restaurang när du var med för ca tre veckor sedan. Vad har du att säga om det?"

Ylva berättade att den kom hon ihåg men det var inget ovanligt. Morgan och Filip hade ofta hetsiga diskussioner och det var inte ovanligt att Filip avslutade diskussionerna med olämpligt ordval. Inget att bry sig om, han bara var sådan hävdade hon.

"Vad handlade diskussionerna om?" undrade Jörgen

"Det handlade nästan alltid om det där patentet som de delat på när de bildande sina respektive bolag. Jag kopplade bort och tänkte på annat så fort som diskussionen dök upp" sa hon resignerat.

"Då har vi bara en fråga till, sedan ska du slippa oss för den här gången. Var du någon gång bjuden ut till en fest i Filips föräldrars sommarstuga vid Öretorp?" undrade Eva.

"Vad har det med saken att göra, måste jag svara på det?" snäste Ylva av.

"Vi skulle uppskatta om du ville svara för det skulle hjälpa oss i vår utredning", sa Eva med sin allra lenaste röst.

Ylva berättade att hon varit ute på en fest i Öretorp precis i början av Morgans Chalmersstudier. När de frågade om hon kom ihåg vilka som varit med hade hon berättat att hon åkt ut själv eftersom Morgan fått stanna hemma då han blivit rejält förkyld. Resten av gänget från Stiftelsen hade varit där, Carolina, Pelle samt Filip. I övrigt hade det varit ganska många för henne okända studiekamrater som hon idag inte kom ihåg namnet på.

"Så Morgan var aldrig med ut till Öretorp, innan festen eller därefter?" frågade Eva.

"Nej faktiskt inte, han var ledsen att han inte kunnat hänga med. Filip hade berättat så mycket om stugan och det var verkligen fint därute. Sedan gick Filips mamma bort och de sålde stugan snart därefter så det blev inga fler tillfällen."

"Inget annat du kommer ihåg?"

"Jo det var en kille där från matematikgänget, Lasse eller Lennart hette han. Han var konstig, startade alltid en massa konstiga diskussioner som ingen annan hängde med i och Filip var ganska irriterad och sa ifrån flera gånger att han måste sluta störa festen. Det är framförallt det jag kommer ihåg."

39

AI-Systems
Måndag

Bror kom in sent till kontoret på måndagen. Eva hade varit tvungen att åka iväg till polishuset och det blev Bror som skulle ta emot snickarna den här morgonen. Det var äntligen dags att gå igång med ombyggnationen av lägenheten. Malins kollegor skulle dyka upp strax före åtta på morgonen. Planen var att de skulle utföra allt grovjobb under veckan.

Rummet uppe på vinden skulle gå att nå på två sätt. Antingen via den ordinarie trappuppgången och en egen dörr uppe på vindsplan men också via en smal spiraltrappa ner i ena hörnet av hallen i lägenheten. Det skulle bli trångt i hallen men man ville ändå ha spiraltrappan och inte behöva springa via trapphuset upp till rummet på vinden. Det skulle inte ha blivit en del av lägenheten i så fall utan mer som att man hyrt ett rum till i samma fastighet och de ville man inte.

Det stora jobbet var att sätta upp väggar, tak och dörr ut till trapphuset uppe på vinden och sedan ta hål för spiraltrappan. Snickerierna skulle vara klara till på torsdag och på fredag skulle elektrikern vara där. Tanken var att allt skulle vara klart för föräldrarna att komma till helgen för lister, målning, tapetsering med mera.

Bror hade ordnat med extranyckel, kopior på bygglov och städat upp i köket så att snickarna kunde fixa kaffe och lunch om de inte gick ut och åt.

Malin hade följt med sina killar på morgonen och stämt av med Bror hur veckan skulle läggas upp. Kändes skönt att det äntligen skulle bli av.

Så han hade en rimlig ursäkt till sin sena ankomst. Han hade funderat mycket på det som Erik berättat om Carolina och hennes uppbyggnad av ett konsultbolag med fokus på matematiska tillämpningar. Även om hans kompis hade upplevt att hon saknade affärsstrategi så höll Bror inte med om det. Under tiden han arbetat på AI-Systems insåg han att avancerad matematik skulle få allt större tillämpningar inom industrin. Mycket handlade om optimering av maskiner och produktionsresurser men det fanns även en växande marknad för Artificiell Intelligence och Machine Learning som ju var närbesläktade med matematik. Självkörande bilar och intelligenta robotar var bara en del av de tillämpningar som växte starkt just nu. Dessutom fanns det säkert massor med idag helt okända tillämpningar som skulle utvecklas.

Däremot trodde inte Bror att dessa matematiker nödvändigtvis var de bästa på att omsätta kunskaperna till användbara produkter och här hade han under helgen fått en idé som han i första hand tänkte testa på Linn här på kontoret.

"Linn kan du komma in till mig, jag har en idé jag vill testa", sa han så snart som han kom in till kontoret.

Bror berättade vad han fått reda på av Erik om Carolinas rekryteringar och att det förmodligen var dit som deras två medarbetar skulle gå. Han berättade också om sin idé som gick ut på att renodla AI-Systems till ett företag som tog fram användbara produkter för krishantering men att man kanske skulle använda sig av Carolinas företag för den djupa matematiska analysmodellen. Han berättade även om IMA som Eva kommit i kontakt med och berättade att de hade samma grundproblem men att de varit duktiga på att ta fram ett bra användargränssnitt mot börsanalytiker.

Linn var till en början skeptisk, det såg han i hennes mimik och hon protesterade ett antal gånger mot att man skulle ge bort hela hjärtat i deras produkt till ett utomstående företag. Men ju mer han argumenterade desto mer såg han att Linn gillade idén allt mer.

"Egentligen är det ju din idé från början."

"Vaddå, vad menar du?"

"Jo det var du som påpekade att om vi ska få nöjda kunder så måste vi ta fram produkter som är enkla för kunden att arbeta med. Det var användargränssnittet som våra kunder klagade på mest även om de givetvis även var oroliga för träffsäkerheten på våra långsiktiga prognoser. Om vi kan få bra långsiktiga prognoser genom att använda ett utomstående konsultbolag men att vi själva tar fram en produkt som våra kundgrupper gillar att arbeta med tror du inte det är ett framgångskoncept?"

"Jo din idé är nog inte så dum. Men tror du Carolina skulle vara intresserad av det? Sa du inte att du misstänkte att hon delvis rekryterade från oss och IMA för att jävlas med Filip och Morgan", sa hon efter en stunds funderande.

"Jo det kan vara ett problem, men tror du på idén. Kan du följa med mig och träffa Carolina om jag får till ett möte?"

"Javisst jag hänger med."

Bror avslutade mötet och gick sedan runt och pratade med alla på kontoret och fokuserade på att luska ut hur många som egentligen var matematiska specialister och vilka som var mer allmänkunniga och skulle kunna vara intresserade av användargränssnitt och produktens utnyttjande.

Han konstaterade på nytt hur mycket bättre stämningen blivit på kontoret under dessa tre veckor. Helt fantastiskt att man på så kort tid kan göra skillnad och förändra ett beteende som till att börja med varit nästan katastrofalt dåligt. Lite stolt kände han sig allt, det här hade han en stor del i. Samtidigt kunde han inte låta bli att fundera på hur stor del av den dåliga stämningen som skapats av Filip och om det faktum att han försvunnit från företaget kanske var en lika stor del i förbättringen som hans eget arbete.

Strax före lunch fick så Bror tag i Carolina som efter ett

ganska omfattande trugande gick med på att träffa honom och Linn redan nu på eftermiddagen.

Efter en gemensam lunch där de gått igenom hur de skulle lägga upp samtalet med Carolina hade man åkt iväg mot Carolinas kontor på Karl Gustafsgatan.

"Pampig entré", sa Linn när Bror ringde på porttelefonen.

"Det här är bara början, det blir ännu pampigare", sa Bror med ett leende.

Carolina tog emot i samma strama affärsdräkt som sist då han besökte kontoret. Hon skickade en lätt nedlåtande nick mot Linn och hennes punkklädsel. Bror hade förvarnat i hissen upp och Linn svarade bara med sitt allra älskvärdaste leende.

Väl inne på konferensrummet så presenterade Bror sin idé med bra inpass från Linns sida. Carolina lyssnade utan att med en min röja vad hon tyckte om förslaget.

"Du vet sedan vårt förra möte vad jag tycker om Filip Östensson. Varför tror du att jag skulle vilja hjälpa er med detta? För i mina öron låter det som om ni är desperata, nu när ni håller på att tappa er spetskompetens inom matematik", frågade hon så efter en lång tystnad.

"Jag frågade sist om du var intresserad av att jobba med oss. Då sa du att det var helt ointressant, eventuellt skulle du kunna hjälpa till som konsult. Förutsatt att Filip Östensson inte finns kvar i verksamheten. Det är precis det jag erbjuder. Jag kan garantera att Filip inte kommer att vara kvar i bolaget. På det här sättet skulle du ju få ett bra startuppdrag. Är det inte värt att tänka på?" frågade Bror med en ödmjuk vänlig min.

"Jag gillar din öppenhet och jag lovar att jag ska fundera på ditt erbjudande. Du måste dock säkerställa att Filip inte kommer tillbaka i verksamheten, det är ett absolut krav", sa Carolina, reste sig upp och markerade att mötet var över.

På vägen ut hejdade Carolina Bror med en lätt armtryckning.

"Sist du var här frågade du om Pelle Trander. Har du inte hittat honom så vet jag att han numera heter Christer Månsson. Ha en trevlig kväll."

40

Polishuset
Tisdag

Måndag kväll hade varit en intensiv. Eva hade kommit hem sent från mötet med Ylva och mötts av en lägenhet i kaos. Inte oväntat men ändå lite chockartat. En pappskiva dolde ett hål i halltaket upp mot vinden. Det stod en samling av maskiner och verktygslådor på golvet i hallen och även om man försökt hålla efter byggdammet var det lite dammigt överallt i lägenheten.

Bror hade lagat middag och bjöd på kall laxsallad med pasta, en favorit som man lagat till många gånger.

Med en lätt triumferande min berättade han att Carolina hade avslöjat att Pelle Trander var Christer Månsson. Man kom överens om att man inte varit speciellt förvånade och hade till och från misstänkt att så kunde vara fallet. Från polisens sida hade man en längre tid nu försökt få tag på Christer utan att lyckas. Nu när man visste med säkerhet att han var samma person som Pelle Trander blev det än mer viktigt.

Precis när man satte sig ner för att slötitta på tv så ringde man från polishuset. Lina Östensson hade varit inne och lämnat in en blodig tröja som hon hittat hemma hos Morgan och som hon trodde var Filips. Eva hade bett vakthavande befäl att skicka tröjan på dna-analys omgående. Hon hade frågat om Lina fanns kvar på polishuset men fått besked om att hon åkt hem men skulle komma in imorgon bittida. Enligt kollegan som ringde kände hon sig trygg med det personlarm hon fått med sig tidigare på måndagen.

Så tisdag verkade bli en intensiv dag, en lämplig fortsättning på den intensiva måndagen.

Lina Östensson kom in vid åttatiden på morgonen och berättade att hon under gårdagen varit i Morgans lägenhet och packat sina saker för att flytta tillbaka till sin egen lägenhet. Morgan hade varit på kontoret och skulle bli sen så hon fick packa ostört.

"Du sa sist att han verkade konstig. Hur reagerar han på att du flyttar tillbaka till din egen lägenhet?" undrade Eva.

"Han verkar inte bry sig, jag vet inte varför. Det känns faktiskt väldigt jobbigt. Jag vet inte vem han är längre och för att vara ärlig så skrämmer han mig. Jag har försökt prata med honom men han bara sluter sig som en mussla", sa hon och hulkade lätt. Hon hade stora besvär med att hålla gråten tillbaka.

"Var hittade du tröjan?" undrade Jörgen.

"Den låg på sidan om soptunnan i källaren. Känns märkligt för den låg inte där när jag bar ner sopor i söndags kväll och tunnan är inte tömd. Så den måste ha lagts dit under måndagen."

"Kommer vem som helst åt soprummet?" frågade Eva.

"Nej egentligen inte, den är låst med en kortläsare. Men ofta så står dörren på glänt, låste kärvar och har inte blivit lagat."

"Tror du att Morgan har försökt slänga den och missat soptunnan?"

"Jag vet inte vad jag ska tro, just nu känns allt så förvirrat", sa Lina och brast i gråt.

Lina avböjde hjälp och ville vara själv i sin lägenhet. Morgan hade inga nycklar till lägenheten och hon kände sig trygg med det personlarm hon lånat.

Eva ringde till Morgan Fredén och kallade in honom till förhör direkt efter lunch. Han sa att han var upptagen och kunde komma in imorgon men Eva förklarade att det inte var förhandlingsbart. Antingen kom han in eller så skulle han bli hämtad av polisbil.

Eva kände att det började bli många trådar att hålla reda på så hon och Jörgen hämtade en sallad nere i kafeterian och tog en jobblunch där man försökte sortera upp allt man måste bringa klarhet i för tillfället. Listan mynnade ut i ett antal punkter

- Christer Månsson eller Pelle Trander som han hette tidigare. Hans företag med Filip. Varför var han uppklädd. Varför höll han sig borta.
- Morgan Fredén. Den upphittade tröjan, varför hade hans attityd mot Lina förändrats, Hans upprepade gräl med Filip och mordhotet som Ylva berättat om. Varför berättar han inte att han känner igen Pelle Trander.
- Lennart på AI-Systems. Hur såg hans relation till Filip och Morgan ut? Han kände till ladan. Men han jobbar ju åt Filip så vad skulle hans motiv vara
- Carolina Ängblom. Känner sig lurad av Morgan och Filip. Verkar hämnas genom att knycka personal. Men är hon kapabel till något mer?
- Lina Östenson. Misshandelsoffer men kan hon vara en förövare
- Ulrikas pappa. Hatisk mot Filip. Skulle mycket väl kunna ta till våld. Har han haft möjlighet, känner han till ladan?
- Filip Östensson. Troligen död, men var fanns i så fall liket
- Bilen i ladan. Man visste nu vilka som kände till ladan Filip, Carolina, Christer, Lennart. Men inte Morgan om man nu kunde lita på det. Men frågan varför den lämnats i ladan var fortfarande en gåta. Om Filip blivit skadad i bilen, var skedde det, han kunde inte han ämnat bilen blodig ladan.

Lina Östensson och Lennart kändes bägge som osannolika men man beslöt sig ändå för att intervjua Lennart en omgång till. Om inte bara för att sortera bort honom från utredningen.

Carolina var definitivt hämndlysten men det verkade som om hennes hämnd var mer inriktad på affärerna än att ta till handgripligheter. Men ytterligare ett förhör måste bokas in.

Varken Eva eller Jörgen trodde att Ulrikas pappa trots sitt

uttalade hat skulle kunna ta till våld. Men man skulle ändå utreda om han känt till ladan.

Mycket pekade mot Morgan som utan tvekan hade mycket att svara på vid det förhör som var inbokat.

Morgan såg tärd ut, han hade mörka ringar under ögonen och verkade knappt kunna hålla sig vaken. Han var en blek kopia av den Morgan som Eva och Jörgen träffat första gången. Kunde det vara ett dåligt samvete som tärde.

"Hej, som du förstod av min kallelse är detta ett formellt förhör. Vi har konkreta misstankar mot dig som vill ha svar på. Du är inte häktad men om du vill får du ha advokat närvarande", sa Eva och la fram en bandspelare på bordet.

"Oj det verkar allvarligt. Men jag har inget gjort så jag behöver ingen försvarare. Ni kan gå vidare med förhöret."

"Vi har ett antal olika frågeställningar som vi vill ha svar på. Den allvarligaste rör en blodig tröja som hittats i din hyresfastighet. En tröja som enligt Lina Östensson tillhör Filip Östensson. Vad har du att säga om det?" frågade Eva och lämnade fram ett foto av tröjan.

"Vad säger ni, vad är det här?" utbrast Morgan och kastade ifrån sig fotot. "Det här har jag inget med att göra, fanns den i mitt hus måste den ha lämnats där."

"Du känner inte igen tröjan?" undrade Jörgen.

"Nej den har jag aldrig sett", sa Morgan efter att ha tagit tillbaka fotot och tittat på det. "Var hittade ni den?"

"Den hittades bredvid soptunnan nere i soprummet. Det verkade som om någon försökt kasta bort den men missat tunnan."

"Jamen då kan vem som helst ha placerat den där, vems är blodfläckarna?"

"Det vet vi inte i dagsläget" konstaterade Eva.

"Om någon har lämnat den där vem skulle det kunna vara tror du?"

"Har ingen aning faktiskt."

"Vi lämnar tröjan för ögonblicket. Vi har fått in ett vittnesmål om att du blev mordhotad av Filip Östensson utanför en restaurang för ett antal veckor sedan. Stämmer det?" frågade Eva.

"Mordhotad nej, men vi hade en infekterad diskussion det kan jag hålla med om. Filip kunde ganska ofta kasta ur sig onyanserade påståenden som jag ska slå ihjäl dig och liknande, men det var inget att bry sig om. Det vara bara som han uttryckte sig i hetsiga diskussioner" förklarade Morgan.

"Så ni har haft liknande diskussioner tidigare?" frågade Eva.

"Ja det har vi. Filip har alltid varit väldigt hetlevrad men som jag sa, det var bara som han pratade. Jag har levt med det ända sedan jag lärde känna honom. Ni kan fråga skolkamrater och andra i umgängeskretsen."

"OK, vi släpper den för tillfället. Vi har tidigare visat dig bilder på Christer Månsson som du vid två tillfällen hävdat att du inte känner igen. Nu vet vi att Christer är samma person som Pelle Trander som ingick i ert Stiftelsen-gäng under skoltiden. Varför vill du inte erkänna att du vet vem det är?"

Morgan blev rejält tagen och begravde ansiktet i sina händer och suckade högt.

"Ja visst vet jag vem det är. Det var dumt att inte erkänna det. Men jag har haft så dåligt samvete för hur jag och Filip behandlade Carolina och Pelle när vi kursade vårt gemensamma bolag så jag har inte kunnat tänka klart. Ju mer tiden går desto mer tär det på mig. Vi uppträdde som riktiga svin och lurade både Pelle och Carolina på allt som vi alla fyra hade byggt upp. Jag inser att jag under alla år har förträngt det, bland annat genom att inte erkänna att jag kände de bägge. När ni visade bilden på Pelle så kändes det som om jag skulle gå sönder om jag hade erkänt att jag visste vem det var. Jag förstår att ni tycker det låter knäppt. Men så är det. Det maler runt i mitt huvud hela tiden och jag håller faktiskt på att sakta bryta ihop", sa han och skakade på huvudet och började stilla gråta med huvudet i händerna.

Eva tittade bort mot Jörgen och de kom tyst överens om att ta en paus. Jörgen hämtade ett glas vatten och bad Morgan sitta

193

kvar och lugna ner sig. Eva och Jörgen gick ut och kunde konstatera att antingen var han en otroligt duktig skådespelare eller så talade han faktiskt sanning. Både var överens om att de faktiskt trodde på honom trots att allt pekade emot honom.

"Vi förstår att din relation med Lina är tillfälligt pausad. Vad vi förstår har hon flyttat tillbaka till sin lägenhet. Stämmer det?" undrade Eva.

"Ja det stämmer, jag förstår att hon tröttnat på min deppighet men jag tycker samtidigt att det är ett djävla sätt att lämna mig när jag mår så här", sa Morgan och brusade upp rejält. Eva tittade på Jörgen och de var nog bägge förvånade över den aggressivitet som han helt plötsligt visade. Helt olikt den närmast självförintande attityd han visat upp tidigare.

"Är jag misstänkt för något, kommer ni att häkta mig? Om inte så vill jag gå nu. Ska ni fortsätta trakassera mig vill jag ha med en advokat", sa och var nu nästan en helt annan person än den som startat förhöret. På bara en minut hade han gått från en slagen man till en aggressiv och kaxig attityd.

"Nej du är inte häktad och inte formellt misstänkt för något. Men vi vill inte att du lämnar Göteborg utan att stämma av med oss", sa Jörgen och Eva nickade samstämmande.

41

Fredbergsgatan
Tisdag kväll

När Eva kom hem på tisdag kväll var hon rejält trött efter en intensiv dag. Att komma hem till lägenhetens byggarbetsplats hade inte varit det hon sett fram emot. Men till hennes överraskning var det mesta klart nere i lägenheten och arbetet fokuserades nu till övervåningen.

Hålet upp till taken var nu inklätt i lister och en spiraltrappa var redan monterad upp till vinden. Hon insåg hur lång tid detta skulle ha tagit om hon själv, Bror och deras föräldrar skulle ha hanterat denna ombyggnation. Duktiga yrkesmän arbetade undan betydligt fortare än vad man som amatör kunde hantera. Inte bara att själva arbetsmomenten skulle ta längre tid, de skulle ju också föregås av otaliga diskussioner och planeringar.

Nu var även alla verktyg och allt arbetsmaterial uppe på vinden. Helt underbart, hon kände att allt blev så mycket lättare. Bror var också på avsevärt bättre humör, även det ombyggnationens förtjänst.

Bror hade mest av allt städat undan smågrejer som blivit liggande. Fått ner sin mailkorg till en rimlig storlek och spenderat mycket tid med att gå runt och prata med alla på kontoret. Han hade även pratat med ekonomikillen och haft en diskussion kring lånet. En representant från företaget, en Philip East, hade hört av sig och meddelat att han skulle besöka Göteborg nu på torsdag eller fredag och hoppades att man kunde träffas. Bror hade sökt Anders på Kronan Invest men han var bortrest och skulle inte komma tillbaka förrän nästa vecka. Så han fick nog hantera det mötet själv. Men lika bra var väl det, någon gång måste han ta tag i problemet, det skulle inte försvinna av sig självt.

Till middag hade han lagat till stekt pasta med kryddig korv, en rätt han själv tyckte mycket om, även om den inte var Evas favorit. En god öl unnade man sig trots att det var tisdag kväll och mitt i vecken.

I samma stund som man satte sig ner för att mysa vid tv:n ringde Evas jobbtelefon. Hon suckade djupt och makade sig upp för att svara. Bror såg hur hon tappade all färg i ansiktet och var tvungen att ta stöd mot soffan. Han fick ingen uppfattning om vad det gällde då hon bara nickade och svarade lågmält ok på allt som nämndes.

"Lina Östensson har blivit grovt misshandlad och man vet inte om man kan rädda livet på henne. En bil kommer och hämtar mig om tio minuter", sa Eva och skakade uppgivet på huvudet.

Polisbilen hämta henne utanför lägenheten i samma stund som hon kom ut från trappuppgången. Linas personlarm hade aktiverats, det var inte larmknappen som var intryckt utan larmet hade reagerat på det som kallades Man-Down, dvs hon var liggande en längre tid. Man hade inte hört något när man kopplat upp sig och hon hade inte svarat när man frågade. Däremot verkade det som om det fanns någon mer i lägenheten. Man hade kört ut med blåljus och kommit fram till lägenheten enbart tio minuter senare. Lägenheten var låst men då ingen svarade hade man brutit sig in. Man fann Lina liggande på hallgolvet svårt misshandlad. Vid första anblick hade man trott att hon var död men man hade konstaterat svag puls och kunnat lämna över henne till ambulanspersonalen som anlände strax efteråt.

Från sjukhuset hade man meddelat att man försatt henne i kontrollerad koma för att kunna rädda hennes liv. Läkaren sa att hade hon kommit in fem minuter senare hade hon varit död. Så personlarmet hade räddat hennes liv. Ren tur att hon hade det på sig även inomhus, eller så var hon medveten om fara när hon släppte in förövaren i lägenheten, berättade konstapeln som körde bilen.

"Vaddå släppte in?" sa Eva.

"Dörren var inte uppbruten utan antingen hade förövaren nyckel eller så hade han eller hon ringt på och blivit insläppt."

Väl framme vid lägenheten fick Eva ta på sig den obligatoriska överdragsklädseln och tossor på fötterna. Inne var redan fotografer och Göran med sina tekniker på plats.

Göran hälsade som hastigast och noterade att man inte noterat något speciellt än så länge. Han skulle återkomma så fort som han hittade något.

Samtidigt som Jörgen kom till platsen, kom också pressen. Konstigt konstaterade Eva, vi har ju varit förskonade från deras uppdykande ett tag. Nu är de tillbaka igen. Hur kan detta komma sig tänkte Eva och tittade menade på Jörgen.

"Kolla där", sa Jörgen och greppade tag i Evas arm och pekade bort mot pressuppbådet. Där stod en rödhårig tjej som Eva kände igen alltför väl. Nu förstod hon även varför tjejen sett så bekant ut tidigare. Vilken besvikelse, kunde det vara Linus som läckte till pressen. Det här måste hon ta upp med honom vid ett senare tillfälle.

Man beslutade sig för att sätta igång med dörrknackning omgående. Två konstaplar avdelades till detta medan Eva och Jörgen åkte iväg hem till Morgan. På det sätt som han agerat i slutet av gårdagens samtal kändes han som en mycket trolig misstänkt.

Hemma hos Morgan fanns det ingen hemma och han svarade inte på telefon. Så det fanns inte mycket mer att göra, man avdelade ett par man till att bevaka hans lägenhet och åkte tillbaka till Linas lägenhet när man lämnat över till dessa.

Dörrknackningen hade varit lyckosam. Flera personer hade noterat en bil som kört upp till huset och att en man och en kvinna varit inne hos Lina. En av grannarna hade sett att de ringt på och blivit insläppta. Dessutom hade man extra tur då en annan av grannarna noterat registreringsnumret. De hade blockerat hennes bil så hon kunde inte köra ut från sin parkering och därför tagit registreringsnumret.

Ytterligare en person hade noterat en figur i en tröja med huva som kunde ha varit på besök hos Lina, men han visste inte om personen varit inne hos henne eller inte.

Göran ropade till Eva inifrån lägenheten och visade på ett stort blodigt skoavtryck som verkade komma från en gymnastiksko i storlek 43 eller 44. Kunde man hitta skon så skulle det vara ett viktigt bevis.

I övrigt hade man säkrat ett antal fingeravtryck men det var ju inte oväntat. Man skulle med all sannolikhet hitta både Filips och Morgans avtryck i lägenheten. Tyvärr fanns inga avtryck som gick att knyta till misshandeln. Men man var inte klara med undersökningen ännu.

Bevakningsteamet utanför Morgans lägenhet ringde och meddelande att Morgan dykt upp och att man tagit in honom i polisbilen. Eva och Jörgen slängde sig på nytt in i bilen och åkte tillbaka till Morgans lägenhet.

"Varför sitter jag fängslad i en polisbil? Först blir man lurad ut till ett möte nere i Askim där ingen dyker upp och sedan står det poliser och väntar på mig när jag kommer hem", sa en rejält uppretad och irriterad Morgan.

"Det där får vi återkomma till. Har du något emot att vi får gå igenom din lägenhet?" frågade Jörgen.

"Kan ni inte berätta vad det gäller först, måste ni inte det?" svarade Morgan kort.

"Jo, Lina har blivit svårt misshandlad i sitt hem. Vi undrar givetvis om det är något du har med att göra. Kan vi få gå igenom lägenheten så kan vi kanske avfärda dig som misstänkt" sa Eva.

"Vad menar ni, misshandlad, hur kan ni tro att jag har med det att göra? Är hon på sjukhus, hur mår hon?"

"Hon är svårt skadad och kan inte ta emot besök. Mer än så kan vi inte säga. Accepterar du att vi kan gå igenom lägenheten eller måste vi återkomma med en husrannsakan?" undrade Eva kort.

"Jag har inget att dölja, så här är nycklarna", sa Morgan och satte sig tungt tillbaka i bilen med ansiktet djupt begravt i sina händer.

Lägenheten var välstädad, nästan på gränsen till nystädad vilket i sig var lite misstänkt. Skulle han ha hunnit hem och städat. Kunde han ha varit i lägenheten när Eva och Jörgen var förbi tidigare och sedan gått ut och kommit tillbaka.

En konstapel kom uppifrån soprummet med två gymnastikskor i en plastpåse. Den ena med blodig skosula och lämnade över dessa till Eva.

Eva gick bort till bilen och frågade om Morgan kände igen skorna. Han skakade tveksamt på huvudet men insåg också att den blodiga skosulan inte såg bra för hans gen räkning.

"Som du förstår ser det inte bra ut. Du kommer att följa med oss till polishuset och är häktad misstänkt för misshandeln av Lina Östensson" sa Eva bistert.

Morgan bara skakade uppgivet på huvudet och lät sig köras iväg mot polishuset.

42

Fredbergsgatan
Onsdag förmiddag

Eva kom hem mycket sent på tisdagen. Gav Bror en snabb sammanfattning och stöp sedan i säng.

Bror hade stigit upp tidigt och lagat till frukost som han serverade på sängen. Det var en lyx som han annars bara erbjöd på helgerna. På vardagarna brukade de äta tillsammans i köket innan de hastade iväg till jobbet.

"Vad gullig du är, det här behövde jag", sa Eva och gav honom en puss på kinden.

"Jag förmodar att det kan bli en sen kväll för dig även idag", sa Bror med ett förstående leende.

Bror berättade att han skulle prata med ekonomikillen och förbereda sig på det aviserade mötet med han som ägde lånet som skulle krävas tillbaka. Han skulle även stanna en liten stund nu på morgonen och prata igenom renoveringen med hantverkarna innan han gick till jobbet. Eva var ovanligt tystlåten och berättade inte så mycket om sin kommande arbetsdag vilket var fullt förståeligt.

Strax efter att han vinkat av Eva kom så byggjobbarna förbi. De berättade att allt gått väldigt bra och att även elektrikern skulle vara klar redan imorgon istället för som tidigare aviserat fredag.

Det var bra nyheter. Då skulle man hinna förbereda sig för föräldrarnas ankomst till helgen och steg två av renoveringen.

Han hoppades bara att Eva inte skulle behöva arbeta dygnet runt nu när man hade en allvarlig misshandel på agendan. Att ta hand om bägge föräldraparen själv hade han ingen lust med.

43

Polishuset
Onsdag förmiddag

Eva och Jörgen kom samtidigt in till kontoret. Läkarna hade rapporterat att Linas läge var stabilt men att hon fortfarande hölls nedsövd i koma.

Morgan hade fått sova i häktet och skulle givetvis förhöras igen nu på morgonen. Man hoppades även ha fått en blodanalys av tröjan som Lina hittat tidigare. Någon analys av skorna skulle man inte hinna få under dagen.

Dessutom skulle man samla ihop personalen och gå igenom dörrknackningsaktionen i går kväll. Man hade inte hunnit med alla rapporter då man hastigt kallats iväg till Morgans lägenhet. Några konstaplar hade stannat kvar vid Morgans lägenhet och pratat runt med grannarna där också.

Även där hade man haft tur. En granne hade noterat en bil med en kvinna och en man som sökt Morgan. Kunde det vara samma bil som hemma hos Lina.

"Vem kollade upp registreringsnumret till bilen?" undrade Jörgen.

"F-n det har jag glömt", sa Eva och sprang iväg till dataterminalen och slog upp numret.

"Bilen tillhör Carolina Ängblom. Söker du henne?" sa Eva triumferande.

När man sedan satte sig ner med kollegorna som utfört dörrknackningsrundorna kunde man få fram en tidslinje.

Bilen med Carolina och hennes kollega hade först varit hos Morgan och sedan åkt vidare till Lina. Bilen hade inte varit länge utanför Morgan, varför man kunde konstatera att man troligen inte släppts in i lägenheten.

Personen med huvtröjan som siktats hade varit där senare än Carolina med sällskap, men här var man inte säker på att den personen besökt Lina alls.

En granne till Morgan hade noterat en okänd person vid entrén sent på kvällen men det fanns inget som antydde att den personen kunde ha med Morgan eller Lina att göra.

Det hade kommit in två telefonsamtal till Morgan på kvällen. Ett samtal från en okänd mobiltelefon som hade besvarats och sedan ett samtal från Carolina Ängblom som blivit obesvarat. Hennes samtal hade tagits emot ungefär samtidigt som bilen siktats utanför Linas lägenhet. Samtalet från den okända mobilen hade ringts från en mobilmast i närheten av hans lägenhet tidigare under kvällen.

Precis när mötet var avslutat kom en kollega upp med blodanalysen från tröjan. Det var Filips blod. Dessutom hade man gjort en snabbanalys av blodgruppen från skorna och de stämde överens med Linas blodgrupp men en dna-analys skulle dröja till imorgon. Så var det dags för förhör med Morgan.

Morgan såg inte ut att ha sovit speciellt bra vilket inte var så konstigt, men han var samlad, han såg inte ut som en skyldig som gett upp. Men så hade han ju också stöd av sin advokat och det kändes nog bra att inte sitta ensam i den här situationen.

”Hur är det med Lina?” var hans första fråga.

”Stabilt säger läkarna med fortfarande försatt i koma. Med andra ord fortsatt kritiskt men man har bättre hopp om att hon ska klara sig nu” sa Eva lugnande.

Morgan suckade och såg mycket lättad ut. Men om han var lättad för att han brydde sig om Lina eller om han var lättad för att han inte slagit ihjäl henne gick inte att säga.

”Om hon bara vaknar så kommer hon att förklara att jag inte är skyldig till det här” sa Morgan.

"Vi kan hoppas det, men läkarna har förklarat att det inte är osannolikt att traumat gör att hon inte minns vad som hänt, men vi kan ju hoppas" förklarade Jörgen.

Eva presenterade fyndet av tröjan och skorna och berättade att man konstaterat att blodet tillhörde Filip när det gällde tröjan och blodet från skorna troligen var från Linas lägenhet men man var inte helt säkra ännu.

"Du måste ha funderat på det här under natten. Om det inte är du vem skulle det då kunna vara?" frågade Eva.

Morgan visste inte men för honom var det uppenbart att någon ville sätta dit honom.

"Är inte det väl långsökt tycker du? Filip är försvunnen, hans blod har hittats i din bil, på en tröja i din lägenhet. Du har medgivit att ni haft era dispyter och han har till och med mordhotat dig. Lina lämnade dig nyligen och du var uppretad när vi nämnde Lina i vårt samtal med dig på tisdag. Det är kanske dags att berätta vad du gjort med Filip och Lina" avslutade Eva.

"Har ni lyckats lokalisera samtalet till Morgan som lurade iväg honom bort från lägenheten ännu?" frågade så advokaten efter en lång tystnad från Morgans sida.

"Jo det har vi, ej registrerad ägare, kontantkortstelefon. Samtalet har ringt in från en mobilmast i närheten av Morgans lägenhet" svarade Jörgen.

"Men då har ni ju bevis för att han lurats iväg, eller hur?" sa advokaten.

"Eller så är Morgan så förslagen att han ringt samtalet själv, det är ju också möjligt?" svarade Jörgen.

"Nu spekulerar ni bara, ni har faktiskt inga bevis som räcker för att hålla Morgan kvar här", sa advokaten och reste sig hastigt och irriterat upp.

"Morgan stannar här tills vidare, men vi bryter för tillfället", sa Eva och avbröt förhöret.

Eva och Jörgen var överens om att det skulle bli svårt att hålla honom kvar enbart på de indicier man hade just nu. Men att han skulle vara kvar fram till att man fått en dna-analys från gymnastikskorna var självklart.

Dessutom ville man prata med Carolina och hennes kollega först. Varför hade de sökt Morgan och sedan Lina, eller var det så att man sökt Morgan först hemma hos honom och sedan hemma hos Lina. Men att de skulle ha misshandlat Lina kändes långsökt, men det måste man reda ut vid ett förhör.

En kollega hade nått Carolina och hon skulle komma in tillsammans med Christer Månsson efter lunch.

"Jaha nu dyker Christer upp igen, spännande" sa Eva och Jörgen nästan i mun på varandra.

44

AI-Systems
Onsdag förmiddag

Bror hade kommit in sent till kontoret efter sin avstämning med byggjobbarna i lägenheten.

Stämningen var riktigt bra, alla arbetade flitigt och numera hälsade alla när han kom in i kontorslandskapet. Bertil från bokföringsfirman skulle komma in om drygt en halvtimme för en detaljerad genomgång av lånehandlingen som bara måste hanteras.

Han gick förbi Linn och undrade om hon tänkt vidare på hans förslag om att lämna över matematikdetaljerna till Carolinas företag och om hon hade några reflektioner efter deras gemensamma besök hos henne.

"Jo jag tror det är en jättebra idé. Ju mer jag tänker på den desto mer gillar jag den. Men den stora frågan är om Carolina är intresserad. Hon sa visserligen att hon skulle tänka på förslaget men jag fick intrycket av att Filip Östensson är ett rött skynke för henne. Frågan är väl om skynket fortfarande är kvar även om vi kan bevisa att Filip inte finns med längre."

"Jag håller med, jag har dragit samma slutsats. Tyvärr fick jag inte tag i Anders hos Kronan så jag har inte hunnit stämma av med honom. Men jag tror inte att han skulle ogilla idén. Jag ska ringa Carolina efter mötet med Bertil om lånehandlingen jag berättade om."

"Ett annat problem är ju att vi har två matematiker som inte fått något erbjudande från Carolina. Vad kommer att hända med de om vi ska lägga all matematikkompetens hos hennes bolag? Har du funderat på det?"

"Jo men jag tror det löser sig på något sätt om Carolina är intresserad. Det problemet tar vi tag i om hon är villig att gå vidare. Men du har väl inte berättat om vår idé så vi skapar oro på kontoret?" undrade han oroligt.

"Nej jag skulle ju vara tyst. Har jag lovat det så säger jag inget."

Samtalet avbröts av att Bertil kom in på kontoret och Bror lämnade Linn för att ta tag i det obetalda lånet som var hans största problem just nu.

Bertil hade träffat Kronan Invests advokater och gått igenom situationen. Uppenbart var att bokföringen i AI-Invest inte var korrekt. I så fall hade ju lånet funnits med i böckerna. Lånet var tecknat för drygt sju år sedan och bokföringsböckerna för de första två åren fanns inte kvar. Lagen krävde att man skulle spara räkenskaperna i sju år, de flesta sparade dock många fler år bakåt i tiden. Men Filip hade rensat bort allt som var äldre än vad lagen krävde. Så man skulle utan problem kunna föra en rättslig talan mot Filip om han nu kom tillrätta. Om han fortsatte vara försvunnen fanns det ingen man skulle kunna föra talan mot.

"Kan man bestrida lånet baserat på det?"

"Nej tyvärr inte. Rättsligt så är lånet en sak och Filips bokföringsfiffel en annan även om de hängde ihop från AI-Systems perspektiv" svarade Bertil.

"Betyder det att vi måste betala?" undrade Bror och suckade tungt.

"Kanske men advokaterna tror sig kunna bestrida avtalet men det skulle innebära en rättsprocess som i slutändan kan kosta mer än att bara betala lånet. Men detsamma gäller företaget som lånat ut pengarna. Även de skulle drabbas av dryga advokatkostnader om vi bestrider för att säkerställa att få hem sina pengar."

"Så du menar att det finns en förhandlingsöppning?"

"Jag skulle inte vilja rekommendera något alls men det verkar som om att det inte är omöjligt."

Linda knackade på dörren och meddelande att hon hade en engelskspråkig man på tråden som ville prata med Bror. Det gällde ett lån tydligen sa hon.

"När man talar om trollen", sa Bror och nickade mot Bertil.

"Hej jag heter Philip East och representerar PE Invest. Du fick säkert mitt meddelande om att jag skulle besöka Göteborg under veckan och ville träffa dig", sa en belevad man med en tydlig amerikansk accent. Det var uppenbart att han inte hade engelska som modersmål. Bror tyckte nästan det lät som om han bröt på skandinaviska, men han var inte alls säker.

"God morgon, jo men jag fick intrycket av att ni skulle komma torsdag eller fredag."

"Mitt besök här i Göteborg blev nedkortat och jag undrar om vi skulle kunna träffas redan idag. Jag har ett flyg ut från Landvetter ikväll så antingen träffas vi idag eller vid ett senare tillfälle. Jag skulle vilja komma till en överenskommelse kring lånet. Jag antar att ni kommer att bestrida avtalet, en utdragen process skulle kosta oss bägge massor av advokatkostnader och jag är väldigt mån om att undvika det. Jag kan berätta mer om mitt erbjudande när vi träffas", sa han med nästan en vädjan i rösten. Bror upplevde att han var väldigt angelägen vilket skulle kunna innebära en bra förhandlingssits.

"Javisst det kan gå bra. Jag behöver bara stämma av med mina ägare först. Var ska vi träffas?"

"Jag har ett flyg ut från Landvetter redan vid halv åtta så jag skulle föredra om du kunde komma ut till mitt kontor i Härryda. Då får vi mer tid då jag har mycket nära ut till flygplatsen härifrån."

"Då säger vi så, jag dyker upp vid fyratiden", svarade Bror och la på efter att ha fått adress och en färdbeskrivning.

"Precis som du sa, han vill förhandla. Han lät faktiskt väldigt angelägen", sa Bror och log brett mot Bertil.

Man var överens om att detta kunde var en bra öppning för att kunna hitta en lösning på lånet och komma till en överenskommelse som skulle vara ekonomiskt fördelaktig för bägge parter.

"Lite konstig adress eller hur Jag trodde finanskillar höll till i fashionabla kontor inne i centrum eller på dyra hotell om man bara besökte orten", sa Bror och visade adressen på datorn. Bildskärmen visade ett litet industriområde strax norr om riksväg 40, nära flygplatsen.

"Jag håller med, men inte alla finansbolag är lyckosamma. Eftersom bolaget heter PE Invest och killen heter Philip East kan man ju misstänka att det är hans eget bolag. Det kanske inte ens finns fler personer bakom företaget. Han kanske har ekonomiska problem, en situation som i så fall ger dig ett ännu bättre förhandlingsläge" sa Bertil.

"Ska vi inte åka dit bägge två tycker du", sa Bror och vände sig emot Bertil.

"Kan tyvärr inte, har ett annat möte under eftermiddagen."

Bror ringde på nytt Anders mobilnummer utan att få tag på honom. Han hade väldigt gärna velat ha hans godkännande på en eventuell förhandling innan han åkte. Han lämnade ett meddelande och anslöt sedan till företagets lunchtåg.

Det blev en hel del jobbsnack på lunchen. En av tjejerna hade en kompis som arbetade med användargränssnitt och var intresserad av ett nytt jobb. Bror bad henne bjuda över kompisen för en intervju. Oavsett hur man skulle göra med eventuellt samarbete med Carolina så behövde man ju en utvecklare som fokuserade på det området. Bror överhörde sedan en av matematikerna som pratade vid andra sidan bordet och de lät som om han hittat en eventuell lösning på deras analysproblem, om han nu hörde rätt. Kanske behövde han inte samarbeta med Carolina trots allt. Men att man börjat bearbeta problemet innebar inte att man hade en lösning, men det kändes som om man hade medgång just nu, och det kändes bra.

På vägen tillbaka från lunchen kom så Lennart fram till Bror och drog honom åt sidan.

"Din Eva har kallat in mig till förhör nu på eftermiddagen. Vet du vad det är?" sa han och såg både olycklig och orolig ut.

"Nej inte en aning, hon har inte nämnt något för mig. Det är nog bara lite kontrollfrågor. Du har nog inget att oro dig för", sa

Bror lugnande samtidigt som han kände ett styng av besvikelse över att han faktiskt inte visste varför Eva kallat in en av hans anställde till intervju. Men nu hade man kommit överens om att hon skötte utredningen och han sitt företag. Men han var ändå så nyfiken och insyltat att det störde honom att inte vara med i alla hennes diskussioner och funderingar.

Han packade ihop sina saker och gick bort till Ericsson för att hälsa på sin mamma och få låna hennes bil för sitt möte ute i Härryda.

En karta hade han skrivit ut från webben som han hade med i bilen och strax innan han körde iväg skickade han ett SMS till Eva.

Hej ska åka och träffa en Philip East ute vid flygplatsen, kan bli lite sen hem puss.

45

Polishuset
Onsdag eftermiddag

Eva och Jörgen kände att man började närma sig upplösningen på historien. Man hade visserligen inget konkret men bägge kände att man var nära nu.

"Jag har kallat in Lennart på Brors företag till förhör om sommarstugan kockan tre. Ska vi avboka det mötet tycker du?" undrade Eva i samband med att man gick tillbaka från lunchrestaurangen vid Odinsplatsen.

"Nej låt honom komma, även om jag kan hålla med om att han troligen inte har något att tillföra just nu." sa Jörgen.

Man hade hittat en ny lunchrestaurang vid Odinsplatsen som snabbt blivit en favorit. Trevlig miljö och bra mat som var varierad mellan veckorna. Många andra restauranger blev lite väl enahanda och serverade ofta mat som mer eller mindre alltid smakade likadant. Men här var det nya smaköverraskningar varje gång till allas förtjusning. Tyvärr så hade många fler upptäckt samma sak varför det inte alltid var lätt att få ett bord om man kom mitt i lunchrusningen.

Eva och Jörgen hade också tagit för vana att ta en längre promenad efter lunchen för att röra på sig och få lite frisk luft. Ofta gick de ned till Stampkyrkogården och vandrade genom dess lugna stillhet, tog sedan gångtunneln över till Åvägen och sedan gick man runt Nya Ullevi tillbaka till polishuset.

Det skulle bli intressant att träffa Carolina och Christer.

Varför hade de varit hemma hos Morgan och Lina? Varken Eva eller Jörgen trodde egentligen att de hade något med misshandeln att göra men just nu fanns det inte heller några fler misstänkta, förutom Morgan som utan tvekan stod längst upp på den listan.

Samtidigt så kände de bägge att det inte riktigt var som det såg ut. Morgan var utan tvekan misstänkt men samtidigt så var det nästan för mycket som pekade åt hans håll. Men vem skulle det vara om inte han. Man fick se om samtalet med Carolina och Christer skulle ge något mer.

Deras besökare satt redan i entrén när Eva och Jörgen kom tillbaka efter lunchen. Christer var klädd i jeans och tröja, i en klädsel som starkt avvek mot den som de träffat honom i tidigare, och som de konstaterats att han inte trivdes i. De var väldigt undrade över varför de kallats till polisen men fick inga svar förrän man satt tillsammans i ett förhörsrum. Carolina tittade frågande på Eva när hon tog fram bandspelaren och berättade att det här var ett formellt förhör.

"Carolinas bil och två personer som liknar er har setts först utanför Morgan Fredéns lägenhet och sedan vid Lina Östenssons hem igår eftermiddag. Stämmer det?" frågade Eva och uppmanade de bägge att svara tydligt i riktning mot mikrofonen.

"Ja det stämmer vi sökte Morgan först hemma hos honom och sedan hemma hos Lina. Varför ställer ni de frågorna?" undrade Carolina allt mer irriterad. "Är vi misstänkta för något?"

"Jag skulle uppskatta om ni bara besvarande våra frågor. Jag lovar förklara senare", sa Eva med en mycket bestämd röst.

"Jo det är så att Christer sökte upp mig för någon vecka sedan och har anslutit sig till mitt bolag. Jag berättade ju för er att Pelle Trander numera heter Christer Månsson i måndags. Vi håller på att bygga upp företaget och håller på att rekrytera matematiker. Men så blev jag kontaktad av en Bror Stensson på AI-Systems häromdagen."

"Ursäkta vem kontaktade dig sa du?" undrade Jörgen och tittade snabbt bort mot Eva.

"Bror Stensson, han är tillförordnad vd på AI-Systems. Han

212

kom med ett erbjudande. Företaget han jobbar på har problem med sin analysmotor som inte fungerar fullt ut för långgående simuleringar och undrade om vi skulle kunna tänkta oss agera leverantör och hjälpa till med det. Jag var mycket skeptisk till det men insåg sedan att mitt omdöme fördunklas av min aversion mot Filip Östensson. När jag tänkt till så pratade jag igenom det med Christer som tyckte det var en bra idé men att vi borde stämma av med Morgan också. Vi vet att de har samma problem i sitt företag. Så vi sökte upp Morgan för att höra vad han tyckte om idén och om även han skulle vara intresserad av att arbeta med oss. Vi ringde på hemma hos Morgan men ingen svarande. Christer kom på att han hört att Morgan sällskapade med Lina Östensson så vi sökte fram hennes adress och åkte dit i förhoppning om att Morgan skulle vara där. Men det var han tyvärr inte", avslutade Carolina sin berättelse.

"Gick ni in till Lina?" frågade Jörgen.

"Ja men vi pratade bara helt kort med henne i tamburen. Det verkade vara någon fnurra på tråden mellan henne och Morgan. Hon bad oss söka Morgan på nytt."

"När lämnade ni Lina och åkte ni tillbaka till Morgan efter det besöket?" frågade Eva.

"Vi lämnade henne vid halv sju. Vi ringde Morgan på nytt men fick inget svar och då sköt vi upp besöket till en annan dag. Men nu får ni berätta vad som hänt. Varför alla dessa frågor?" sa Carolina och lutade sig aggressivt över bordet. Christer hade inte sagt ett ord under hela förhöret.

"Strax, bara en fråga till. Vi har sökt dig några veckor Christer. Var har du hållit hus?" undrade Eva.

"Jag åkte ut till min familjs sommarstuga och vilade upp mig. Tog inte med telefonen, har man den med så blir det ingen vila", svarade Christer trumpet.

"Stämmer, även jag har sökt honom en längre tid" sa Carolina. Eva och Jörgen tittade på varandra och skakade sedan lätt på huvudet. Ingen var nöjd med svaret de fick men då beslöt sig att vänta med det ämnet. De hade under året blivit bra på ordlös kommunikation när de arbetat så tätt ihop.

"Jo det är så är att Lina Östensson har blivit svårt misshandlad under tisdag kväll och läget är mycket kritiskt. Man vet inte om hon kommer att klara sig. Hade ni något med det att göra, eller såg ni någonting som kan hjälpa oss vidare i vår utredning?" undrade Jörgen som efter en nick från Eva fått mandat att lämna beskedet. Eva hade velat studera Carolina och Christer i lugn och ro när de fick misshandeln berättad.

"Va det kan inte vara sant", utropade Carolina och tog upp handen för munnen. Även Christer lutade sig fram och verkade chockad. Antingen var de mycket duktiga skådespelare eller så var de faktiskt chockade av nyheten. Eva lutade åt det senare.

"Hon mådde hur bra som helst när vi lämnade henne. Vem kan ha gjort det?" sa Christer.

"Vi vet inte, såg ni någon när ni lämnade huset?" undrade Jörgen.

"Det kom en person gående med en huvjacka på väg mot hyreshusets entré men vände och gick åt ett annat håll när vi kom ut. Jag tyckte det var märkligt, kändes som om personen inte ville träffa oss", sa Carolina efter en stunds betänketid.

"Men ni såg inte om den personen gick tillbaka till huset när ni satt er i bilen."

"Nej vi körde direkt därifrån, tror ni att det kan ha varit den personen?"

"Det vet vi inte."

"En helt annan fråga. Vi fick alldeles nyss reda på att du Christer tidigare hette Pelle Trander och var med i den här Stiftelsen som ert gäng kallades under skoltiden. Vi vet att du hade en kontrovers med Filip med ditt bolag för några år sedan. Hur var er relation under skoltiden?" undrade Eva.

"Filip var en mobbare. Han skulle alltid stå i centrum, han tog åt sig äran för allt vi gjorde och var stundtals ganska elak mot nästan alla i sin omgivning. Jag drabbades från och till ganska mycket. Sedan lurade han ju av mig och Carolina patentet på vår algoritm, men det förstår jag att Carolina redan har berättat. Egentligen är han en väldigt osympatisk person" förklarade Christer.

214

"Men trots det valde du att sälja ditt bolag till Filip och arbeta med honom igen. Hur kan det komma sig?" undrade Jörgen.

"Jag vet, det går nästan inte svara på. Samtidigt som han var en skitstövel så var han karismatisk och när han visade sina goda sidor var man alltid beredd att förlåta bara för att få komma in i hans krets på nytt. Jag vet att det låter rubbat, men jag har ingen annan förklaring", sa Christer och ryckte uppgivet på axlarna.

"En fråga till, bara för att jag är nyfiken. Sist vi träffades var du snofsigt klädd i kostym med bakåtslickat hår. Både jag och Eva sa efteråt att du inte verkade trivas och att du klätt upp dig. Idag är du klädd i jeans och tröja, en klädsel som du verkar trivas mycket bättre i. Varför klädde du upp dig?" frågade Jörgen.

"Jaha", sa Christer och skrattade till. "Jo jag hade klätt upp mig. Jag ville inte bli igenkänd som Pelle Trander och trodde att ny klädsel och frisyr tillsammans med mitt nya namn skulle säkerställa det. Men varför det var viktigt kan jag inte svara på nu, det var dumt. Som ni säkert märkt trivs jag mycket bättre så här", sa han och ryckte på axlarna.

"Vi får strax ett till besök. Ni bör inte lämna Göteborg utan att först prata med oss. Men för tillfället kan ni gå", sa Eva och avslutade mötet.

46

Härryda
Onsdag eftermiddag

Bror hade lånat sin mammas cabriolet för sitt besök ut till Härryda. Eftersom hans mamma arbetade ute på Lindholmen var det bekvämt att då och då kunna låna hennes lilla bil. Både hans mamma och pappa arbetade ute på Ericsson men åkte av olika skäl ofta med två bilar till arbetsplatsen. Egentligen ganska onödigt men också praktiskt då hans pappa ofta åkte iväg och besökte olika företag i Göteborgsområdet. Men en sådan här dag var det en lyx att bara gå ner några hundra meter ner mot Ericssons kontor längst ut på piren ut mot älven och hämta upp nycklarna till bilen.

Han funderade på om det inte snart var dags att köpa en egen bil. Problemet var dock parkering vilket var knepigt att hantera, både opraktiskt och dyrt. Att jaga parkering på gatan var han inte så sugen på.

Bror tyckte om att köra bil. Han körde ofta i tysthet och lät tankarna vandra runt helt fritt. De senaste veckorna på AI-Systems hade verkligen varit händelserika. Konstig stämning på kontoret, en före detta vd som var försvunnen och ett mystiskt återbetalningskrav på ett okänt lån. Men kontoret verkade arta sig bra. Hans mindes att han nästan gett upp och bestämt sig för att något nytt chefsjobb ville han inte ha. Nu när kontoret fungerade allt bättre var han benägen att ändra uppfattning. Roligt att se hur lite framgång på kort tid kan påverka vad man

216

tycker. Det var en fantastisk känsla att vända runt ett gäng som initialt såg helt hopplöst ut.

Han hade dessutom fått ett telefonmeddelande från Carolina Ängblom som meddelade att hon ville fortsätta med diskussionerna kring hans föreslagna idé om samarbete. Så även här fanns det nu en öppning för att lösa upp problemet kring den grundläggande matematiska simulationsmodellen. Kunde han nu hitta en lösning på lånet så skulle det se bra ut framöver. Anders hade ringt tillbaka och gett honom mandat att förhandla fram en lösning om lånet med en totalsumma som visserligen var betydligt lägre än lånesumman men samtidigt så verkade den här Philip East vara angelägen om att förhandla så vem vet det kanske skulle lösa sig.

Att Filip var försvunnen hade han nästan glömt bort. Hans försvinnande överskuggades av misshandeln av Lina och av alla konstigheter som dykt upp kring Morgan.

Men det var också en intressant läxa, om hur en ledarperson kan påverka sin omgivning. Hur en person kan förstöra ett helt företag och även sina nära relationer. Samtidigt som många fortfarande var attraherade av honom och kom tillbaka till honom om och om igen. Men det kändes definitivt som om han var borta från AI-Systems för gott. Hans försvinnande var nu helt och hållet ett polisärende och skulle aktiveras på nytt när man rett ut misshandeln av Lina.

När han kom fram till Landvettermotet svängde han av riksväg 40 och körde den lokala vägen som gick parallellt norr om riksvägen ut mot Härryda samhälle. Han undrade hur många som kört fel genom åren och svängt av mot Landvetter samhälle i tron att det var avfarten till flygplatsen. Flygplatsen låg faktiskt närmare Härryda med det var väl svårt att döpa en internationell flygplats till Härryda. Kanske hade det varit ännu bättre att hitta på ett helt eget namn än att blanda ihop namnet med ett ortsnamn som egentligen inte alls låg nära flyget.

Vägen slingrade sig fram strax in till riksvägen men avvek sedan och han kom verkligen ut på landet. Här fanns lantliga hus blandat med jordbruk i en vacker miljö. När han närmade sig

Härryda dök ett antal små industriområden upp längs järnvägen och han stannade till för att kontrollera sin utskrift av kartan.

Efter en kort avstämning fortsatte han så längre österut och vek sedan av upp mot flygplatsen innan han stannade ytterligare en gång för att kontrollera kartan.

Adressen låg i en liten industribyggnad lite avsides och han fick köra runt innan han hittade avtagsvägen in genom skogen. Han insåg att han kommit fram väl tidigt så han körde tillbaka ut ner mot Härryda samhälle och körde runt i området för att fördriva tiden.

Han stannade till vid en mack med en liten affär och gick in och köpte sig en dricka. Sedan satte han sig ner och gick igenom lånehandlingen på nytt och spelade upp den kommande förhandlingen i sitt huvud. Det var en teknik som hans chef lärt honom för att förbereda sig för alla typer av knepiga samtal. Bäst var om man spelade upp ett antal tänkbara scenarios och gick igenom dessa mentalt. Han hade tillämpat tekniken vid ett antal tillfällen och den fungerade oftast mycket bra.

Om Filip dök upp skulle man stämma honom för bokföringsbrott och kräva tillbaka de pengar man nu eventuellt skulle lägga ut på lånet. Men det var väl tveksamt om han skulle dyka upp alls.

Strax innan mötestiden körde han så på nytt ut mot adressen. Vägen slingrade sig in genom ett litet skogsparti och vid en liten återvändsgränd låg en ganska sliten industribyggnad i korrugerad plåt. I bottenplan låg en bilverkstad och det stod ett antal bilar ute på gården. Porten in till verkstaden var öppen och det stod två killar i overaller och arbetade på en gammal Ford. Var det verkligen rätt ställe undrade han?

"Hej jag söker en firma som heter PE Invest, finns det någon sådan här?" frågade Bror och stack in huvudet i verkstaden.

"Det måste vara den där affärskillen som håller till på ovanvåningen. Du hittar entrén runt hörnet. Ta spiraltrappan upp och knacka på dörren. Jag vet att han är där för jag såg honom komma för en dryg timme sedan", svarade en av killarna och nickade med huvudet runt hörnet av byggnaden.

Mycket riktigt runt hörnet fanns en spiraltrappa i plåt som ledde upp till en dörr på övre våningen.

47

Polishuset
Onsdag eftermiddag

När Carolina och Christer lämnat polishuset kallade man in Morgan på ett nytt förhör. Hans tidigare pondus och glada humör som företagsledare var nu helt försvunnen. Det såg ut som om han var på väg att ge upp. Han hade avböjt att ha med advokaten och accepterat ett kort samtal.

"Hur mår Lina har ni några nyheter?" var det första han sa när Eva och Jörgen kom in i rummet.

"Läget är stabilt men hon är fortfarande försatt i koma. Man ska försöka väcka upp henne under eftermiddagen har vi hört. Hon kommer nog att överleva men om hon får några allvarliga men går inte att säga förrän hon vaknat", sa Eva som fått en uppdaterad rapport strax före Morgan kom in.

"Vet ni vem som gjort det?" frågade han så.

"Nej det vet vi inte, fortfarande pekar allt på dig. Har du kommit på något mer som kan hjälpa oss i vår utredning?" undrade Eva.

"Inte direkt, jag inser att mycket talar emot mig. Jag tror fortfarande att någon försöker sätta dit mig", sa han och skakade på huvudet.

"Nu frågar vi på nytt. Vem skulle det i så fall kunna vara? Jag misstänker att du funderar på det en hel del."

"Jo det har du rätt i. Jag förstår inte vem som kan ogilla mig så intensivt att man skulle anstränga sig så mycket för att sätta dit mig. När jag funderar finns det bara tre namn som dyker upp. Ni har ju konstaterat att jag och Filip haft våra ordväxlingar men samtidigt är vi i grunden bästa kompisar. Dessutom älskar han Lina för mycket för att göra henne illa. Pelle var väldigt kritisk till mig även om det var Filip som stod för mobbing men av någon anledning gav han mig skulden för att jag inte stoppade Filip. Filip var på något sätt oantastlig. Lennart anklagade mig för att hålla honom utanför stiftelsegänget och det kanske stämde. Jag kände mig hotad av honom och kritiken var nog befogad. Men inget av det här är tillräckligt allvarligt för att både misshandla Lina och sätta dit mig. Jag förstår det inte", sa han och begravde återigen ansiktet i sina händer.

"En fråga till. Vi har ju tidigare undrat varför du inte erkände att du kände igen Pelle Trander när vi visade fotot av Christer. Den förklaring du gav oss senast känns inte riktigt uppriktig. Har du mer att tillägga kring det nu?"

"Ja, jag var jätterädd att det var Pelle som låg bakom Filips försvinnande och jag kände mig samtidigt medskyldig. Sa jag inte det förra gången?"

"Vi avslutar här, vi får fortsätta vid ett senare tillfälle och du bör nog fortsatt ha med din advokat" sa Eva avslutningsvis.

Lennart anmälde sig i receptionen helt enligt överenskommelse och leddes upp till ett förhörsrum.

"Du är inte misstänkt för något men vi behöver din hjälp med ett antal frågeställningar som dykt upp. Vi vet att du fanns med i gruppen strax utanför den så kallade stiftelsen under skoltiden. Kan du berätta lite mer om det gänget. Ta med allt du kommer på", sa Eva och satte på bandspelaren.

Lennart bekräftade till stor del vad man redan visste. Gängets ledare var Filip som styrde och ställde i allt. Morgan var hans ställföreträdare och försvarande Filip i alla lägen. Visserligen var Filip en mobbare och ofta ganska otrevlig men Morgan var enligt honom lika skyldig om inte värre.

"Hur kan du säga det?" undrade Jörgen.

"Morgan hade kunnat säga ifrån men gjorde det aldrig utan

med sin passivitet så rättfärdigade han Filip. Ibland upplevde jag att han godtog allt Filip gjorde för att han hoppades att Filip skulle tappa i popularitet. För trots allt var Filip poppis och fick alltid tillbaka sina trogna anhängare så fort som han öppnade upp för det" svarade Lennart.

"Drabbades du av Filips mobbning själv?" frågade Jörgen.

"Nej inte direkt, han var som vi säger i Göteborg lite tyken men aldrig direkt otrevlig. Jag ville ju vara med i gänget och Filip hade nog släppt in mig, men Morgan nekade."

"Du började senare arbeta för Filip och vad vi förstod så blev du mer eller mindre mobbad på arbetsplatsen. Stämmer inte det?"

"Jo det stämmer, Filip blev faktiskt med åren allt mer dominant och allt otrevligare på jobbet. Hade han inte sålt bolaget hade jag nog bytt arbetsgivare."

"Berätta om de andra i gänget" följde Jörgen upp.

"Pelle var lite av en hackkyckling hela tiden. Men även Pelle började arbeta hos Filip som ni vet så relationen kan ju inte ha varit så ansträngd. Men han hade ett hett temperament och även han var precis som jag väldigt sur på Morgan för vi tyckte bägge att han kunde ha gjort mer. Vi pratade en hel del om det. Filip var den aktive mobbaren, Morgan var den passive, minst lika skyldig."

"Vi har förstått att du kände Christer Månsson sedan tidigare. Varför har du inte berättat det för oss?" undrade Eva.

"Troligen för att ni aldrig frågade, var det viktigt?"

"Ja det har du nog rätt i, ursäkta oss. Blev du förvånad när Pelle dök upp hos er under annat namn?"

"Både ja och nej. Han hade alltid hatat både sitt förnamn och efternamn så att han bytte namn var inget konstigt. Men jag minns att han tog mig åt sidan och ville att jag inte skulle berätta att vi känt varandra tidigare för någon på firman. Dessutom var han väldigt tydlig med att jag inte skulle berätta för Morgan. Jag tror faktiskt aldrig att Morgan fick reda på att Pelle bytt namn."

"Hur var det med Carolina Ängblom?"

"Hon blev ju tillsammans med Pelle grundlurad av Filip och

Morgan. Jag tror att hon nog arbetar på att hämnas men det skulle ske affärsmässigt. Vilket hon ju nu har påbörjat. Ni vet väl att hon anställt ett antal personer från både Filips och Morgans företag. Men hon skulle aldrig ta till våld, helt uteslutet."

"Vi har fått reda på att du tillsammans med delar av gänget var bjudna ut till en fest i Filips föräldrars sommarstuga utanför Lerum. Stämmer det, minns du vilka som var med?"

"Javisst den festen minns jag mycket väl. Alla var där utom Morgan, han var hemma sjuk tror jag. Varför frågar ni om det?"

"Inget speciellt. Kan du komma på något mer från festen som kan vara av intresse?"

"Nej inte direkt men jag kom ihåg att vi lekte en fånig ordlek på den där festen i sommarstugan", sa han och skrattade. "Vi översatte våra namn till engelska vilket blev ganska roligt med många av våra namn. Men det är väl inte sådana detaljer ni letar efter", sa han och skrattade på nytt lite generat.

"Troligtvis inte. Du kommer inte på något mer?" sa Jörgen och skakade lätt irriterad på huvudet.

"Nää det tror jag inte", sa han efter en stunds funderande.

"Kommer du ihåg en lada på ängen på väg ner mot sommarstugeområdet?" undrade Eva.

"Javisst, vi spelade brännboll där på ängen alldeles intill den ladan. Varför frågar ni om det?"

"Ingen speciellt, var alla med och spelade brännboll?"

"Javisst hela gänget. Men vänta nu var det där den här Teslan blev funnen? Är det så?" sa han och lutade sig fram emot Eva och Jörgen. "Tror ni att någon av gästerna hade med den upphittade bilen att göra?"

"Inga kommentarer", sa Eva och avslutade därefter mötet.

48

Härryda
Onsdag eftermiddag

Spiraltrappan var ganska lång. Det nedre planet av byggnaden där mekanikerna höll till hade mycket högt i tak och ovanpå garaget fanns ett antal kontorsrum. Trappan ringlade sig upp mot en plåtdörr längst upp. Bror nickade mot trappan och mekanikerna nickade instämmande.

Förutom att den var lång var trappstegen höga och den var ganska besvärlig att ta sig uppför. Trappan knirrande och knarrade och Bror undrade och hoppades att den var väl förankrad i väggen. Det kändes som om den skulle kunna lossna för varje steg han tog.

När han nästan var längst upp öppnades dörren och en mörk kille i stort buskigt skägg kom ut och hälsade honom välkommen på en bruten engelska.

Väl uppe kom Bror in i ett litet kontorsrum, snyggt och propert inrett med en arbetsplats i ett hörn samt en liten soffgrupp och en tv i andra änden av rummet. Bakom tv-n fanns ytterligare en dörr in till ett rum.

"Ursäkta mitt anspråkslösa kontor men jag har fokuserat på små omkostnader och billigare än så här kan man inte ha kontor i Göteborg", sa Philip och bjöd Bror till att sitta ner i besöksstolen framför skrivbordet.

"Ja som du förstår är jag Bror Stensson och du ville diskutera det här lånet som var en överraskning för oss. Men du verkar bekant, kan vi ha träffats tidigare i något sammanhang" undrade Bror.

"Nej det tror jag inte, jag är bra på ansikten och namn och jag har i alla fall inte träffat dig tidigare" sa mannen.

"Jag hör att du inte är engelskspråkig från födsel, var kommer du ifrån. Låter nästan som om du har en skandinavisk brytning?" undrade Bror och smuttade på kaffet som Philip ställt fram.

"Jag har visserligen ett engelskt efternamn men jag är född i Holland. Språkmässigt är ju svenskan och holländskan lika i sin språkrytm och frasering."

"Ska vi prata om lånet. Jag vill vara rak och ärlig i diskussionen. Jag har ett stort behov av att få tillbaka mina utlånade pengar ganska omgående. Samtidigt inser jag att det här mycket väl skulle kunna innebära en rättsprocess, en process som skulle kosta oss bägge mycket pengar i advokatarvoden och dessutom skulle dra ut på tiden vilket innebär att jag får vänta länge på mina pengar. Stämmer mitt antagande?" undrade Philip.

"En mycket riktig iakttagelse. Du måste förstå att vi undrar över lånets äkthet och våra advokater är precis som du indikerar inriktade på att driva detta i rätten", svarade Bror som fattat tycke för mannens rakt på sak framställan. Samtidigt kunde han inte komma ifrån att han verkade väldigt bekant, men han kunde inte riktigt placera honom.

"Personligen vill jag inte lägga pengar på advokater. Så jag vill föreslå en överenskommelse. Jag efterskänker halva lånet om vi gör upp här och nu och slipper blanda in juristerna. Vad tror du om det?"

Bror blev överraskad. Att han bjudit dit honom för att komma till någon form av överenskommelse var uppenbart redan när han kallade till mötet. Men det här erbjudandet andades nästan panik, han verkade mycket angelägen om att göra ett avslut. Bror hade förberett sig på en förhandling men det här var nästan för lätt, han skulle utan tvekan kunna få en ännu bättre överenskommelse och tvekade med avsikt.

"Ni har väl fått bekräftat att signaturen på låneavtalet är Filip

Östenssons, eller hur. Jag känner mig ganska säker på att vinna i en rättstvist så varför inte accepterar mitt erbjudande här och nu", sa han så när han såg Brors tvekan.

"Nu vet jag vem du är. Du är Filip Östensson" sa Bror när polletten föll ner. Han hade först reagerat på det perfekta uttalet av Filip Östensson I övrigt hade han ju bara sett gamla bilder på Filip och det stora buskiga skägget hade förändrat utseendet ganska mycket. Samtidigt som han brast ut i sitt avslöjande insåg han också sitt misstag. Leendet på Filip var borta och från ingenstans hade han nu tagit fram en revolver som han pekade med stadig hand mot Bror.

"Du har rätt, men det var kanske inte så smart att avslöja vad du kommit fram till, eller hur", sa Filip med bister min.

49

Polishuset
Onsdag eftermiddag

När Eva lämnat av Lennart och var på väg tillbaka till kontoret upptäckte hon att hon hade ett oläst meddelande på sin mobiltelefon.

Så fort som hon läst meddelandet sprang hon in till Jörgen och visade upp telefonen.

"Jaha är din pojkvän ute vid flygplatsen på ett möte, varför visar du det för mig?" undrade Jörgen och skakade på huvudet.

"Hörde du inte hur Lennart berättade om den fåniga leken med att översätta namn till engelska. Hur översätter man Filip Östensson till engelska tror du?" sa Eva och tittade uppfordrande på Jörgen.

"Philip East och Filip Östensson, javisst det här kan inte vara en slump. Lever Filip med andra ord. Men då kanske det är Filip som misshandlat sin fru och att Morgan kan vara oskyldig. Jag har innerst inne alltid trott att Morgan har varit oskyldig" muttrade Jörgen.

Plötsligt svartnade det för ögonen på Eva och hon var tvungen att ta stöd mot skrivbordet för att inte ramla.

"Hur är det?" undrade Jörgen.

"Om Filip misshandlat Lina och Bror är på väg till ett möte med honom kan även Bror vara i fara", sa Eva och skakade på huvudet. 'Inte nu igen', muttrade hon och tänkte på fallet med Medella där Bror nästan blev dränkt ute vid en gård nära

227

Hallabron mellan Borås och Ulricehamn.

Jörgen ringde runt till alla Flygbolag och hittade mycket riktigt en Philip East inbokad på ett flygplan till Amsterdam på kvällen. Polisen på flygplatsen blev instruerade att häkta honom så fort som han dök upp för incheckning.

Eva ringde till AI-Systems och undrade om någon visste var Bror var. Till slut fick hon fatt i Linda som berättade att Bror skulle ut till ett möte ute vid flygplatsen, men hon visste inte var. Hon berättade att han lånat en bil av sin mamma för att ta sig till mötet.

Han kunde vara var som helst kring flygplatsen, ett hotell, konferensrum eller någon helt annan byggnad. Dessutom fanns Härryda samhälle i närheten med många små kontor och industrier. En genomsökning skulle ta lång tid.

En spårning av hans telefon gav heller inte mycket. Operatören hade problem med tekniken för tillfället och kunde inte lokalisera Bror mobil. Det gick inte heller att ringa till hans mobil. Senast position hade varit i närheten av flygplatsmotet vilket inte gav många fler ledtrådar än just ute vid flygplatsen. Men han kunde lika gärna ha svängt norrut mot Härryda samhälle efter motet som in till terminalområdet.

En efterlysning av hans mammas cabriolet skickas ut till alla polisbilar och taxibilar samtidigt som Eva, Jörgen och Linus, som nu anslutit sig, i rask takt närmade sig flygplatsen för en egen genomsökning.

"Jo nu när jag är tillbaka så är det väl lika bra att jag tar över utredningen, eller hur" sa Linus från baksätet.

"Nej det tror jag inte. En kommissarie som läcker information till pressen ska inte ta över min utredning i det här skedet. Lägg av och prata med den rödhårig presstjejen. Jag vill inte behöva ta upp det igen med någon av våra chefer. Jag vill heller inte höra någon förklaring just nu utan nu fokuserar vi på att hitta Bror, eller hur", sa Eva och stirrade stadigt på Linus som krympte ihop i sätet märkbart generad.

Man sökte igenom alla kaféer, konferensanläggningar och hotell i närheten av flygplasten utan att hitta Bror och. Ingen av bensinstationerna eller snabbmatsrestaurangerna ute vid flygplatsmotet hade noterat två män eller bilen som Bror använde.

Mobilen var fortsatt ur spel och gick varken att ringa till eller spåra.

Man hade kört runt nere i Härryda samhälle och en bit i varje riktning på landvägen och spanat in mot de industrier som fanns i närheten utan att få en skymt av vare sig Bror eller hans mammas läckra sportbil.

Flygbolaget ringde tillbaka och bekräftade att en Philip East hade checkat in på flyget, han var inbokad via webben. Uppenbarligen tänkte han flyga mot Amsterdam som planerat.

"Var kan de vara?" nästan skrek Eva i frustration när de ytterligare en gång sprungit runt i alla restauranger och barer på flygplasten.

"Vi kan inte fortsätta leta så här. Vi får vänta in Filip vid gaten och arbeta vidare därifrån", sa Jörgen och tog med Eva och Linus bort mot avgångshallen.

50

Härryda
Onsdag eftermiddag

Bror kunde inte annat än hålla med där han satt och stirrade in i en revolvermynning. Varför skulle han alltid vara så spontan när han kom på något. Att han känt igen Filip kunde han ju ha behållit för sig själv. Då hade han kunnat krångla sig ur mötet och sedan ringa Eva. Som det var just nu kändes det inte bra alls.

Filip tvingade Bror att sätta sig i soffan och slängde sedan till honom ett buntband som han bad honom sätta fast vänster handled runt ett Gunnebo stängsel bakom soffan. Stängslet avgränsade kontoret mot ett litet förråd. Han väntade med vapnet stadigt riktat mot Bror när han fumligt lyckades fästa sin handled runt stängslet. Ett försök att fästa det löst misslyckades då Filip tvingade honom att fästa bandet hårt runt handleden.

"Varför gör du så här?" undrade Bror och kom ihåg att han sett på tv att man skulle försöka hålla igång en dialog med motparten. Men stämde det eller stämde det inte, kunde man lita på en deckare på tv. Men han var också nyfiken på att får höra vad Filip hade att berätta.

"Egentligen har jag inget emot dig, men det ställer till det att du avslöjat mig. Egentligen handlar allt om den där jävla Morgan. Han borde brinna i helvetet vilket jag hoppas att han gör när han åker dit för mordet på Lina", sa Filip och ögonen flammade av vrede och oförställt hat.

"Menar du att allt handlar om att Lina lämnade dig för

230

Morgan?" undrade Bror som trots sin prekära situation inte kunde undgå att bli mycket nyfiken.

"Nej men det var droppen som fick bägaren att rinna över. Morgan har alltid varit den populäre killen. Alla gillade honom, tjejerna flockades kring honom. Hans företag gick bra och alla trivdes på arbetsplatsen. När sedan Lina lämnade mig för honom måste jag bara hämnas."

"Jag förstår inte, du var ju ledaren i gänget, det har alla berättat" sa Bror förundrat.

"Javisst men det var en roll jag arbetat mig till. Ingen tyckte om mig men jag såg till att man respekterade mig genom att jag dominerade omgivningen. Man var kompis med mig för att man inte vågade något annat. Alla gillade Morgan utan att han gjorde något speciellt. Hur roligt tror du att det var?" sa Filip med mörka ögon.

"Var det du som lämnade bilen ute i ladan" undrade Bror.

"Jo jag hade en jättebra plan på hur jag skulle sätta dit Morgan men det sprack då man hittade bilen alldeles för tidigt."

"Jag träffade Lina som sa att du isolerade henne från alla vänner, varför det?"

"Fattar du inte det. Hon skulle ju aldrig stanna kvar hos mig om hon även träffade andra. Enda sättet att få henne för mig själv var att se till att hon inte hade någon annan", sa han och fasaden sprack en aning och Bror anade en djupt osäker och olycklig människa. En människa som levt sitt liv genom ett skräckvälde både i skolan, privat och på sin arbetsplats. Han var så rädd att bli lämnade och förlora sina vänner så han terroriserade sin omgivning till att inte våga lämna honom. Trots att Bror satt fast med ett buntband i ett stängsel med ett vapen riktat mot sig kunde han inte låta bli att tycka synd om honom.

"Vad tänker du göra nu?"

"Jag flyger från Sverige i kväll och tänker aldrig återvända. Jag hade hoppats kunna lura till mig mera pengar men jag klarar mig hyfsat på köpeskillingen jag fick från företagsförsäljningen. Jag trodde inte innerst inne att vårt möte idag skulle gå vägen, men jag ville ändå försöka. För dig ser det tyvärr lite dystert ut.

231

Jag kan ju inte låta dig avslöja mig", sa han och skakade på huvudet.

"Tänker du skjuta mig?" sa Bror och förvånades över hur stadig hans röst var trots att han kände sig allt annat än lugn. Han var innerst inne närmast paniskt rädd.

"Nej jag hatar skjutvapen. Mekanikerna här nere är på väg hem nu och tyvärr så kommer verkstan och det här kontoret att brinna upp. En tragisk olycka, buntbandet lär man aldrig hitta i resterna av huset. Det bör inte bli så plågsamt, jag har hört att rökgaserna dödar långt innan elden tar tag i dig. Ta det inte personligt, det är Morgan och Lina som jag vill hämnas på. Du blev en olycklig förlust under resan. Jag beklagar", sa han och packade ihop sina saker och lämnade kontoret.

Så fort som dörren stängdes försökte Bror komma loss från buntbandet. Men det satt hårt fast och han hade inga verktyg som han kunde nå för att klippa upp det. Till sin fasa hörde han hur det knastrade till från nedervåningen och insåg att Filip tuttat eld på byggnaden.

Huset låg väldigt avskilt inne vid vägens slut så det skulle ta lång tid innan branden skulle upptäckas. Han måste hitta ett sätt att komma loss.

Sakta kände han paniken komma krypande. Skulle han brinna inne. Det måste finnas något sätt att komma undan.

Blicken vandrade runt rummet. Så såg han i andra änden av mattan under soffbordet en tändare som ramlat ner på golvet. Han satte klackarna i mattan och kunde sedan hasa den sakta mot sig tills han med högerhanden kunde få fatt i kanten och dra mattan mot sig.

När han så äntligen fick fatt i tändaren såg han till sin fasa hur röken sakta sipprade in under ytterdörren in mot rummet. Han verkade ha tänt på vid fasaden och trappan upp till kontoret.

Det fanns ingen möjlighet att bränna sönder buntbandet utan att även bränna sin handled. Han insåg att han var tvungen att bita ihop och stå emot smärtan när han skull elda sönder det. Men om valet står mellan att brinna inne och en brännskadad handled så var valet ganska enkelt. Han bet ihop och förde lågan mot handleden och buntbandet. Det gjorde fruktansvärt ont och han tappade tändaren. Han hade inte kunnat förbereda sig mot hur ont det gjorde när lågan brände huden. Buntbandet var fortfarande stabilt. Han fick på nytt böjda sig ner och kunde så fösa tändaren tillbaka med foten. Samtidigt började han känna av röken och hostade kraftigt.

Han tog fram tändaren på nytt och förde lågan mot buntbandet och handleden. Genom att skrika ursinnigt samtidigt som han höll lågan mot buntbandet och sin handled lyckades han så till slut slita sönder buntbandet till priset av en rejäl brännskada och en stickande otäck doft av bränt kött.

När han kom loss hade röken fördunklat sikten i rummet. Han visste redan att han inte skulle kunna komma ut via dörren. Branden hade anlagts vid ytterväggen upp mot spiraltrappan och entrén. Han kröp längs väggen bort mot fönstren i andra änden av rummet.

Väl framme vid fönstret haspade han upp rutan och insåg att han tittade ner på ett skrotupplag av gamla bildelar i en salig röra nedanför fönstret.

51

Landvetter flygplats
Onsdag eftermiddag

Eva och Jörgen satt som på nålar utanför gaten till Amsterdam och väntade på Filip. Linus vandrade omkring oroligt i närheten av gaten. Man visste visserligen inte hur han såg ut idag, man hade bara ett gammalt foto av honom men kände man inte igenom honom innan så skulle man veta vem det var när han gick genom kontrollen med sitt boardingkort.

Linus noterade en man i rätt ålder som såg märkbart nervös ut men när man tittat närmare insåg man att det inte var Filip.

Jörgen noterade an storväxt man med ett buskigt skägg som uppförde sig lite nervöst. Han tittade sig hela tiden omkring och verkade angelägen om att inte bli upptäckt. Ett beteende som Jörgen kände igen från personer som inte hade riktigt rent mjöl i påsen.

När så Eva kom tillbaka från toaletten och satte sig bredvid Jörgen så lutade han sig försiktigt fram och pekade bort mot den skäggige mannen. I samma veva upptäckte han Jörgen och Eva, reste sig upp och började springa från gaten.

"Kom det där är Filip", sa hon och började springa efter mannan.

"Stoppa honom, jag är polis skrek Eva", varpå en äldre man helt lugnt stack fram sitt ben och fällde Filip snabbt och enkelt.

"Tack, det är inte ofta vi får hjälp av allmänheten", sa hon till mannen efter att hon satt handfängsel på den nu vilt protesterande Filip Östensson.

"Det här är ett övergrepp, jag ska stämma gubbfan som fällde mig för misshandel. Och dig mig unga dam", sa Filip med en myndig och ilsken röst.

"Det har du nog inte så mycket för. Du får följa med här, flyget kan du glömma" sa Eva.

"Jag vill ha en advokat" sa Filip.

"Det ska du få, för du behöver en. Lina har vaknat från sin koma och har vittnat om att du misshandlat henne. Vi vet att ditt pass utfärdat på Philip East är en förfalskning och vi vet att ditt riktiga namn är Filip Östensson."

Filip tystnade och Eva såg hur stridslusten sakta rann av honom när han insåg att spelet var förlorat.

"Vi vet att du träffat en Bror Stensson nu på eftermiddagen. Var träffades ni och var finns han nu?" frågade Jörgen som nu tornade upp sig över Filip.

Filip var surmulet tyst men tog sedan till orda efter en lång betänketid.

"Han finns vid Hanssons mekaniska vid Härryda by. Skyndar ni er dit kanske han överlever eldsvådan. Hoppas det, nu när Lina klarade sig vill jag helst inte ha hans liv på mitt samvete", sa Filip och begravde sitt ansikte i händerna.

Eva sprang ursinnig och gråtande ut mot utgången med Jörgen hack i häl. Linus stannande och tog hand om Filip.

Jörgen kastade sig in i bilen och Eva började googlade på Hanssons mekaniska men hindrades av Jörgen som pekade längs vägen ner mot en stor rökpelare.

Framme vid byggnaden stod två brandbilar och bearbetade byggnaden som var helt övertänd.

Eva sprang fram till en brandman och undrade om man räddat någon ur byggnaden men han skakade på huvudet och berättade att man inte kunnat gå in i byggnaden då den var fullt övertänd när man kom fram. Dessutom fanns det risk för explosion av gasolflaskor.

Eva sprang fram mot byggnaden skrikande Brors namn hysteriskt, men stoppades av en brandman innan hon kom fram.

Jörgen kom fram och höll henne tillbaka samtidigt som de tysta tittade bort mot det brinnande huset. Eva grät stilla och uppgivet vid hans sida.

"Vänta jag hör något", sa Eva plötsligt, slet sig loss från Jörgen och sprang runt huset mot baksidan. En brandman sprang genast fram och stoppade henne.

"Hör du inte, det är någon som ropar där inne", sa Eva till brandmannen och rykte sig på nytt loss och sprang mot skrotupplaget med Jörgen hack i häl.

Sakta såg hon så ett sotigt ansikte som hävde sig upp ur en container och med en nästan komiskt lugn röst sa "Hej älskling."

52

Polishuset
Torsdag

Bror låg kvar på sjukhuset. Eva skulle hämta hem honom under eftermiddagen. Filip Östensson satt inne i förhörsrummet. Eva och Jörgen stod utanför och väntade på Linus.

Linus kom så gående tillsammans med Björn som hälsade formellt på de båda.

"Linus har beslutat sig för att acceptera ett jobb som kriminalkommissarie i Helsingborg och kommer att sluta här hos oss ganska omgående" sa Björn.

"Grattis, det var väl lika bra det", sa så Eva och såg hur Linus skräckslaget krympte ihop innan hon fortsatte "Brors mamma har varit så orolig för att jag jobbar ihop med en för snygg kille" sa Eva och log. Hon såg hur Linus andades lättat ut och skrattade. De tittade varandra stint i ögonen och man gjorde en tyst överenskommelse om att Linus läckande till pressen inte skulle avslöjas och Eva hoppades även att han skulle undvika något liknande på sin nya arbetsplats.

"Kan du komma med här Eva", sa så Björn och de gick ifrån de andra två så de kunde samtala ostört. Eva undrade om han kanske kände till Linus läckande till pressen och ville ta upp det med henne.

"Det här kommer kanske lite hastigt men jag tänker erbjuda dig tjänsten som kommisarie efter Linus. Antingen så kommer jag med på förhöret eller så accepterar du tjänsten som kommissarie här och nu och tar förhöret själv. Jag vet att det här är okonventionellt, men säger du ja nu eller ska vi diskutera vidare?" sa Björn med ett stort leende.

"Ja självklart accepterar jag det, jag blev bara så överraskade", sa Eva efter en längre tids tystnad och gav Björn en stor kram.

Björn och Eva går så fram till de andra två som fundersamma bevittnat deras samtal. Björn berättade vilket erbjudande han gett Eva och att hon accepterat.

"Grattis, grattis", sa så Linus och Jörgen nästan i kör och ger Eva var sin kram.

Lite omtumlade kliver så Eva och Jörgen in i förhörsrummet. Filips advokat sitter också med, en stram äldre man med bister uppsyn. Filip ser ut som en slagen man. Av den självsäkra Philip som man grep ute på Landvetter finns det inget kvar.

Det fanns inte så mycket kvar att reda ut, det mesta visste man redan och viss information hade Eva även fått från Bror men man vill givetvis höra det direkt från Filip.

Precis som Bror berättat var det en historia om en djupt osäker kille som hela sitt liv dolt sin osäkerhet bakom en kaxig och självsäker fasad. Varje framgång för kompisar i närheten var tvunget att överglänsas. Han tog åt sig äran av andras bedrifter, han mobbade de som hotade honom, han stal flickvänner mm. Listan var lång och Eva imponerades av hans självinsikt så mycket att hon nästan tappade fokus på allt elakt han sysslat med.

Han erkände utan omsvep misshandeln av Lina och mordförsöket på Bror. Men det fanns ett antal frågor kvar som Eva och Jörgen ville ha svar på.

"Varför stal du Teslan och gömde den i ladan?" undrade Jörgen.

"Du behöver inte svara på den frågan", sa advokaten men Filip bara viftade undan hans kommentar.

"Jag hade en plan på att sätta dit Morgan riktigt hårt men allt gick fel när bilen hittades för tidigt. När jag tänker på det nu så vet jag inte ens om jag hade en bra plan. Samtidigt kändes det bra att stjäla Morgans älskade Tesla och bloda ner den fina skinnklädseln", sa han och log elakt men skakade samtidigt uppgivet på huvudet åt sitt eget uttalande.

"Var det du som skickade mejlet till Lina?" frågade Eva.

"Ja ni kom ju ingen vart, jag hade hoppats att ni skulle ha haffat Morgan och ville inte att ni skulle tappa tempo. Jag följde även efter Lina så att hon skulle bli skraj, vilket ju fungerade. Hon hörde väl av sig till er. Det var inte helt lätt att se till att hon upptäckte att hon blev förföljd samtidigt som hon inte skulle känna igen mig."

"Slutligen det här lånet hur tänkte du då?"

"Jag tyckte idéen var jättesmart. Min signatur skulle ju ingen kunna ifrågasätt. Problemet var att jag kom i tidsnöd efter misshandeln av Lina. Samt att den där Bror var lite för smart för sitt eget bästa."

"Om det blir ett åtal för det falska lånet kommer en kollega på finanssidan att utreda. Däremot kommer du att åtalas för två mordförsök, ditt medgivande om misshandel av Lina kommer vi inte nöja oss med" konstaterade Eva.

"Vad ska vi göra nu chefen?" sa Jörgen och knuffade till Eva lite kamratligt när de lämnade förhörsrummet.

"Jag tänker hämta Bror från sjukhuset och sedan ta ledigt.", sa Eva och gick bort mot sitt kontor.

När så Eva efter att ha städat undan några mejl och snyggat till på skrivbordet och var på väg ut kom hon så ihåg något hon lovat göra och sprang tillbaka till kontoret. Jörgen tittade undrade på henne när hon tog upp telefonen och ringde.

"Hej jag lovade att ringa när vi fått klarhet vill du höra?" Tystnad "Bilen ingick i en plan för att sätta dit en kille men planen misslyckades mycket tack vara hjälpen från dig." Tystnad "Nej jag kan inte berätta vem den skyldiga är men det lär du snart läsa i pressen." Tystnad "Tyvärr inte, du får läsa sedan. Men stort tack för all hjälp och ha en trevlig kväll."

"Snyggt jobbat. Jag undrade just hur du skulle kunna leva

upp till ditt löfte till Arne utan att avslöja för mycket. Men det lät som om du klarade av det. Trevlig helg", sa Jörgen och vinkade till Eva när hon sprang vidare för att hämta hem sin sjukling.

53

Fredbergsgatan
Fredag

Bror satt i vardagsrummet i sin favoritfåtölj. Foten var gipsad och vänster hand bandagerad.

I handen hade han del två av Asimovs Stiftelsetrilogi. Han hade insett att när han nu skulle bli sjukskriven några veckor så kanske det var hög tid att läsa igenom bokserien. Den hade ju varit en central del av hela historien kring AI-Systems och han insåg även att hans pappa inte skulle acceptera att den förblev oläst. Inte efter veckorna som varit.

Foten hade han brutit när han hoppade ut från fönstret och siktade mot att landa i en sopcontainer som verkade ha mest pappkartonger i sig. Hoppet lyckades men han landade illa på en gammal trälåda som låg i containern varpå foten bröts och Bror svimmade av.

När Eva och Jörgen kom till brandplatsen hade han vaknat till och börjat ropa på hjälp och hade börjat att med sin skadade hand och brutna fot klättra upp ur soporna.

Man hade berättat att om han missat containern så skulle han troligen slagit sig fördärvad mot allt skrot som låg ute på området. Så en bruten fot verkade vara riktigt bra i jämförelse med alternativen.

Vänsterhanden var rejält brännskadad och skulle vara bandagerad i flera veckor. Vad som han upplevde som sämst var allt morfin han fick för smärtorna och den restriktion på

241

alkoholhaltiga drycker som detta innebar. Han hade sällan känt sig så sugen på en drink som nu.

Det hade varit en strid ström av besökare uppe på sjukhuset under torsdagen. Morgan hade kommit förbi tillsammans med Carolina och Christer och berättat att man beslutat sig för att gå vidare med Brors förslag om samarbete. Morgan berättade även att Lina tillfrisknande i rask takt och skulle bli helt återställd.

Gänget från AI-Systems hade också varit förbi och Linn hade gett honom en stort varm kram och en puss på kinden.

Nu väntade så den länge emotsedda slutrenoveringshelgen då Bror och Evas föräldrar skulle träffas för första gången och tillsammans tapetsera och slutföra finsnickerierna i ombyggnationen av lägenheten. Eva hade varit ledig hela dagen och pysslade om Bror på ett nästan överdrivet sätt. Men han fann sig snabbt och insåg att det här kunde han vänja sig vid utan några större problem.

"Du får betala tillbaka när du är av med gipset", sa hon så precis som om hon läst hans tankar.

"Jag som trodde det här skulle bli en ny rutin", sa han och försökte se ledsen ut samtidigt som han skrattade.

Samtidigt ringde det på dörren. Brors föräldrar kom tillsammans med Evas. De skulle alla bo ute i Furuskog i Bror familjehem och hade redan hunnit bekanta sig med varandra när Evas föräldrar blev upphämtade vid flygplasten.

Brors mamma kom genast fram och undrade hur det var med hennes lilla kille. Han insåg att han alltid skulle vara hennes lilla kille men nu när han satt med gipsad fot och bandagerad hand blev han det i ännu högre grad.

Hans pappa föll också in i den ordinarie mamma-papparollen och kommenterade med att en bra karl reder sig själv och det här var väl inget att oro sig för.

Så stereotypt tänkte Bror, himlade med ögonen åt Eva och skrattade lätt.

Föräldrarna smet in i sovrummet och kom sedan ut som fyra byggare Bob, iklädda overaller och verktygsbälten.

"Jag fick order om att vänta med middagen", sa Eva och

skrattade lätt mot de nya hantverkarna. Jag får inte ens vara med, så jag gör dig sällskap här i soffan" sa hon och satte sig ner med ett korsord.

Bror och Eva kunde lättade höra hur bra de samarbetade både med tapetsering och snickerier. De verkade komma bra överens och renoveringen var utan tvekan ett lyckokast som första gemensamma träff. De unga två nickade förnöjt ut mot hallen och det nya rummet uppe på vinden där arbete och samtal varvades lättsamt och trivsamt.

Eva satte sig intill Bror och tog hans friska hand i sin.

"Lova mig att du inte åker iväg ensam på skumma möten, en gång är förlåtet, två gånger snudd på dumhet, se till att det inte blir en tredje gång", sa hon och lutade sig fram och kysste honom ömt.